你能锐一天不过么

——刘荒田最新小品文

刘荒田 / 著

南方出版传媒
花城出版社
中国·广州

图书在版编目（CIP）数据

你能说一天不过么：刘荒田最新小品文 / 刘荒田著
. -- 广州：花城出版社，2019.9
ISBN 978-7-5360-8977-8

Ⅰ．①你… Ⅱ．①刘… Ⅲ．①小品文－作品集－中国
－当代 Ⅳ．①I267.3

中国版本图书馆CIP数据核字(2019)第171900号

出 版 人：肖延兵
责任编辑：蔡　安　欧阳蒨　李珊珊
技术编辑：薛伟民　凌春梅
封面设计：庄海萌
书名题字：陈永正

书　　名	你能说一天不过么：刘荒田最新小品文
	NI NENG SHUO YI TIAN BU GUO ME：LIU HUANG TIAN ZUI XIN XIAO PIN WEN
出版发行	花城出版社
	（广州市环市东路水荫路11号）
经　　销	全国新华书店
印　　刷	佛山市浩文彩色印刷有限公司
	（广东省佛山市南海区狮山科技工业园A区）
开　　本	787毫米×1092毫米　16开
印　　张	15.5　1插页
字　　数	250,000字
版　　次	2019年9月第1版　2019年9月第1次印刷
定　　价	48.00元

如发现印装质量问题，请直接与印刷厂联系调换。
购书热线：020－37604658　37602954
花城出版社网站：http://www.fcph.com.cn

目 录

第二辑　恰到"坏处"

第三辑　良知的"颜色"

序

胡文辉

初读荒田先生的文章，我大约跟别人一般，很自然地看重他的海外阅历、美国经验。日本汉学家兴膳宏有部论文集，书名是《异域之眼》，这个名目后来在汉学界似甚流行——荒田先生作为移民美国者，行脚跨越了东西，眼光超脱于左右，无论对于洋人，抑或对于国人，他都有另一重疏离的身份，自然也是有"异域之眼"的。

同时，荒田先生是在30多岁时才赶上移民潮的，大陆最一穷二白、人妖颠倒的岁月，他都体会过。过去他写的《荒年之忆》，回忆"大跃进"之后饥荒的几个情境，刻画生动传神，入于细微，给予我最深刻的印象；我甚至觉得，那是关于饥饿最精彩的描摹，张爱玲的《秧歌》、阿城的《棋王》都不能及。那些早期经验，积淀了他人生观的底色，唯其如此，他的"异域之眼"才更有穿透力，用粤语来说，就是"睇得透"。

还有一点，对我来说，荒田先生的文字更要多出一重亲切感，多出一重阅读的兴味。他是台山人，而我祖籍开平。这两个侨乡，地理、民情皆最相近，乡人最崇洋崇美，以赴"金山"为人生至高理想，又汲汲于稻粱谋，少有舞文弄墨者。故荒田先生所作，亦等于为海外华人群体留下难得的生活史和精神史片段，我读起来，有如面对着我的乡先辈，甚至我的族人——这也是那些"用脚投票"的开平老乡的生活和命运啊！

比如这部书稿里，有一篇写到抗战时援华飞虎队的老兵理查德·朱先生，他是第三代台山移民，有六个子女。小女儿回忆往事，提到家里有个仪式，兄弟姐妹临睡前，朱先生必定进来检查，然后关灯，然后轻声说一句"祈祷"，然后用他祖父传下来的台山话，领着孩子们念出祷词："多谢耶稣，/有衫着，/有嘢吃，有屋企，/爱妈妈，爱爸爸。"从婴儿到少年，仪式从未停止，朱爸爸从未缺席。这样的情节很让我动容。

又有一篇写到，在旧金山不时听到这样的广东语："我老公最喜欢尝新鲜了，哪里有新茶楼、餐馆开张，奉旨要第一天上门……""我奉旨第一个到！""奉旨"是广府方言，台山也有这个词，作用是加强语气，以示郑重。这是"礼失而求诸野"的语言遗存，也让我觉得极有趣味。

不过，我又觉得，海外经验、侨乡经验，更多只是赋予荒田先生一种经验的"特殊性"而已，他最得力处并不在此。

检读这些最新的文稿，我愈加意识到，他的文字能达至如此高度，所依凭的，与其说是经验的"特殊性"，不如说是经验的"普遍性"。他实际上已抽离于异国，也抽离于故乡，他真正的落脚处，是不分华洋的百味人生，是不分人我的日常生活。

如文稿所涉，虽亦有个别"戏剧性"的题材，比如中餐馆夫妇的洋女婿拿了诺贝尔奖、台山五味鹅的酱汁秘方之类，但大体只是依托于日常生活的琐屑，没有什么"戏剧性"，有的只是"日常性"。这就显出荒田先生超胜于人的长处，是在日常生活的细节中捕捉有意味的场景、有意味的思絮。他阅世甚深，阅人甚多，实在是个世相的观察家。他能观照旁人，也能观照自我，总能够跳出自我，体验旁人之体验，这份自觉，类似于历史学家的"了解之同情"，或社会学家、人类学家的"参与式观察"。他不但有"异域之眼"，可以说还有"日常之眼"。这样依赖于"日常性"的写作，比之依赖于"戏剧性"的写作，自然是更困难的；这更需要观察、联想、反思的能力，更需要即事见理的能力，或可称之为"生活流"吧。

说到底，荒田先生写的，就是世事人情，是穿透了时代的世事人情。他的笔触，让我感觉到，每一个世代的人都在变，但自有不变者在。在那些异域异类的陌生者身上，未尝不能看到我们自己的影子；反过来，那些已逝去的各色人物，虽不及见我们这个时代，但我们的人生，他们仿佛已体验过了。

荒田先生退休之后，返国定居佛山，年年往来于太平洋两岸，所以他有本文选名曰《人生三山》，隐括了他一生的行迹：台山、旧金山、佛山。李怀宇评点其书，联系到苏东坡《自题金山画像》中的话"问汝平生功业，黄州惠州儋州"，自是深有意味的。记得张五常先生有文章说，他读到东坡此诗，禁不住笑出眼泪。往事越千年，荒田先生所游之远，自然非东坡可及，所见之广，亦有甚于东坡者；这样，我们知其人，诵其书，再想想他的台山金山佛山，也真应该笑出眼泪的。

（本文作者胡文辉，笔名胡一刀，广州人，学者、作家）

第一辑　如此之多的奇遇

如此之多的奇遇

大年初一，去旧金山湾区东部小城访友。车子在友人家门前停下，走出，右侧一棵柠檬树马上引起所有访客的惊叹——黄澄澄的果子挂在枝丫间，至少数百颗，个头又大，成了一幅凡·高式黄与绿交错的油画。女主人幸福地叹气，说："我常常发愁，怎样把果子送出去。"

与新旧朋友一起吃午饭，聊天。座中的睿智之士，天南地北地谈。远来的大学教授，嗓门带磁性，说到一位如今在纽约百老汇歌剧院红透半边天的男高音，30年前从国内来美，全副身家400美元，飞抵纽约，一下子交了280美元房租。去一家中餐馆当送餐员，目标是赚250美元作为路费，再往目的地休斯敦一大学进修歌剧。一个星期过去，小费加工资够这个数了，向老板辞工，结清账目。口袋里揣着现款，兴冲冲回家。出地铁口不久遇劫，钱没了，好在匪徒没捅刀子。他回中餐馆重操旧业，赚到定额，放在贴身口袋，一路小心，到家门口，一把手枪顶住后脑，又没了。中餐馆的老板不再雇请他，因他太不安分。他只好在地铁站唱歌，一曲《卡门》响遏行云，这可是在国内演过多出西洋歌剧的出色歌喉，匆匆的脚步被绊住，不多的纸币和硬币落在地上倒放的帽子里。忽然，一位老白人走近，问，你是不是×××？他说是，您怎么认识我？白人说，我在中国看过你的表演，把海报带回来，照片上有你。他把自身的难处告诉对方。老先生马上去公共电话亭打电话。回来说，行了，那家大学接纳你，系主任答应给你汇400美元路费。就此，他进入大学表演系。几年后，他成了"百老汇华裔第一人"。

大家同声赞叹。粗看这位成功者的命运之链，促成他遇到"贵人"的，不但是先前有一面之缘的热心者，还有中餐馆老板、送餐的自行车，连同持刀、带枪的劫匪。地铁站的奇遇，是正负两面的合力打造出来的。

　　座中另一位朋友，他去年出版了一本自传，在上海举办了盛大的新书发布会。那是秋天。冬天，他回到旧金山湾区。一天，他领着国内来的朋友在半月湾游玩，景点里，一对说上海话的夫妇有点胆怯地趋近，问："请问您是××先生吗？"他说是。夫妇交换得意的眼神，说："我们早谈论过，来到加州，很可能遇到作者，这不？"原来，他们行前买了他的书，凭着封面上的作者半身像，竟在异国让人眼花缭乱的诸色人等中把他认出来。这样的奇遇，概率多大？

　　一起吃过主人精心烹调的上海菜，大家在后院远眺波光粼粼的金山湾。一棵大树又引起惊叹，是牛油果树，叶丛间的果子，大如女性的拳头，翠碧如玉，密度比前院的柠檬树犹有过之。我问男主人。他说，少说也有800颗。我说，超市所卖的，是一颗一美元，有机的卖两美元。他说，我们只拿来送人。说罢，以芭蕾舞演员的敏捷登上梯子，以网兜摘下一颗又一颗。我们离开时，带走一袋金子般的柠檬，一袋翡翠般的牛油果。

　　归途上，"奇遇"这关键词纠缠不去，不但网状的人间，独立具足的大自然也不乏妙不可言的"缘"。梭罗《种子的信仰》一书道及，果实自身也主动"寻找"收获者："笨重的椰子从高高的树上掉下来，砸在地上的声音很远都能听见。坎尼菲希树上的籽荚成熟后被风吹过，相互碰撞，发出磨坊里的滴答声。而安的列斯岛上的格尼帕树的灰色果实成熟后从树上落下，在地上弹跳，发出手枪声。听到这些信号，当然不仅一位客人会跑来觅食。"

　　这阵子，阳光明媚，车外风声呼呼，恍惚间，我以为放在车后厢里的柠檬和牛油果向我们"打招呼"。

好雨绵长

雨不知什么时候开始下，早晨撩开窗帘，满眼是雨滴。好雨！我连声赞道。

好雨知时节，该来才来。旧金山湾区，从12月起算是雨季，但到了新年1月上旬，才正正经经地下起来。不是豪雨。太大的雨挟带风暴，摧毁电线杆和大树，路被掩，屋顶被掀，河水暴涨，人间狼狈不堪；好雨也不是敷衍地皮的毛毛雨，后者不算吝啬，却弄不湿伞下的夹克，至多让鞋子的边沿洇一层湿润，如国画上出岫的远云。

我打开一把折叠伞，出门去。明明知道简陋的伞对不起好雨。写雨，似乎绕不开伞。油纸伞配江南雨巷，紫布伞配旗袍丽人。我不写伞，不是因为手中所持，并非名满天下的"福屯"牌透明鸟笼伞，而是因为好雨不需要耳朵来肯定。尽管雨敲打张力十足的伞面，造得出类似芭蕉的效果。

过分熟悉的环境，让雨水洗涤得再水灵，也难得有"眼睛一亮"的感兴。而况，午间的寂寥怎么也打不破。刚才我驾车去换引擎油，偌大的连锁店没有客人，一群工人在闲聊。街上的行人，走路没有声音。大小汽车经过，溅起不多的水花。这氛围纯然属于雨——凄清，孤独，隽永。

我约了友人许先生去吃午饭。友人没到，该是被雨耽搁了。我路过约好见面的餐馆，从落地窗望进去，只有一个侍应生。我在门外徘徊，给休斯敦的朋友打电话。这里的雨对那里的雪。谈了20分钟，该谈的都谈了。

许先生没露面。给他家的座机打电话，只有录音机回答，可见他在外面。然而他是朋友中唯一没手机的"雅人"。只好独自落座，进餐。餐厅随后进来两拨客人，都低声点菜，静悄悄地动筷子。不知道为何雨天里，人都不意气飞扬？

走出餐馆，雨势依旧。打开雨伞，才发现柄端的把手丢了。刚才打电话时，一小伙子从面前走过，向我出示一个塑料小方块，问："是不是你的？"我想不出它是什么，摇摇头。原来是从伞端掉下的。为此笑自己的愚鲁。

但没有遗憾，只想为好雨造一个譬喻。忽然想起一位乡亲，她是单身母亲，两个星期前从家乡来旧金山看望宝贝儿子。儿子17岁，上本市最好的高中，品行和学业都使长辈骄傲。乡亲后天就要回国，说好今天来我家吃晚饭。但她改变主意，理由是：儿子患了感冒，要在家陪。

我灵机一动：好雨不就是"感冒"吗？感冒于青年人，效果一如初恋，发烧似煞有介事的浪漫情节，大汗淋漓，轰轰烈烈又不失安全。而母亲终于有了最好的理由，最得宜的方式，释放积存已久的母爱。平日，以"我是大人"自命的儿子对老妈的柔情多少有所抗拒，这一刻，却只能乖乖地变回襁褓中的婴儿。母亲替他量体温，侍候喝水，服药，揩汗，换衣服。儿子可以撒娇，可以夸张地哼哼唧唧；母亲忙里忙外，没有忧虑，只有欣慰。这样的小病如可求，一年来一两次是不错的。

许先生终于没来，也许他住的北岸区，雨势比我所在的海滨更大，而廉价折叠伞中途坏了，他逃进下城某一家书店，起先为了避雨，稍后却迷上新上架的书籍或光碟；也许雨水冲坏了马路，巴士停驶……更浪漫的设想，是他在雨里走着走着，灵感骤至，得绝句一首，为了推敲，而在空寂的公园徘徊，世间一切浑然忘记。若然，梧桐树会提前爆出葱绿的芽梢来响应。

好雨必须绵长。直到下午，雨没放停。我坐在书桌前，呷自泡的咖啡，看窗上雨滴与栅栏后的桃树。广阔的宁静，向电脑，向远方敞开。

"毛"的问题

我的家乡土话，头发叫"头毛"。理发师、发型师，原始称谓为"剪毛佬"。今天我去旧金山一家早就稔熟的理发店，师傅兼老板比我稍年轻，热情地招呼我落座。他替我铺下"围身"，拿起梳子梳了梳我的头，是谓"热身"，说："不多了呀！"那语气，让我想起鲁迅笔下，那面对茴香豆的孔乙己。"和我一样……"他怕我嗔怪他扫人的兴。我对着大镜子，端详他的尊头，说："你的多一些！""哪里哪里。"他光顾谦虚。其实，我和他即使"毛"的数量近似，但"地图"不同。如果发际线可喻为海岸，那么，他的呈马蹄铁形，两边深入腹地，而在中间留下尚称葳蕤的三角洲。我呢，"秃"对海岸线的蚕食虽不算触目，但"毛"的密度太差劲了！

"唉！没办法。"他为我和他自己叹气。我说："有的，植发可以补救少许。""哪有自然生长的好？"他说，"岂有此理！老就老罢，干吗为难'头毛'呢！"他按动自动剪时，顿了顿脚，镜子上，痛心疾首之状可掬。我晓得症结所在。以种植为喻，身为顾客，负责提供"毛"生长的田地，"剪毛佬"是农夫，"毛"的丰歉，多少与他的切身利益相关。比如，我的头若被"秃"彻底占据，他就失去一个提供价钱和小费的"上帝"。

其实我对毛并不关注，疏密仅仅关乎观瞻，并不意味着生病。"看"是别人的事，而我业已拥有"无外人评点外貌"的资格。一言蔽之，我是"老"。老得丑理所当然，老得漂亮反而逆天。我早已不大照镜子。在乎我外观的只有老妻，原因是天天与她出双入对，我的模样颓废，遭讥笑的是她。即如今天，把我赶去理发的是她。她还扬言，如果不去，她就在家里"解决"。我虽佩服她的手艺，但她"剪毛"至少费一个小时，这唯美和完美的主义我不敢领教。

闲话少说，师傅在我头上施展手艺。依然对剪子下凄凉的稀疏愤愤然。我对他说，早已如此，国内一位老朋友，近十年来，我每年都见到他，他的问候语一成不变："你什么也没变，就是毛少了一点点。"上个星期，我在下城路过，邂逅暌违十二三年的熟人，我问他认得我吗？他盯我良久，犹豫着，最后点头，笑着说，记起来了！你是××，可是，头发……怎么啦？这一现象，未始不能发掘"正能量"。"毛"一路减少，却还有上"剪毛铺"的本钱，说明岁月取的是"整存零取"的战略，其细水长流，让日夜巴望我成"秃田"的仇敌无可奈何，让理发行业有活干。剪毛佬连连点头。

毛少，费工不到五分钟。剪毛佬于心不忍，问我染不染。我说染还是要染的，但这是老妻的权限。烦恼丝的另一烦恼在此。我染发，是"老婆婆的被子——盖有年矣"，本来，我是取"管他娘"主义的，但老妻不肯，理由同理发一样。我的一位同龄朋友，戒掉染发水后，头部如戴上银盔，阳光下闪闪发光，并不掺杂，令人羡慕。我迟早会省去买日本染发剂的开销，到那时，问题是：白得不纯粹，斑驳而暗淡，更加没看头。不过，观瞻是老妻管的，到时听她指挥就是了。

剪毛佬终于把最后的工序——以剃刀刮发脚完成，不知是不是太多的悲天悯人释放不完，居然拿起一面团扇似的镜子，让我仔细看头的背面。顶部的头皮赫然，中间已呈小型地中海。他富于耐性地把镜子前后左右移动。我恶作剧地想起古诗："照花前后镜，花面交相映。"对和蔼的剪毛佬说：够了！

巴士雄鸡鸣

这一趟，注定要享受声籁。刚才，从格利大道登上29路巴士，一白种汉子坐在双人椅上弹吉他。个子和吉他都是大号，旁边的空位被横放的吉他占了。地道音乐人的酷装扮，胡子拉碴，皮夹克加布满破洞的牛仔裤，乐声虽不到专业水准，但即兴而来，巴士的播音器一句"小心，门正打开""下一站是……"都被他拿来当歌词，很是亲切。弦歌一路，伴着沉默的乘客，穿过金门公园。吉他手下车前，蓝褐色眼睛雄视四周，显然在寻找欣赏他的听众，我适时地表现出恰如其分的陶醉，他满意地点点头，也许是"不必客气，不收费"的意思，随后，下车，把挂在巴士前的自行车卸下，我正好奇，大吉他怎么放？难道边骑边弹不成？

就在这一刻，巴士里响起鸡叫声，"喔喔——"洪亮，清爽，顿挫，尾音拖曳，回旋，以饱嗝一般的"呃"收尾，必是雄鸡。乘客们的头一致地转向后方，惊讶有之，欣悦有之，木然有之，但没有一个表示厌恶，和吉他比，这"天籁"也不赖。并非峰期，后排的乘客不多，我注意上靠窗的男同胞，穿橙色夹克，头发花白。我几乎肯定，是这位老先生把一只公鸡带上车。在异国都会，进"肯德基"可花六七美元买一小桶炸鸡翅，中餐馆的菜单不乏"葱油鸡""左宗棠鸡"，但活生生的鸡，我只在一次复活节庆会看到，雄鸡、山羊、小猪及小矮马被圈在围栏内，小朋友排着队，一惊一乍地触摸它们。

公鸡是哪里来的？该来自10公里外的唐人街，那里有卖活鸡的店铺，只此一家，一般须在店里宰杀，去毛。但顾客持特殊理由或和店员有交情，把活物放进厚牛皮纸袋带走也不是不可以。多年前英文报章刊登一则不乏幽默感的市井逸闻：穿行于唐人街的31号巴士，上来一位中国大妈，她手里提着呃呃发声的母鸡。黑人司机告诉她，活禽不能带上车。大妈不谙英文，车里一位中英兼擅的女士居间翻译，大妈恍然大悟，笑道："这还不容易！"噔噔下车，把盛母鸡的纸袋往水泥地面狠狠一摔，鸡一命呜呼。大妈兴冲冲地把它拿给司机看。司机捂脸说："我的天！"车内乘客，表情复杂，洋的皱眉，叽咕，说太残忍；同胞呢，摇头，叹气，怪她丢人现眼。

今天司机和"公鸡"相安无事，不是因为规则改了，而是携带者从后门登车，不曾从司机面前经过。我差点站起来，走向老先生，对他鞠躬，请他让我瞄一眼公鸡，对它致以太迟的景仰。我要宣告，我当知青的年代，有饭吃的男人一律向"专政"委身以自保，没饭吃的男人孜孜汲汲地为饱肚而穷忙，世间难找一把硬骨头。困顿的乡村，几乎唯一让我这萎靡的年轻人精神霍然一振的，就是雄鸡。子夜刚过，是它以利爪抓住篱笆顶端，向黝黑的天穹，高高昂起不知天高地厚的头，火红的冠轻摇，如擎一朵暗红的火焰，颈子尽量前伸，喙大张，无远弗届地啼叫！貌似铁板一块的黑暗被啄破，彩霞从洞里流泻，铺满东天，牵牛花应声开放，燕子掠过，水牛以低沉的哞哞应和。黎明君临，天下一片光明。高视阔步的雄鸡，是向黑暗进军的号手！

后排又响起鸡声，然后，是手机通话的声音——老汉对着手机生气地叫嚷，声音不小，我听得清楚，大意是：他约对方在格利大道某处见面，彼爽约，他只好回家，但此刻人家要他回头走，在老地方见面，他不愿意。他骂完，把手机放进口袋。

原来鸡声是手机铃声。响第一次时，他正在气头上，以拒听表示对失约者的不满。第二次鸡声响起，他的气消了大半，所以接了。我远远对着老先生苦笑，不是责怪，而是表扬，放在拂晓时分，没有哪种手机铃声，更叫人抖擞斗志的了。

核桃溪曙色

在核桃溪女儿家这几个月，作息时间大变。每天夜晚九时多便就寝，为的是和婴儿同步。婴儿目前四个月大，过去老妻和我两人在客厅睡觉，婴儿床就在我们的沙发床旁边。后来，我把动不动就失眠的老妻赶去卧室，关门睡觉。由我独自在客厅陪伴婴儿。这样就省事多了，不必每晚拿沙发折腾，在地上铺一块大海绵就行，我这"随遇而睡"的本领全家不得不佩服，尽管起床颇为费事，仿佛在大海平面站立，要先屈膝，再扶较高的家具，此刻恍悟，古人为什么向往"高床暖枕"。

顺理成章地，每天早起。4点多，至迟5点，我开灯，坐在案头。想起川端康成的妙句："凌晨4点钟，看到海棠花未眠。"为之莞尔。不眠的，看花人罢了。除非你把含苞与萎谢界定为"睡"。不远处的婴儿，并不在乎灯光。距离我数英尺的是玻璃门，门外是浓稠如墨的黑色。我暂时不能进入苍茫的夜，因为隔着一组密码。（为了防盗，临睡前设置警钟，输入密码才能开门，不然，全屋铃声大作。）我好整以暇，喝下第一杯开水，凝视黑夜。在时钟按部就班的敲打下，黑夜松动，它知道，要向黎明交班了。

交班不是政变式的突变，也不是政党轮替一般分明。而是与蛇蜕皮，蝶破蛹类似。而且，这仪式是在完全的静默中进行的。距离旧金山30多英里的核桃溪，和故土的村庄比，虽然前者的树木更为丰茂，但具体到黑夜和黎明的接合部，后者多了生气，迫不及待的公鸡，和启明星一起上班，柴扉开阖的咿呀声，漏出零落的狗叫，不知疲倦的蟋蟀阵到了尾声，井沿的铁桶哐啷哐啷地响。一切就绪，远山上一丸被霞彩簇拥着，一跃而出，天地为之灿烂。一步到位抵达早晨。

这里呢，同是从内而外的蜕变，但小有分别。以栏杆为界，栏杆后为以树木为主的立体景观。对付森然而立的黑夜，光明从无形的"漏斗"排出，先去掉覆盖所有白色的漆黑，使得雪白的栏杆、墙壁，以及马蹄莲、绣球花最先呈现轮廓。其次，去掉附着于枝丫的褐色，使得伸向天穹，几乎触到星星的竿梢清晰起来。往后，夹杂在婆娑树冠的，藏匿于屋顶烟囱下的，缠绕街旁的枫树的落叶的，所有影影绰绰的黑，都被更加密的孔眼筛去，光明终于浮现。至于栏杆前，这平坦的院子呢，曙色先以微明布下疑阵。木板铺的地面起伏迷离的光斑。光斑蓦地消失，眨眼之间，大片亮色从顶盖边沿，瀑布一般泻下，漫流开来，地上尽是水银。我揉了揉眼。光明已堆满玻璃门，再不打开，怕要挤爆。

我没有把玻璃门打开，因为忘记了密码。只好专注于另外一种黎明。它从婴儿床上升起。我断定，不多一会，美妙的躁动要开始。我扶着婴儿床的围栏俯看，小宝宝伸胳膊，蹬腿，翻身，眼睛依然闭着。她十分享受将醒未醒的瞬间。我等待，一如万物等待日出。她漫不经心地睁开乌溜溜的眼睛，嘴巴张成甜甜的笑，似乎得意地问："我睡得怎么样？"她上一次喝奶粉，是七个小时之前，本该饥肠辘辘，按惯例会大哭，但她只专心于伸展解除捆绑的手脚。我慌忙到厨房去调奶粉，把奶瓶放进微波炉加热，然后，把她抱起，当起乐趣无限的"奶爷"，这头衔比"奶爸"更高级。此时，一屋子塞满了灿烂的晨曦。

隔着玻璃门看远处的草地，长尾巴翠鸟是第一批的觅食者，麻雀即将加入。松鼠在横过天空的电线上敲击音符。晨光在叶子间跳跃。室内婴儿吸奶瓶的声音和屋檐下排水管（它专收集屋顶的露水）的滴答声，取同样的节奏。哦，至美的黎明！

把书送给陌生人

上午10时25分，我从邮电局走出，拨了电话，接听的是女士。我说要找陈先生。对方是陈先生的太太，她告诉我，陈已去了星巴克。我说我在路上，请转告他稍等。她说陈先生没有手机。

10分钟以后，我站在十九大道旁边的星巴克门口。里面坐着诸色人等，老中青，华洋均有，哪一位是陈先生？不下于三位疑似者——老年，华裔，独坐。但不好贸然趋近，因为他们都不像能吟咏旧体诗词的雅人。只好从袋子里拿出预先约好的标记——两本书。

此来是为了给素昧平生的陈先生送书。将书置于胸前，游走于桌子间，忽然想起这姿势和50年前手拿"红宝书"的红卫兵相似，马上放下。没有谁注意我，连缩"卫生眼珠"的人也没有。于是我排队，买了一杯拿铁。等候付款时，好奇地看看洗手间门前，客人进入前不必输入密码，可见星巴克言出必行，欢迎全人类使用，即使不消费一毛钱。这一"新道"，缘起于一个多月前，费城两位黑人没花钱而待在星巴克，店员报警，黑人被逮捕，驱逐，因此酿成全美国反歧视的大事件。随后，星巴克高层启动危机公关，所有连锁店停业整顿半天，从此实现这一重大转变。我没有用洗手间，因为不"急"，一如顾客们对我手里的书的态度。

说到我带来的书，话有点长。是《程坚甫诗存》。程坚甫，1899年10月20日生于广东台山县城郊洗布山村。青年时代从广州中学毕业，担任图书馆管理员、法院秘书等文职工作。1949年去职还乡，以种菜、卖菜、砍柴、卖柴、养鸡、卖鸡，为生产队收家肥和拾猪粪维生，1989年病卒，享年88岁。他毕生致力于旧体诗词的写作，共写了1600首，早年之作被毁，如今流传约800首。

当代文学大师王鼎钧先生认为他"是中国极其稀有的农民诗人","若论内涵，程诗达到古人论诗的种种要求，如温柔敦厚、委婉曲折、幽默超脱，等等"。耶鲁大学任教的作家苏炜赞程为"当世老杜"，"是完全可以上承唐音宋韵，下接明清诗流，比肩于郁达夫、聂绀弩等这些20世纪旧体诗词的另一座当代诗界奇峰和诗苑奇葩"。

我去柜台拿了拿铁，一位皮肤白皙的老先生进门，把带小绳子的小铭牌挂在胸前。牌上写着"陈"。我和他握手，两人占一张小方桌。很快探知年龄——70岁，和我同庚；广州人，20世纪60年代末下放番禺当知青，70年代偷渡至香港，1977年移民美国。他拿过《程坚甫诗存》，道谢不迭。我说，程公泉下有知，当为多一知音而自豪。他说，他和二三诗友，不是靠人推荐，而是自己在浩如烟海的旧体诗中发现程坚甫的，一直为只在网上搜到他的诗作太少而惋惜，这一次终于得偿所愿。

我告诉他，程坚甫的诗，《诗存》大致收齐。这本书由乡贤陈中美先生搜集，评注，自费出版。此前，程公的第一本诗集，也是陈中美先生付梓的。因在小范围内引起巨大震撼，将"发现程坚甫"引为此生第一项事功的陈中美先生再次印行。那是10年前的事，3年前陈中美先生以90岁高龄归了道山。

我向陈先生简述搜寻《程坚甫诗存》的经过，并非炫耀，而是过程本身或多或少地揭示了人文精神衰落的轨迹：一个月前，陈先生的朋友汪来电，说有朋友到处找寻程坚甫诗作。我从他那儿得到陈先生的电话，打听清楚。第二步，向住在加州核桃溪的陈中美先生的儿子打听，他说《程坚甫诗存》在家只剩一本，乃父亲遗泽，不能割舍。第三步，和耶鲁大学的苏炜联系，问由正规出版社刊行程坚甫诗集一事进展如何，他说没有落实。苏老师先后和两三家出版社谈了，对方都怕卖不掉而搁浅。第四步，我侧面了解另一本《程坚甫诗评注》的出版状况，它由家乡五邑大学中文系一教授撰写，四年前已完稿。得到的回复是：作者已退休，这本专著属于市政府牵头操作的"本市文化遗产"项目。我再找负责这一项目的杂志主编，主编说尚未出版。第五步，我向家乡的陈女士（程坚甫的女弟子）询问，她说手头还有12本，是本地诗词学会为将来

"万一"召开程坚甫作品讨论会而留下的。我说服她匀出两本，她照办，把《诗存》交给从家乡回旧金山的乡亲。

坐在对面的同龄人，谈到程坚甫的诗，眉飞色舞，说两本《诗存》，一本归他和太太，一本寄往纽约的诗友，他们都是程公的头号粉丝。他至为欣赏的，是程公的诗贴近现实，所写的都是他熟悉的，还有，是诗句典雅、沉郁，却没有艰涩的典故。我向他打听，20世纪70年代初活跃在省城的旧体诗词写作群，尤其是诗坛领袖朱庸斋先生。他摇头说不知道。原因是他已到了香港。谈起初履香江，进入本地骚人词客的圈子，他说只有惊讶的份：哎哟，我这才知道，这里除了纸醉金迷，还有淡定吟哦、曲水流觞的清雅环境！

谈了一个小时。陈先生要回家照顾年届九旬的母亲，我要去茶楼见两位朋友，分手时郑重相约，再来咖啡店谈程坚甫。

洗手间攻略记

我在旧金山商业区中心地带——市场街走路时，是上午9点多。出家门前喝了咖啡和稀粥，此刻甚是尿急。凭我对这一带的熟悉，找个洗手间还不容易？拐个弯，走进一家拥有一千个房间的大旅馆。大堂里，客人进进出出。

"喂，洗手间在哪里？"我大咧咧地问前台的男性职员。此刻不能低声下气，须出以"我是住客"的霸道口吻，他们才不会捉弄你。他极客气地凑近，微笑，指了指左侧，说："从这里一直走，到尽头右转就是。"我遵指示行事，洗手间的门，怎么推拉也开不了。细看，门把上方有一行字："请使用您的电子门匙。"我苦笑着离开。这一带游客多，无家可归的也不少，进来借用洗手间的非住客，旅馆穷于应付，公开拒绝有失风度，所以出这绝招。从前并没有这种机关。我走出旅馆。还有一招，冒充顾客进餐馆。虽然沿街各家餐馆，大门上都贴上"洗手间只供本店顾客使用"，但硬着头皮进去，不会被训练有素的侍应生逐出。可是，供应午餐的餐馆都在11时开门。

无路可走，"三急"之急，势不可当。忽然记起，街旁一栋十五层高办公楼的第一层，是"PY贸易公司"。它的创办人姓李，是我父亲的朋友，父亲在世时两人一年总见几次面，一起追忆青年时期在家乡小镇创业的豪迈情怀。李老板已去世五六年，现在掌管公司的是他的大公子杰克。因父辈的交谊，我和杰克算得熟人，但只在乡亲的聚会上偶尔见面，做简单的交谈。此刻，只好找他。

我推开玻璃门进去。柜台后的华裔接待员向我问好，问有什么可以帮忙。我想，如果直告，她不会放行。我说："找李董事长。"她警惕地看着我，"有预约吗？"我摇头。怕她怀疑，我说，杰克是我的朋友。她睁大戴假睫毛的眼，意思我是明白的，她想打听底细：找董事长，是谈生意还是扯闲话？我解释，杰克是我的老乡，我路过这里，想和他打个招呼。

膀胱接近极限，我的腰稍稍弯下，两腿不自然地摆动，但她太年轻，该不会看出破绽。"没什么要紧事。"我强调，心里想，她要是男的，我就坦白：只为借用洗手间。

"请填写。"她把一个表格递给我。是会客单，我咬着牙，飞快地填好，"事由"一项，写"打招呼"。她接过去，看了，泛起不屑的表情。也许杰克交代过，上班时间，不要让闲人打扰。但她还是拨打了内部电话。两人的对话声音太小，我听不到。她搁下电话，说，李总说，下一个客人10分钟以后到达，他可以见你，但限于……"给我一分钟就够。"我打断她。

按接待员的指引，我走进董事长办公室。老实说，我走路的姿态太别扭了，双腿差点要夹住。幸亏她走在前，看不到。

杰克马上认出我来，开始有点惊愕，但很快恢复正常，从大靠背椅上站起，朗声说："哎呀，前辈驾到，有失远迎。"我在桌前勉强地坐下。正要问"洗手间在哪里"，杰克在说话，不好打断，连连点头。他以为我在恭听，其实是延缓膀胱的压迫感。

"您来得好，替我看一下。"他把一张建筑草图递过来，我扫了一眼，是宾馆式的大型建筑。"我在村里买了一块地，十多亩，打算建这个。住是不住了，拿来供祖先神位。"我趁他喝水，插嘴说真堂皇。又一次要问洗手间。他看到我的神色不对，眼珠往天花板上一转，说："这个草图嘛，我先搁一搁，怕贸易战打得不可开交，提前进了一批货，资金有点紧。"我明白，他以为我上门来，目的是借钱。只好果断地说："不好意思，能不能先用一下洗手间？"杰克说，当然。

事情解决，我走出洗手间，对杰克说，时间到了，不好打扰。下次再来拜访。杰克伸手，我说，我的手没干。握手的仪式取消。他拍了拍我的肩膀说，常来坐坐，聊聊乡情。

我边说好的，边走开。

大街上，天空如此明亮。我的身体和全世界，一起轻盈起来。

地铁里的"镜子"

回到故国的古城，是暮春。岭南至为红火的花信——木棉已阑珊其事，路过一所中学，校园里林荫下的水泥地，刚刚打扫过，又落下数百朵猩红的木棉花，酒盏似的。我蓦地一惊，想，如果仲春是豪饮的季节，那么，众多时间的"饮者"此刻已兴尽，不胜酒力之际甩手一扔，"杯子"满地都是。

走进广佛线地铁的车厢。并非峰期，人不多。不知是不是老年人们睡午觉去了，满眼都是年轻的脸。扫眼车厢，以取得总体印象。主流是看手机，姿势各别，心无旁骛则一。一位四十上下的男子，看屏幕至忘情处，哈哈大笑，是唯一的失态者。然后，我逐个看坐同一张长椅的，再看对面的长椅的。我和他们如要比拼年龄，不能"以一当三"，但"以一当二"之后，该还可匀出一个"小学生"来。

年轻多好！只要没有青春痘，脸颊一律无皱褶与凹陷。身躯无赘肉，关节像安装了上好弹簧，举手投足自带张力。正对面的小伙子，23岁吧？左臂被浅蓝色文身覆盖，那是杂花生树的春天花园。汗衫上写着霸气的英语，那是某个软体公司的广告。他和同伴没刷手机，我没来得及诧异，车到祖庙站，他们大咧咧地牵手离开。

对面的座位上方，是一块普通的厚玻璃，囿于光线，有点暗，但映像还算清楚。想起天下女性，以和妆镜较劲为日课。我是对自家外貌"管他娘"的"男流之辈"，不但敢于对镜，还带点恶作剧地研究镜上众脸。

身边的低头族的脸，和我的该怎样比呢？如果彼是丰腴滋润的平原，我便是怪石嶙峋的山地；如果彼是一览无余的简单，我便是波谲云诡的复杂；如果彼是朝暾初出的天际，我便是日头西沉的海滩……排比句再铺陈也是白搭。

　　沉溺手机的青春一族，他们的前面是负重中年。斜对面那穿连衣裙的小姐，以白葱般的食指，在带精致套子的三星手机上拨划，想象她家里背上一个，手牵一个往育儿中心赶时，手指还能和手机过不去否？身边的小伙子在看微信，瞭到我在偷窥，以眼角的余光做友善的警告。我凭自己的往昔，差不多可以预测他们此生的大致走向，从高考前填下的志愿表到心头涌动的情欲和物欲。人生如车厢，乘客匆忙上下。以内心世界论，谁都可以成为王者，或者流放者。

　　我的前面呢？我对着镜内一张带太昭著的眼袋与纵横的沟壑，因而颇"耐读"的脸，诡秘地笑。我有过的，旁边的人来不及有，于他们，自然是绝大的幸运与优势，我只有羡慕的份。

　　但我也可以据此自豪，他们是未成品，我却接近成品。他们可以从我看到他们的将来，尽管山长水远；我变为他们，须逆行太多的苦难、忧愁，那是非常年代，青年人"有"什么——套句元朝老百姓的慨叹："金人有狼牙棒，吾人有天灵盖。"

　　镜内，我的脸夹在他们中间，好厚的脸皮！为了抵抗近于恶毒的自嘲，我老在堆砌"我有什么""他们有什么"一类句子。我有老奸巨猾，他们有"盲拳打倒老师父"；我有千回百转的"过去"，他们有难以历数的"可能"；我有浩瀚的依恋，他们有应付一切的表情包、支付宝、自媒体、优步、快闪……

　　看够了镜子，我也掏出手机，却没有流量，只好放回挎包。原来，随大流也需要资格。我的视线从镜子离开时，为自己想好一个相当雅致的譬喻：地上木棉花似的酒盅。

全怪白内障手术

M今年72岁，年轻时是校花——不是一年或数年内的校花，而是"一辈子的校花"，她念大学时的校友，近50年以后还这样说：××大学建校至今，最美丽的女士是M。难得的是，她对自己的美具有超乎寻常的自觉，一直小心维护，到古稀之年，依然身段窈窕，五官秀丽，出席大小宴会，一袭度身定做的旗袍，分外雍容华贵。这位美丽到底的女性，家庭美满，心情快乐。

然而，M做了白内障摘除手术以后，心情坏透了。事情是这样的：她感到视线有点儿模糊已好几年，因看东西还凑合，也不妨碍读书，便拖下来。最近一次体检，眼科医生告诉她，白内障已成熟，最好尽快摘除。老公劝她，一切由保险公司包，不花一个子儿，手术全程只要20分钟，一点也不痛。两个女儿也催促。她下了决心，第一次为左眼换上人工晶体。戴了三天眼罩，白天出门戴太阳镜。医生检查，认为很好。于是，替右眼也做了。

10天后，她去医院，"祝贺！你的视力恢复到1.4。"眼科医生做了最后的检查，这样下结论。她喜滋滋地回家。先洗了一个痛快的淋浴，好多天怕水溅进眼内，只能用浴巾擦身。然后，走向梳妆台。

糟糕！对面的女子是谁？哪里来的老年斑？颊下，额上，突然冒出来的，使劲揉，当作锅垢，却抹不掉。眼袋，大核桃似的吊着。还有皱纹，又细又密，从颈部到鼻翼，法令纹如此抢眼……她眨眨眼，使劲睁大，以为刚才的"幻象"会消失，然而更加清晰。她怀疑那就是自己。每天都照镜子，不是不服老，但多少年来，"老"是循序渐进的，何以此刻来个"跨越式"？镜子有鬼吗？她拍了拍镜面。终于省悟，千错万错，是去掉白内障的错。不是自作孽吗？过去，模糊是模糊点，但一切都顺眼，能将就。

她气呼呼地摔门走出。周遭有点异样，桌面多了灰尘，地面多了垃圾，阳台多了草梗和落叶，客厅的咖啡桌上，几本心爱的书，天天都读几页的，封面忽然多了折痕。没有一样不碍眼！她抬头扫视，要找丈夫问问，是他还是孙子弄脏了，搅乱了？随即想起，丈夫去邻居家打麻将，孙子忙于上学，没来好几天了。她走进后院，那里栽着苦瓜、丝瓜、南瓜。刚刚抬步，就看见成千上万的蚂蚁围着根部，趋近，是一块面包屑。恶心！扭头不看。

回到客厅，坐下，慢慢地，思绪理清了，气平了。拿起书，不用眼镜，五号字体清晰非常，看着多舒服。可见，手术还是值得做的。

然而，"好眼睛"带来的"不好"，还是折磨着M。在家里还好，家丑不外扬就是了，凭空多了"难以忍受"，慢慢适应。她使劲擦拭橱柜门上的油渍时，记起洋笑话——主妇对付家中的脏乱，便捷的办法是"摘下眼镜"。可是，她要颠倒过来才行。

事情不那么简单，出门交际遇到意想不到的麻烦。邻居C夫妇，是M两口子打麻将的搭档，一直相安无事。但昨晚在C家打了八圈，M非要回家。老公正在瘾头上，不肯起身。M说，你不走我走。好在有人替补，M自己回家去了。老公事后问M，什么碍着你。M说C的衬衫太脏，胸前的斑点肯定是啃炸鸡腿滴下的油。那关你什么事？M说，就是看不过眼，这是对客人不尊重。M连带责备C的太太对丈夫的外观监管不严，衣服是她洗的。老公只好摇头。

M"明察秋毫"的眼，陆续惹起一些小事端。比如，家里开派对，老朋友把烤熟的糕饼放进盘子，M训斥人家："用夹子不行吗？看你的指甲泥！"人家六十好几了，一脸通红。三个外孙如今见到外婆躲着走，因为她一天之中无数次地逮住他们，强迫洗脸，洗手。

邻居和朋友都窃窃私语，好端端的M，怎么变成这样？M是明理人，知道自己过分敏感的根源，在于去掉白内障。她有点后悔了，但不敢说，怕挨骂。何况，没听说白内障可以"放回原位"。这一切，一家人看在眼里。一个月以后，是M的73岁生日。老公送来一件神奇的礼物：雷朋牌太阳镜。老头子在她试戴时，当着两个女儿、两个女婿、三个外孙的面，郑重提出请求：尽可能多地戴上，无论在家还是外出。M又惊又喜，捣蒜般点头，得意地问："我戴蛤蟆镜是不是特别酷？"

晨雨"竖读"

早晨出门买报，雨刚停下，懒得拿伞。走一趟不过十多分钟。不料在杂货店付款那一刻，雨又来了，没有预警，凶猛十分。出店门，贴着墙壁，借头上的雨篷挡雨，走到富国银行门口。不是不可以走回去，如果乐意当落汤鸡的话。我退进玻璃门后，第一个念头是跑过第32街，对面是咖啡店，进去点一份配咖啡的早餐，把报纸看完，雨该下得差不多了。一摸口袋，只有几毛钱硬币。那么，只好被雨罚站。

面对大街，发现雨很有看头。雨线笔直，繁密，闪着暧昧的光，沙沙之声煞是悦耳。这不就是一本直排的大书吗？一行雨是一行汉字。别以为这个国度所有纸上文字，只要是英语，无一例外地"蟹行"。连手里的中文报纸，十多年前起摈弃直排。可是，周遭的商店绝大部分是中国人开的，看汉字招牌就晓得。而招牌，字体横排的几乎没有。这还在其次。还要想及，中国的史书古来是直排线装本。而阅读，着眼的是言外之意，题外之旨。眼前的雨，如果一滴是一个汉字，从上而下地读，段落、页码、旨归都在"后面"。

"后面"为何物？一排我熟悉的店铺。只要人在旧金山，我天天和它们之中的若干家打交道。今天，透过雨端详各自的门面，回顾它们的往昔，况味弥漫着雨的冷冽。

且看街角一家，从前是西药店，经营了半个世纪之后，抵挡不住高租金和顾客锐减的双重打击，三年前结业，空置至今。这么优越的位置，不可能没有商人看得上。它早就被一家卖大麻产品的公司租下。自从加州公投，批准药用大麻合法化之后，又给"娱乐用大麻"放行，从前遭禁的毒品行将大行其道。这个华人占优势的住宅区，组织了一连串抗议活动，在公听会、市政厅、媒体、传单，拼尽全力和公投结果抗衡。使得它一直无法"新张宏发"。从门外贴的正反两方的宣传品看到，华人为了抵抗毒品，是寸步不让的。

和空铺隔着第32街的，是酒吧。中国人不兴上酒吧，社区内硕果仅存的这一家，是次于药店的老字号。大门上有两个弹孔，记载着10年前一次帮派寻仇，好在不曾出人命。每天大早，照例是同一位胡子拉碴的老白人，腆着大弧度的啤酒肚，在门外边喝可乐边抽烟。酒吧隔壁，是一家小型中餐馆，早上总有一个时段，六七个同胞等候座位。和它的兴旺比，它的贴邻——经营韩国式火锅的"大大镬"日逐衰落，从一星期开七天变为四天打烊，离关张不远。

雨势更大，我躲在银行的大门后，雨的细末渗入。粗粗的雨线，淋漓的墨意。一路看过去，中东人开的廉价品店，香港来的姐妹开的蔬菜店，股份制的海鲜店，牙医诊所，面包店……那家装潢简洁的咖啡店，以"港式蛋挞"为招徕，雇请大学生为半工店员，是去年开的，听说它的现泡意大利浓缩咖啡相当地道。这家店的前身是照相馆，数码照相流行以后，因租期未满而走不了的老板改卖报纸。一个早上，也是下雨，我路过，他叫住我，说我昨天买报，少付他一毛钱。我马上乖乖地清还这笔平生最小的债务。

老板、雇员、顾客、货物、价格、人情、铺子的盛衰，所有权的兴替……在我脑子里旋转，一律湿润、清凉，雨掺进这里进行的一切。

风起了，雨线约齐了，弯曲，伸直，一律成为与地面呈45度角的平行斜线。我为"史书"变形而吃惊，继而想到，在这个字必横排的国度，做一次折中也不是不可以的。

堵

    国庆长假的第二天，我在故国，友人邀我们外出游玩。他退休以后，以旅游为主业，一个月总得驿马星动一次以上，但这些日子，他没有出远门，为的是躲开高速公路的拥塞。今天他选择近游，且把出行的时间尽量提前。

    上午8时多，我们开上高速路，车辆极少，不是驾车人不稀罕"全程免费"，而是这一段不通向著名景点。到了茶山的入口处，路障已备好，但未实施，因为时尚早，再晚些，交警就以拒马控制上山的车流。

    山路上蛇行。这地方我来过两次，坐同一位朋友的车，来吃农家菜。和过去比，路已有相当的改善，路面铺了水泥，一侧加了围栏，但宽度似乎仅宜于一车，单向。老马识途的友人却说，是双向车道，我走惯了。

    车行近一个小时，到了茶山的腹地。榛莽密布的深山野岭，居然有上百家餐馆。一些得地利的，引来奇冷而清澈无比的山泉，造了颇讲究的游泳池。我们到得早，平顶餐馆内尚无顾客。友人夫妇下池游泳，我和老妻怕冷，也没带泳衣，只在池边看。

    接下来是老生常谈的饭，且略过。12时，我们下山去，正是上山的尖峰期，各家餐馆前尽是密密麻麻、停放并无规则的车辆，我无论如何解不透，主人们餐后怎样把车开出来。

    归途上，迎面浩浩荡荡的进山车，一辆一辆紧衔车尾，不是怕人家插队而是怕占不到桌子。友人所言不虚，窄路兼容对开的车辆，但要讲避让的技术，年轻时在香港受过严格训练，开过大卡车的友人一路责备一些驾驶员不专业，占路面太多，导致对开的车过不了，造成瓶颈。

    在视野较阔处回头鸟瞰，车龙蜿蜒，不见首尾。每一辆所载，不是家人就是亲友，都为吃一顿加游山加玩水的饭而来。车队下山的阵势我也领略过，车灯遍野，缓慢蠕动，偶尔有赶晚饭的车逆向而开，那才狼狈，所有的车都遭遇"肠梗阻"。沿路看到三辆车，为了避来车，打偏了方向盘，栽进沟里，人命是不会出的，但轮子卡住，千斤顶断乎对付不了，必须找专业人士，昏天黑地的，人家愿不愿来，进山的路如此之挤，何时能开到？八成是弃车回家，待天亮再说了。

堵啊堵啊！开进这不算雄奇，除了树木和野草，别无看头的山里，主旨是吃炭烧的火锅，锅里是"走地鸡"和大鱿鱼，味道并不特别，耗时一整天，比起在家会友，品茗，哪个较为得宜？不凑这个以"堵"为核心的热闹行不行？我心里冒出一个个疑团，但为了不扫主人的兴，没有说出。

回到高速公路，路畅通了。轮到我们悲悯高速公路和景点的人了。从微信，从电话，从五花八门的视频，我们领略亘古未有的堵，人山人海加上茫茫无际的"停车场"，鲜活无比。一年年N遍苦吃了，从不言悔，使人疑心，中国的有车族，是不是迷上了堵的衍生物——从与天地比寿的等，使人绝望的长久趴窝，到路旁边的广场舞、麻将台、扑克局、火锅、啤酒派对？一位从广州开车往南宁，路上耗去26个小时的朋友描述一场景：因高速路上所有车子趴得太久，车上人无一不呼呼大睡。不知过去多少时辰，前面通了，后面浑然不觉，空出十多公里"无车地带"，直到一人惊醒，疯狂鸣笛。

关于"堵"的段子出来了，"10月1日高速路口卖炒面，以堵十公里算，三车道双向约12000辆，每车5人，共60000人，一份炒面卖10元，一顿卖得60万元，一天两顿可赚120万。8天假期赚960万。如果多上几天路，长假可赚上亿"。别以为这是说着玩，果然有人实行，被交警抓获。

这就是我们蔚为大观的随大流，年年如此，教训云云，抵不过庞大、坚韧的民族性。

父亲节的父亲们

2018年6月16日，明天才是父亲节，但儿子要赶两处——自己的父亲和太太的父亲，都要带家人去致敬，今天先来我家。午间在"珍宝"酒楼吃了丰盛的广东菜，由儿子和女婿这两个"父亲"会账。我是高一级的父亲，享受"白吃"。餐后，餐馆门外的人行道上，有我、儿子、儿子的大儿子、女婿、女婿的两个女儿。从早上起，天色阴沉，眼下阳光初醒，有点朦胧，但晒在身上出奇地惬意。

儿子拍了拍我的肩膀，问我近来可好。我说老样子。在健康一路走下坡的年纪，不必叹息"今年肯定比明年好"，谁曰不宜？儿子先表赞许，但对我的外观有微词，他轻轻按了按我的头发，议论："啧啧，这么疏，比上次……"我明白，他并不是为了老爸着急，而是预感到自己将来的危机。果然，他摸了摸自家冒出零星白发的头颅，低头对他儿子说："别的地方像爷爷都好，就是头发不能像，对不对？"他的大儿子即我的孙子抬起头，困惑地看了看爸爸，再看爷爷，没有回答。孙子雅各才6岁，只对《星际大战》感兴趣。

我对儿子说，少安毋躁，你爷爷，35岁起头发变疏，已比你曾祖父强，他60多岁一根毛也没了；我呢，70岁还有上理发店的资本，可见比祖宗有进步。言下之意是，按此类推，你会胜过我。儿子稍感放心。我再给他一颗定心丸："你有两个儿子，我才一个。"他指了指对面的男子——他妹妹的丈夫，说，我宁愿要女儿。

我说，儿子好，我为你骄傲着呢！

"女儿贴心些，我老了，女儿更会照顾老人。"儿子说，对眼前拥有两个千金的妹夫羡慕地说。我强调，两个儿子，很好，不是一般的好！

不是吗？站在祖父的立场，多一个孙子，血脉绵延多一倍的保证。这一层我不敢挑明，怕儿子说我"不当家不知柴米贵"。

儿子转过脸，和他妹夫聊已开打的世界杯足球赛，孩子们在吱吱喳喳地说话。我走近孙儿雅各，爱抚他的头发，想，他爸爸小时候，头奇大且四角分明，他的头也大，但不算"峥嵘"。此刻，我忽然触及心事，低下头，不让他看到我的老泪滴在水泥地上，那里，孙子雅各投下清晰的影子。

我想的是"家族传承"。如果说，父亲节的庆祝仪式包括刚刚吃完的午饭，只是表层的，世俗的。而"不孝有三，无后为大"。生命的赓续，完成这具终极意义的大事，乃是出于本能。相较于传宗接代自然而然地完成的动植物，人类复杂得多。晚婚，不育，男女性别比例失调，环境污染，都对这一天字第一号的功业施以负面影响。我的家族到了美国的分支，命运尚可，儿子36岁那年成了家。两个孙子相继出生，我大大松了一口气。至此，我这"在美一世祖"回到老家，可于心无愧地报告神龛上的列祖列宗：家族"链条"上的使命，我完成了，已交棒给儿孙。

我看着在餐馆里替小孙子约西亚换尿布的儿媳妇，以及身边的亲人。想起距今43年前的1975年，我邀上祖父和父亲，上县城的"工农兵"照相馆照了一幅相。我抱着儿子站在后面，父亲和祖父各坐一张高凳，他们都拘谨，仿佛不好意思，只坐一半凳面。如今，漫漶斑驳的黑白照片还在卧室内的长桌面，被厚玻璃压着。四代男人，年龄依次为75岁、53岁、26岁、1岁。如今，前两代已归道山，我刚刚征服七十的关隘。我无法拍出四代同堂的照片，但无限感恩，没有冥冥中的命运的荫护，我恐抱着"无后"的大憾终老。

我拍了拍儿子厚实的肩膀，说："别管头发，反正你的两个儿子长得比我的儿子好看。"儿子微笑，做了一个鬼脸。

讣告和火葬

每年收到"三叉戟协会"的推销信不下六七封，是退休以后的事。频率略高于"加州退休人士协会"拉入会的广告函。从前，我很为人寿保险公司的"贴心"表现所感动——它每年必在我的生日之前寄来贺卡，除亲人外，记得区区的生辰的，仅此一家。对于"三叉戟"一次次的热情问候，我却只有苦笑。想起许多年前，台湾宜兰一家棺材店的老板，每天光大声播放一首流行曲《总有一天等到你》，这是株守；这家公司厉害得多，主动出击——推销火葬。我为何获此"殊遇"？当然是因为"潜力"。

以"火化——今天的明智抉择"为广告语的信函，其体贴和周到是毋庸置疑的："不管信仰和经济状况如何，火化，有尊严，开销低，减少环境污染。许多人视为自然之选，许多人爱其简单。本协会成立40年于兹，系美国规模最大、最受信任的火葬业者。我们所聚焦的，是简单的火化，收费合理，剔除不必要的昂贵项目。与此同时，我们为逝者的亲人提供最有敬意，最具理性和同情心的服务。"我读到这里，想，即使我将来是"炉中物"，和我谈火葬，也近于和鱼谈烹调它自己的几道手续。这是当事人不予干预的身后事，信寄给为我办"这件事"的人才算切题。

巧不巧，今天碰到同类的黑色幽默，它来自一部名叫《最后的话》（The Last Word）的电影。主演此片的是好莱坞老戏骨雪梨·麦克兰。故事梗概是：81岁的老太太，退休前是广告公司的创办人，离异20多年，亲生女儿和她早已断绝来往。自从误服药物被送院后，决心在有生之年把讣告拟好。她聘请报社负责写讣告的女编辑捉刀。年轻的编辑开头按常规写套话，老太太不喜欢，要推倒重来，指出须写足四个方面：一、亲人爱她。二、同事都尊敬她。三、她

"不经意地"做了一些予人以正面影响的事，特别是对少数族裔和伤残人士如瘸脚的。四、她的绝活。

女编辑逐个找老太太的熟人、邻居了解，方晓得这是天大的难题。对这位永不认错、控制欲极强的老太太，连教堂的牧师也恨得牙痒痒。往下展开的情节，对编辑，是有趣的发现——原来老太太在"不通人情"的外壳里面，藏着火热的、慈爱的心。对老太太自己，是救赎，她在余年为讣告补写一些有意思的章节：和一位黑小孩成为好朋友，在电台当义务唱片骑士，出色当行地播放滚石乐唱片，去看望决裂多年的女儿，和前夫拥抱、和解。最后，安详去世，因为心脏"用得太多"的缘故。年轻女编辑所写的讣告，老太太生前虽已审阅，表示满意，但她在葬礼上做脱稿演说，热泪盈眶。

回过头，继续看"三叉戟"的信。原来，它向我推销的，是为火化预作安排。这倒是我能做的。信中指出，趁健在早早入会、交钱，有四大好处：一、避开通胀，不怕将来价格提高。二、为亲人减轻压力（知道阁下不愿意成为他们的负担）。三、为自己选最合适的项目（阁下的所有要求均会满足）。四、让心境安宁（一切按部就班，自然去得放心）。我要问的却是：不取"涅槃"而就"入土"，那又如何？

是巧合吗？二者都是四条，其相通处，把是自己可以不管的管起来，无论为讣告定稿还是敲定葬礼的细节。干预自身的"百年之后"，本人如果是唯物论者，也许嫌多事；如果是唯心论者呢？在天之灵当感欣慰。死亡，无疑是最大的神秘，它怎样来，何时来，谁说得准？"上帝拿指头一点，就睡着了。"

什么事都可以急，死却不必，还是让老天爷操心为妥。以上两桩，我暂时只当笑料看。

候29路巴士记

在旧金山利治文区，我走到29路巴士的候车站，抬头看液晶显示板，下一班车于29分钟后到达。傍晚五时多，夏天的旧金山，一如既往地阴冷，铅色云笼罩下的街市，格外凄清。如何消磨"等候"？我下意识地拿出手机。打给谁？脑海里把"名单"过了一遍，不是没有很谈得来的朋友，但此刻愿意打过去，而有把握认定对方既乐意又方便和我聊天的对手，几乎没有。最后"筛"出一位，以诗结缘30多年的至交正，但昨天才和他以电话长谈，余光中所说的"一举手即急诊了长乡思"，过于频繁，不合友谊"淡如水"的常态。

把手机放回口袋，裹紧夹克，在街上乱逛。心头冒出的丝丝缕缕的悲凉，还是和手机有关。怎能不生感慨？20年前，30年前，先是电话，然后是手机，"煲电话粥"是何等重要的精神需求？那年代，打往市外额外收费，打往故国更贵，但照打不误。为了便于接听和拨打，家里设分机四部，厕所里也不缺。

什么时候开始，连不打白不打的包月电话一整天也难得拨打一次呢？电话从用于"共话巴山夜雨时"式的热烈发泄，退回"收发通知"，每一次通话的简练，和从前的电报有得一拼："我已到。"——走进茶楼时给朋友这么打招呼。"今天中午不回家吃饭。"——对老妻这么说。

是不是人老了，热情枯竭，懒得说话？也许是。但深层的原因未必在此。昨天和正通电话45分钟，最后他说："一直感激你常常给我打电话，而我很少主动打给你，但请你明白，我不是冷淡……"我连忙说："我该多多感谢你乐意接听才是。"这是肺腑之言，理由在于，和别的通信手段比，电话是最唐突、最欠缺社交礼仪的。过去的电邮、微博、QQ，目前的微信、脸书，虽有即时互动的功能，但都是"信箱"，对方何时打开，如何处理，悉听尊便；而电话，简直是随时到访的不速之客，余光中有文《催魂铃》，道尽电话之弊。

一边走路一边这么自讼。看了沿街商店的橱窗，读了几家餐馆贴在门外的菜单，隔玻璃窗浏览一所针灸诊所的陈设。想起村上春树对旅行家都筑响一的赞美："他这个人体内（不知道是头脑或肚子里）确实拥有发现有趣东西的天线般的东西。"我没有这根"天线"，只好回候车站，看显示板，只"谋杀"了8分钟。后悔没带来一本书。又想到手机里面的"油管"（You Tube）的客户端，里面有的是视频节目，但没戴耳机。

终于发现"有趣的"东西——候车站旁的杂货店，以厚玻璃做的两面墙壁张贴着杂七杂八的告示，诸如，标示"赛马彩票池累积金额"的霓虹灯，今天是9200万美元。不下五张"此处已安装闭路电视"的警示。"百威"啤酒特价，12瓶装卖10.99美元。

巴士到了，比显示板所标的时间快了9分钟，谁说高科技可靠？巴士里面真温暖！感觉马上好起来。从这里开到家附近，只要15分钟，其间风景，有两种系前所未见：一、繁忙的格利大道站，上车的人格外多。我注意到，小个子的印度人没买票，也没刷卡。他坐在我前面，戴上耳机。车内，两位女同胞高声交谈，印度人拿下耳机，抱怨："你看，隔这么远的距离谈什么呢？人家又听不懂！"还站起来，吼一句，"请不要说话，好好坐着！"女同胞果然噤声。我无动于衷，只觉好玩。二、巴士驶进日落区，上来两位年轻的女士，其中一位，极胖，短发被加工为"原子爆炸"式，鼻子戴不锈钢环，络腮胡浓密而细软，不像须眉男性的粗硬。我左看右看，不敢相信她是女性。

这次等巴士，值回票价。

绝妙逐客术

在家接待客人，最感人的典故是周公的"一沐三捉发，一饭三吐哺"。主人正在洗头，吃饭，有人来拜访，把滴水的头发草草扎起，把嘴里的饭吐出，前去迎接，为的是招贤纳士，使得"天下归心"。狼狈至此，纯因客人"不速"，这样的突然袭击多了，出迎的模样不漂亮还在其次，多了，主人不得胃溃疡才怪。

来了客人，要么时间不对，要么不喜欢，要对方尽快消失，怎么办？从前中国的官场，规矩是这样：客人进了门，在客厅就座，仆人端上茶。客人可不能马上喝。到主人端起茶杯，做出喝的样子，这是暗示：事情谈完，该走了。仆役见状，随即高呼"送客"。这套礼节，只适用于下属拜访上司。

维吾尔人的逐客术，则相当温柔。主人进厨房，把"土孜路克"（盛盐的葫芦）摇一摇，并挪去另一个地方。如果客人不领悟，就多摇几次。客人从"挪"联想到"动"，乖乖地告辞。

"逐客"之为术，怎样使过程平滑、雅致，客人不丢面子？和克罗地亚裔的朋友班尼聊起这个话题，他说，他老家——欧洲旅游名城斯皮特市是这样的：比如，伊凡大叔的女儿出嫁，宾客络绎上门庆贺。其中一位男子叫安德烈，是女儿的前男友，居然也来了。新娘在这大喜日子当然不想看到安德烈，过一阵子，新郎率队来接走新娘，见到这位过气"情敌"，也一定没好脸色，当务之急是把安德烈"请"走。

深谙世故的伊凡大叔先把安德烈拉到一边，贴近耳朵，以简练的语言说出自己的难处，请他配合。随后，戏码演出：伊凡大叔抓住安德烈的胳膊，先往衣帽间走，把安德烈刚才挂上去的帽子、围巾和大衣拿出，让他戴上。他走出衣帽间时，伊凡大叔满怀遗憾地大声说："哎呀，急什么嘛！刚进门就走，有什么事改天办不行吗？"声音充满热情，旁边的亲友看来，伊凡留客的恳切，只差下跪。然而忙于喝酒，交谈的宾客们，没有谁注意到，主人伊凡正使暗劲，把安德烈往门口推，同时说："你呀，连香槟酒也不喝一杯，说得过去吗？"不明就里的客人，不忍见主人为难，也劝安德烈留下来。明白个中玄机的客人，使了几下眼色，请大家不要阻拦。伊凡大叔一路推，也一路以最殷勤的话语挽留。"真的一点面子也不给？看到没？几坛子葡萄酒，是专为今天酿的呢，你陪我喝他三杯！"伊凡大叔为了安德烈"执意要走"，差点儿急出眼泪了！安德烈被推出门外，被冷风一吹，打个寒战。伊凡大叔贴着他的耳朵说："真抱歉！"又大声叫道："安德烈！真的要走啊？唉，拿你没办法……"向还没回过神来的安德烈做个告别的手势。

班尼把这一家乡掌故告诉我时，不动声色。我却一脑子糨糊，老在想，一个人的肢体动作和语言全然相悖，难度和两手各拿一支毛笔，同时写不同的字比，哪一样高一些？班尼说，我是习以为常了。

他说过送客，又说迎客。20世纪80年代，他从美国回到斯皮特，总统铁托来视察，全城百姓奉命在大街旁边列队欢迎。他出于好奇，和邻居们站在欢迎队伍里，总统的车队经过，他没有和大家一起高呼口号，邻居气急败坏地说："你竟敢这样，当心今晚给抓去坐牢！"

日子因它而生动

星期六下午，我坐在旧金山最热闹之处——联合广场北侧的苹果专卖店。这个店是新开的，前身是旧金山字号最老、招牌最响亮的"李维斯"牛仔裤零售店。占两层，装潢取后现代的简约明快之风格。室内摆放许多长桌，中间以电视墙分隔。财大气粗的电脑业巨头，气势就是厉害，满眼都是穿深蓝色衬衫的员工，无一不热情洋溢。我坐下，一位白人姑娘接待我。我掏出两部苹果手机，告诉她，上星期买的，现在的问题是：电话打进来，铃声不响一下，就转给语音信箱，随即启动录音，没法接听。姑娘拿起手机，摆弄了一会，再试，一部管用了，另外一部是"外甥打灯笼——照旧"。她说，她不知道毛病在哪里，要我排队，让技师来检修。我把名字写下，她说要等一个小时。

我没挪地方，读随身带的书。想想，今天真是奇妙。上午出家门之前，我已让到访的女婿检查过。惯常我的电脑、手机出故障都靠他修，但这一次他摆不平。我便乘车来唐人街，找上把手机卖给我的手机店。年轻的老板费了老大劲，检查，试验，最后下了结论：软件出岔子，只有厂家才能诊治。所以来这里。一个有趣的悬念牵引着我：手机铃声不响，原因何在？如何解决？

如问世上果有妙不可言的"麻烦"？这次就是，至多是接电话时不大方便，对日常生活的一切都没影响。来了电话而无铃声，即便错过，也留下记录，回拨就是。美国总统、加州州长一类要人既不会与我电谈，也不会有任何投资专家来电指点发财捷径，来电于我，实属可有可无。然而，日子再平常，也需要一点新鲜之物。

我恬然独坐于此，未必不是新鲜的风景。周围的顾客与训练有素的员工，无一不是青年才俊，连超过50岁的脸孔也难看到。我有如春天小树林中唯一的老松，偃塞虬枝一般的手，在翻一本与苹果、与电脑风马牛的中文书《极权主义的起源》。我所看到的、听到的，都是新颖、高深、神秘的玩意儿，苹果手机第八代、第十代，平板电脑第七代，麦克版专业带触杆第四代，具视网膜显示器，苹果手表爱马仕系列、耐克系列，苹果电视第五代，苹果铅笔，伊玛克……而我这个雄性"刘姥姥"，一点也不害羞地待在高科技大观园里。我的问题，如果被旁边背背包的柏克莱大学电脑系学生晓得，一定捂着大笑的嘴巴走开，太低级了！然而，我有资格排在名单里，等候召唤。

从落地玻璃窗看户外，春雨刚停，满街是人，笑声，一个比萨店，预先烘焙好的比萨没人买，聪明的老板干脆吩咐手下，拿到街上分送给行人，于是，红男绿女手拿一个三角形，啃得不亦乐乎。人间真好，管他高科技、零科技。

一个标致的亚裔女孩站在我对面，从制服认出，她也是员工。于是和她攀谈，问她一个毫不科技的问题：我的iPad专业版，两年前买的，触面板变得不如过去灵敏，是软件有待升级，还是硬件老化？她说，要拿来看看才好回答。她顺便问我，是不是要修理什么？我告诉她原委。她查了查名单，说要等25分钟。

接下来，她"捎带"看了看我的问题手机，只把一侧的静音开关推了推，试打几次，故障已排除。我大笑，夸奖她了不起，请她把我从轮候名单上拿走。

走出大门，阳光灿烂。一点儿新知识，让今天无比生动。

拟"黄粱梦"

星期天午间，驾车一个小时，和老妻一起去丹维尔市，儿子一家住在这里。和儿子、媳妇，两个孙子一起在美式餐厅吃了午饭，回到他们的家。饭气上来，靠在长沙发上，角度恰好，仰头歇歇。6岁多的大孙子雅各在看书，刚满1岁的老二，被奶奶抱着，在后院追蜻蜓。周遭静悄悄，我迷迷糊糊地睡着了。好歹是客人，却如此失态，幸亏全体亲人都给"老头子"面子，不予打扰。

醒来，颈部有点酸麻，可见入睡的时间不短。客厅里依然静，这静不是没有声响，也没有谁刻意压抑声音，纯自然状态，各适其适。小宝贝躺在婴儿床上。当奶奶的和孙子雅各玩"钓鱼"的游戏，雅各眼明手快，一下子把鱼钓光了，得意地笑。儿子在车库里修单车，准备下星期和儿子一起去公园里转一圈。媳妇在厨房里泡制婴儿食品。刚才吃午饭时，她扬扬得意地说，超市出售的都不中她的意，她自己动手，按照专业书的指导，集齐多种蔬菜、肉、蛋、奶酪，搅拌成糊，宝贝最喜欢吃。我坐直身子，揉揉眼睛，周遭似梦非梦，左侧是雅各的游戏区间，单是汽车模型就超过200辆，还有全套《星际大战》的战士。某种难以确指，类似"嗡嗡"的微响，在天花板下回旋。似置身于繁忙的蜂房，又像躺在午后的草地。户外，闪烁的阳光直射在翠绿的葡萄藤上。

这是何年何月，此地是何处？沙发靠背上有没有"游仙枕"？唐代《枕中记》里的卢生，在邯郸投宿，遇仙人，获赠一个神奇的枕头，枕着入睡，其时主人正在蒸高粱。卢生在梦里娶美妻，还发了财，"旋举进士，累官舍人，迁节度使，大破戎虏，为相十余年，子五人皆仕宦，孙十余人，其姻媾皆天下望族……"我绝没此气势，一觉刚够把儿子从出生到成家立业回顾一遍。

　　儿子44岁了，刚才在路上，我拍拍他壮实的胳膊，问他近来如何，他感叹说自己"老了"。我说，不，这是最好的年华。他点头说，家里人都健康，他和太太都有不错的工作，尽管太太当的是高薪而时间上严格设限的合同工，压力不小；他自己，上下班在高速路都遇上拥堵，但总的说来，没什么要抱怨的。我连连赞好。心里说，这辈子没有遗憾。

　　儿子个头与我相仿，比我粗壮，单眼皮、小眼睛，一看就是拷贝，但两代人的价值观有差异。他上高中时，已对我"做人上人"的庭训嗤之以鼻："当普通人有什么不好？"但他并非自甘碌碌无为，而是不好高骛远。作为金融分析师，他大学毕业以后当了20多年，"累官"至只有一个部下的"项目经理"。他是极尽职的丈夫和父亲，下班回到家和妻子一起做家务。他和我一样，不脱邋遢，他太太和我太太一样爱整洁，都琴瑟和谐。

　　怔怔凝视烟云般飘逝的岁月，从大脑袋的孙子，看到头角峥嵘的儿子；从玻璃门外的树影看到青砖砌的老屋，那里，学步的儿子爬过门槛，他两岁起，一听到村头的自行车铃声，就飞跑过去，迎接最疼他的祖父。人生之美好之珍贵，原来都在这"静"上。时间不动声色地流，我们的衰老换来新一代的成长，我们却不必牵挂。卢生在梦里活到80多岁，醒来时，黄粱饭还没熟。我的"拟黄粱梦"做了20分钟，不，做了40多年，儿子因难产被产钳夹出，带着好些伤痕来到人世，那是开篇。

　　我从沙发上站起来，从老妻手里接过和她刚刚完成磨合的小孙子。他模样像极乃父，他在我的怀里，我的思绪马上溜回县城妇产院——第一次抱起他的父亲，襁褓里小不点的血肉，那么温暖、绵软。

　　媳妇开动搅拌器，呜呜有声，她在为两个儿子准备下星期的食物，我仿佛嗅到黄粱饭的香味。至此，我怎能不礼赞把我变为七旬老人的时间？

从三条腿到四条腿

2018年夏天一个周末，从网上看到，纽约的华文文艺圈煞是热闹，有书画展，文学讲座，还有朗诵会。从现场照片系列，看到我敬重的前辈，这位气色殊佳，台上妙语如珠的大师级作家，用上两根拐杖。直到去年，他还用单拐呢！想到时间的匆迫，不能不有点感伤。又想及，他已臻93岁，这自然是顺理成章的。如其哀叹老境的衰颓，不如效法阿Q做雄赳赳的反击："你还不配！"须知，谁要有如配备双刀、双钩、双剑、双枪的将士一般，出行持双拐杖，非亮出"入场券"不可，那就是足火候的"老"。

从和"勇猛"挂不上钩的双拐，想起古希腊的神话故事：女人脸，狮子身的斯芬克斯踞于忒拜城附近的悬崖，向路人出谜语："什么东西走路，早晨用四条腿，中午用两条腿，晚上用三条腿？"如果路人猜不中，就会送命。俄狄浦斯猜中了，斯芬克斯只好从悬崖跳下自杀。这一著名谜语的谜底是"人"。如今看来，人的生命，不但分早中晚，还可就"晚上"做细分，90岁以后算"深夜"，而"四条腿"乃是这一阶段的"标配"（不止这一种，还有带轮子的助行器、轮椅之类）。

当然，四条腿之为用，只在人的躯体，主宰它的是不可逆转的自然规律。至于人的精神，不管到哪个岁数，不管健康状况如何，除非进入人力无法控驭的状态，它可以不需扶持，健步如飞；可以飞翔于万仞之上；也可以游泳在千寻之下。人不管多老，只要自由意志仍旧驰骋，那么，人生就有"境界"的讲究。

我从报纸的副刊读过持双拐的老人所写的随笔《境界》，然后走进旧金山唐人街的花园角公园，对"境界说"的感受格外强烈。时近黄昏，阳光温柔，风轻抚细叶桉的枝条。园内坐满了老人，多数是打扑克的，每组四人围坐石桌，甩牌时偶作气壮山河的吆喝，四近有被归类为"闻衫领"的观战者。少数是下棋的。最大的空地上，一群女同胞在跳集体舞，乐声激昂，舞步轻快，是这一带最具活力的看点。相形之下，人行道靠近马路的一侧，长椅上那些落单的老先生，拐杖搁在扶手旁，眼神空洞、漠然，孤独、无聊之态叫人怜惜。眼前的老人，大多数是快乐的，或者说，走在追求快乐的路上。和出不了家门的病人、残障人比，他们占有阳光和蓝天。我环顾四方，看不到一个持双拐的。负手徘徊在表情、姿态千差万别的所住，即使欣赏，也没感到满足。诚然，老有所乐是不错的境界，但它上面还有创造，有奉献，有冷隽的观照，智慧的思考。从三条腿升格到四条腿，由老天爷做主；而提升精神境界，却无人可以代办。要求离我不远处独坐、对着篱杜鹃发呆的老人，像纽约持双拐的大师一般行事、做人，是强人所难，但要求自己老得漂亮一点点，总归是好的。

且看大师在《境界》一文中就《山海经》"夸父逐日"一典故作的发挥：和太阳赛跑的夸父热死，渴死前，把手杖抛出去，这杖化作一座桃林，桃林不但有阴凉，还可以结桃子供人解渴，境界提高了。"再到后来，夸父的眼睛、头发、骨骼，都变成永恒的东西留给后世，境界更高，很有今天器官移植的意味了。"

《境界》一文的结语是："时代进步，今人的境界有时候高过前人，作家也要冲破前人的境界天花板才好。"

九十八岁的狂笑

诊所里，富于幽默感的李医生拿着一种药物，对我的岳母说："这种针剂，可增加骨质密度，促进骨头生长。如果找到人，每天去您家给您注射它，您的骨头在两年内能够完全愈合……"岳母追问："要多久？"医生重复："两年。"岳母的反应是：哈哈哈哈！医生和陪同岳母前去的姨妹给猝然响起的笑声吓着了，都退了一步，看老人家不是神经突然出故障，才放下心。

老人无法停下放肆的笑，"哈哈，两年！是两年啊！"她的笑，我们都见惯了，看到有趣的，或为了礼貌，她会发出"小"笑；听到笑话，她会发出"中"笑；曾孙儿女在她面前跳舞，和她拥抱，她发出"大"笑，不管怎么笑，音量都受控制。唯独这一次，她放开了，头尽量往后仰，靠在椅背上，笑个不亦乐乎。李医生看她状态正常，趁她换气的间隙，握住她的手，和气地说："老婆婆，什么事情让您这么高兴呢？"她缓缓地举起尚能活动的左手，擦了擦眼泪，说："两年，我还能活两年吗？哈哈！"这一小小骚动，惊动了诊所里别的医生和护士，大家在门外探看，知道是一场喜剧，笑着摇摇头，离开了。

据记忆，岳母从来没有这般笑过。她直到90岁，身体还不错，耳聪目明，记得上百个电话号码，儿女忘记了，宁愿打电话去问她，也不翻号码簿。近几年，走路渐成问题，她最大的乐趣——和朋友一边散步一边聊天被剥夺。去年，摔了一跤，不算严重。还没恢复，在家里坐不稳，往后一倒，地板上轻轻一碰，却使肩胛骨裂了几处。送院救治，医生说不必敷石膏，服药就可缓慢弥合。岳母在疗养院住了一个月，受不了那里的噪声，搬回家，让亲人照顾。她定期去诊所检查，这一次，医生提了以注射药物加快骨头愈合的建议，想不到她反应如此激烈。

　　我就此展开思考。古人称"寿则多辱"，此说在老人得到较好照顾的社会未必成立，而况我岳母的四个儿女，多年来都尽了孝心；但寿则多痛，岳母是现成的样板。伤处不间断的疼痛，只靠止疼片治标。因此，越是老，她的心情越成了"过山车"，有时笑嘻嘻，思维还算正常；多数时间心情糟糕，时有厌生之念。"太老了，活成累赘，真没意思"是口头禅。好在，她只是说说而已。

　　医生为老人家预设的寿元，不过是"两年"或稍多。这定额，对一般人太少了。刚才在路上偶遇一位久没联系的老友，问及近况，他说："再过两年就退休了！"迫不及待之情溢于言表。岳母离百岁还有两年。但岁月"剩下多少"于她没有多大意义，她首先要摆平身体的疼，以及衰老带来的太多难处——上一次厕所也折腾半天。诸般纠结，让她对"两年"的预期，既不因其"少"而惊诧，也不因其"多"而悲凉，她回应以戏谑，以黑色幽默。活够了的人，以此反讽无情的命运。九十八岁的宣言，如此张狂！

　　借此，健在者若单单领会"最后一程"的困窘，是不够的；要紧的是，及早以高蹈的精神超越死亡。爱尔兰诗人沃尔特·司各特如是说："死亡非最后之眠，乃终极之醒。"

埋单

我的家乡，号称"中国第一侨乡"，近200年间，出洋者众。在以落叶归根为主流的年代，海外归来的乡亲，无论"衣锦"与否，面子是不能丢的。于是，有关他们呼朋引类上茶楼，吃饱虾饺、烧卖、肠粉、蛋挞之后的最后一道手续——埋单，颇多逸闻。大半个世纪前的茶楼，会账不凭单，客人离座，往柜台方向走去时，堂倌一边清点空碟一边吆喝："开来！"以提醒掌柜的注意。随即，堂倌以高出鼎沸人声八度的嗓门报出数额，用的是业内切口："礼拜毫有找"（"礼拜"是七，"毫"是一角，"有找"是七角找回一分，即六角九），"礼拜三"（七角三），"一巴掌"（五角）。

这是我当知青时村中老人说的笑话：一天正逢墟期，午间，三个从花旗国回来的男子在镇上邂逅，亲热无比地拍肩膀，一致决定，上茶楼聊个痛快。在水汽氤氲中消磨了两个小时，茶市阑珊，该埋单了。他们都早已悄悄自我检查过，知道囊空如洗，个中原因很多，如回乡已久，钱挥霍光了；刚才买菜或馈赠亲友用罄；忘记带钱包。怎么办？堂堂金山客，连"叹茶"的小钱也没有，传出去岂不要跳楼？如何化解眼前困局？只有造个借口溜出去找熟人救急。不过，英雄所见略同，三人落座前都暗抱侥幸：我没带钱，眼前两位衣冠楚楚，从来出手大方，怎么会不带？然而，埋单前，"抢"这前戏是务必做足的。

于是，在堂倌报出数额的同时，三位体面的绅士在通往收款台的过道上，推推搡搡，一个说："你们是大佬，这次务必让小弟表表心意！""上次你请了，这次不行！""喂，我是地主，怎么轮到你们……"越吵声音越大，脸都发红，颈上青筋如蚯蚓。如此像煞有介事，叫茶客以为是黑帮"开片"

（械斗）。他们向柜台发起冲锋，一起说："我来！都别争！"然后，各自一只手插进口袋，都久久没有拔出。一片死寂，伸手准备接钱的掌柜眼睛发直。这一秒，谁都指望别人从口袋掏出白花花的银圆。若然，其他两位将无奈地摇头，小声骂："算你手快。""下不为例。"好戏就此完美落幕。然而，这一次都脸如死灰，苦哈哈地搬出冠冕的理由，最后派人去外面借钱。

这种"面子病"，受鲁迅激赏的日本学者厨川白村概括为"由灵向肉的逆行"，他认为，有肉体才有精神，有物才有心，否则，就成了"无腹无腰无足的幽灵"。务实地看，这三位茶客进茶楼之前，本该声明：我没带钱来。这等意外事件，如果发生在洋人身上，一般不会引起麻烦。他们这样处理：只要没有事先说定"由谁做东"，就心照不宣地实行"荷兰式"——AA制。身上没钱的人不抱幻想，连茶楼也不入。

如果谁都没钱埋单，还有一"非法之法"，属法国笑话，见于清朝翻译官张德彝（1847—1919）1866年所写的《欧美环游记》："有三人同入酒肆，饭毕，彼此争给酒钱，许久不止。佣保劝云：'三位谅皆至契，不论谁给皆可，何让如此之久耶？'年长者云：'有一妙法，我三人排立，以巾遮汝之目，则汝摸何人，何人当给。'彼二人以为然，佣保无法，以巾遮目，摸索片时，一无所得，心急去巾，则三人已远扬无迹矣。"

躲避埋单，唐人街曾有这样的"窍门"：和亲友饮茶或喝咖啡，某人把账单"抢"到手后，照例拿出一张百元钞票去支付。侍应生面露难色，说"面额太大，敝店找不开"。某人束手，只好把账单"让"给另一位参与者。那是20世纪初，美国普通工人的时薪为一角钱，100元被视为"天大"。

早晨杂记

　　早上，出门买菜。7点刚过，开门的商店寥寥，母子开的杂货店总是拔头筹。我在架子上选萝卜。一位比我年轻的老太太在挑白菜，本来慢条斯理，但看到我快选好，便下意识地加快。我往收款台走去时，她一个箭步抢前，嘴巴整出一个胜利者的微笑前，来得及甩一下"胡椒加盐"的短发，扭头傲视我。我在她后面。付款的只有她和我。

　　这一幕谁也没有注意，女士此举出于下意识，事后也不会想及。倒是我太无聊，怕老年痴呆症来袭，拿它来锻炼脑筋。其实，女士迈出抢先之腿时，我也起了"赢她"的隐秘冲动的。赢了有意义吗？别说才省下一分钟，而且在以"虚度"为主调的晚年，好胜心要么是讽刺要么是陷阱。然而"争"一旦沉淀为下意识，谁能说解脱就解脱呢？我刚才也是狠狠讥笑了自己的小气后，才回复理性，乖乖地把两人赛中的"冠军"让给她的。

　　我头一次意识到这种"瞎忙"的可怕，是数年前在故土的地铁站。列车靠站时，我刚刚过了验票口，正要步下电动扶梯，低头看到车厢的门开着，大步开跑，差点滚下。扶梯上，我擦过不下八位站立者。我咚咚的脚步声并没造成刺激，他们都不动。车开走了，我跺了跺膝关节退化的脚。回头看不"赶"的一族，都是青年才俊，他们淡定地在扶梯上看手机。我马上发现他们是对的。地铁每4分钟发一班，赶什么呢？

　　从此我注意到，比起较从容、能忍让的60后及以下的年轻人，老年人是顽固的"抢先"族。在咖啡店门口，横伸一只脚霸位的；在超市推着购物车，勇猛地冲向付款的长队的；在巴士站死命挤在前，上车时连掉拐杖和帽子也不顾的，是他们。没有脱队，算守规矩，更不堪的是倚老卖老，有空就钻。一个群体近于统一的习惯性行为，其来有自。一是早年物资短缺年代过久了，"非走后门捡不到便宜"的思维已固定为模式；二是年深日久地处于绅士风度被批判、被抛弃的有毒氛围。我自己就是这样老得很不漂亮的人物。回家路上，这样自讼着。

又有发现——街旁一个垃圾桶旁，放着两袋垃圾。一个垃圾桶顶部，搁着一个外卖盒，盒子里有白饭，有菜和肉，塑料叉子骄傲地伸出。一个巴士站前的人行道上，放着三个空饮料杯。同胞群聚的咖啡店门外，布满烟屁股，而垃圾桶在一步之遥。

这些煞风景的风景，都是"举手之劳"不屑为的结果。垃圾袋本该送进桶内，偏不；吃过外卖的人，喝饮料的人，看到巴士来了，顺手把劳什子就地一放。极简单的善后被忽略了。谁干的呢？这里是华人聚居区，虽不能据此指控同胞，但借此自省不无必要。

我走着走着，忽然悲哀起来。对移民来说，这就是我们的"终极梦土"，我们可曾爱它，从而维持它的干净呢？我没有做到。在咖啡店旁边抽烟的乡亲，口沫横飞地批判美国，大义凛然地把烟头和空烟包扔在脚下，他们忘记了这里不是可以随地大小便的村野，也没做到。

继续想入非非。脑际冒出两行等号：移民=发财=衣锦还乡=大功告成。强国=国民生产总值=向统计数字注水=政绩=升官=人生成功=民族复兴。没办法，明明知道作文须不离中心，其奈我心猿意马何？

进家门时，我一手拿两杯从星巴克买的咖啡，一份满载倒霉新闻的日报，几条香蕉，几只萝卜，还有苏东坡称的"一肚皮不合时宜"。

再老一点点

　　一次，和几位友人参观一所豪宅。上上下下、里里外外看个遍，当着主人的面，极尽赞叹之能事。归途上，讨论一个话题：让你拥有宅子的产权，可愿意入住，直到终老？

　　A说，卧室在二楼，爬30多级楼梯，目前可以，不久的将来，拄杖或坐轮椅，就望而生畏。卧室太大，躺在超大双人床上看水晶吊灯，华丽有余，太空洞，睡得不踏实。另外，超大浴室里带强力涡旋的日本式浴池，里面灌满热水，保温不容易，这浪费让人心疼。

　　B说，楼上五个卧室，楼下中式和西式客厅各一，可坐40人的大餐厅，健身房，老两口怎么用？每天为了安全，巡视房屋一次费30分钟，太麻烦。户外的游泳池，水太冷，一年下不了几次。还有，这么大的房子，一年的冷暖气开销也够呛。

　　C说，请用人和保安不就行了？

　　B辩解，问题不在钱，而在心理，平白多一两个陌生人在屋内晃来晃去，隐私无时不受窥视，舒服吗？不是有钱人的命，算了。

　　D说，说来说去，荣华富贵云云，诸位都来不及享受了，还是住你的一房一厅或两房一厅，充其量，要一个供写字、画画、敲键盘的小书房。

　　D说中了，车里五叟，年龄均过七十，都领退休金，加上早年的积蓄，小日子还算顺遂，但阔绰不起来。未至于寄人篱下，但住处只相当于豪宅的五分之一或更小。

　　我听罢，想，岁月比任何法官、选票和政法委都厉害，它不声不响地把人的贪欲收拾了。若站在60岁的节点，对这样典雅、宽敞的住所不羡慕是假的。再往后退10年、20年，即50岁、40岁，野心犹勃勃，那年代若进豪宅参观，下意识会冒出一句："彼可取而代之也。"转眼间，车里诸公占领了又一座关隘——名叫"古来稀"。叔本华云："当一个人明白生命是如此短暂时，他一定已经很老了，或者说，他一定活了很久了。"

当大家谈到刚才所见——宅子里每一个房间，都安装了扬声器，用来找人，叫吃饭，发通知，各人的脸上露出怪异的表情，沉默良久，最后吁气，异口同声地说：大的难处比想象的多，不住算了。

于是大家认为，如果把70岁称为制高点，踞其上，喝茶或咖啡，看云卷云舒之余，以"世故"的长镜头俯瞰往昔，就相当之超然。若以"住所"作为象征，突出的感觉就是，在做"减法"的生途上，豪宅不但嫌太大，连里面的硬件，如"派对"所需的银餐具、细瓷器、酒器，为豪饮的酒友而造的酒窖，为外出赴高规格宴会而购置的首饰、晚礼服，为"充场面"而挂的名贵字画，连同高尔夫俱乐部会员证、五花八门证明"身份"的金卡，都被冷落，最后被搁置。

如此类推，昔日的高官到了这个年龄，看门前日逐冷落，想当年一手提拔的部下、并肩战斗的同僚，要么因利害或其他关系，不再造访，要么因老病而自顾不暇，会不会反省自己为了权力而钻营、卖身、结怨、构陷的罪愆，渴望对政敌说一句：何苦来哉？

原来，70岁的敌人，不是贫穷和卑微，也不是婚姻的围城，而是老杜诗："名岂文章著，官因老病休。"

说来说去，老的最大优势原来是：把你过去舍命占有的，一点点地交出去。从前欲望（物欲、名欲、情欲）有多强烈，70岁以后的清理就有多彻底。

所以，五位老人有了这样的共识：以稍多一点的前瞻性，从70岁、75岁、80岁的"关口"上回望，看"老"让你留下什么，就容易明白，在生命的末端，什么都无足轻重，可主宰的只剩下身体，那还在健康尚可之时。

三个老男人

　　我回到家乡，和朋友约了，在一家咖啡馆聊天。坐一处，旁边烟气侵入，远远避开，转移至靠窗口处一张附近无人的桌子。点了咖啡，徐徐喝之。第一个话题是公共场合吸烟，我指着墙壁上的告示愤然，要请服务员出面劝说吸烟者。但环视室内，烟袅袅而起之处，比率达70%。我若挺身而出，必引起争吵，双方红了脸，彼因势众而不退让；老板也不会为丛驱雀，我"犯众憎"的结果，是白白毁掉一个秋风怡人的夜晚。

　　然而转移无补于事，我和朋友才从"家乡的天气"破题，邻桌被一个男人占下。我看了他的手一眼——精致的打火机、烟盒和手机。又想挪窝，但旋即放弃念头——哪里不一样？继续聊天，但我总不能"收其放心"，每隔几分钟，就从"潮境名产萝卜卖到多少钱一斤"一类内容跳出来，瞟一眼芳邻。他从我对他喷出来的烟圈露出的厌恶眼神产生警惕，回以冷眼，潜台词为："看什么看？"他也60开外了，但肯定是我的晚辈，我保持"老头子"的傲气不是没有理由的。

　　我的朋友的话题转向形而上，触及家乡诗坛的冷落，此时邻桌增加了两名老男人，其年龄，和脸上的世故、无聊、冷漠旗鼓相当。他们让服务员送上一套工夫茶的茶具，一壶开水，把自己带来的龙井压入壶内。由此可见，他们都是每天必来的贵客，我庆幸刚才没有干预他们吸烟。

　　我越来越心猿意马，连朋友"你认为这一联工不工"的问话也没听到，关注着近在咫尺的三个老男人。没有任何机构委我以维稳的重任，我不必向任何人报告，无非是好奇。三个在县城居住，已退休，有多年交情的朋友，以迷尔杯子喝自备的好茶时，说点什么？教我目瞪口呆的是：向天发誓，他们没有说过一句话。不约而同地做两桩事——喝茶和玩手机。或交替为之，或同时做。他们面对须臾不离的手机，表情发生微妙的变化，但是，他们中的任何一位，即使咧嘴大笑（因为屏幕播放的抖音抖出搞笑的包袱），也不与别人分享。

他们此举，更加激发我的偷窥欲，我完全把友人冷淡了，每隔5秒钟看一次他们。好在彼等手机在手，先前对我抱着戒心的那一位，也不知道我充当"包打听"。

悠悠然，默默然，淡淡然，他们各自为政，和自己的三星、华为、小米死磕。我暗里祈祷，我的天，说话吧！随便说，对喝而无互动，其荒诞不下于深秋无落叶。

激愤的鲁迅说，不在沉默中爆发，就在沉默中灭亡。他们坚持的沉默，和爆发和灭亡无关，喝够了就回家，在熟睡的老妻身边躺下，带满口烟味和茶叶味。

我恍然大悟，原来，相对无言是友谊的高级阶段。他们三位即使没有把话说光，也因为"没话找话"的低级阶段结束，心安理得地缄口。若问，既然没有交流，何不各自独处？答案是：非也，聚会已成固定程式，不见面不得安生。"相见亦无事，不来常思君。"就是他们的生存状态。原来，老到某个水平，连"回忆"也清空，从此脑瓜子空洞无物，鲜活的人生离你很远，再温柔的秋风也吹不起心里的涟漪。

两三个钟头内，我以他们"说不说话"为唯一关注点，和友人的谈话遭我腰斩，友人失望地把喝光的第三杯咖啡的杯子旋来旋去。我终于有把握下结论，便和友人探讨"无互动咖啡店"的得失。终于热络起来。会账后，我站起，故意提高声音说，以后，你我来这里，只要手机充足电就行，不必为"没什么好谈"操心。说罢，给三个老男人投最后一瞥，那是默许，是赞美。他们似乎都没听到，但嘴角都意味深长地抽了一下。

开学了

外孙女小C，6岁多一点，从两岁半起上幼儿园，将近4年，熬成资深"园员"，如今领了卷成筒状的毕业证书。下一步，是小学。她妈妈忙了好一阵，选学校，报名，接下来是注册，买书包、文具、衣服。学校是公立的，离家不远，名声不错。短暂的暑假之后，开学日将到。我问小C，去新学校，当正式的"学生"，激动不？她没回答，因一无所知，我的问题比幼儿园小朋友还幼稚。我再问，想不想幼儿园？她说，只想念四个朋友，掐指头说出名字。看着女儿替小C调整背包的系绳，边絮絮叨叨地叮咛。我心头蓦地一颤。

不是想起34年前，移居异国的第四年，女儿从幼儿园升上小学，妻子也这般，忙于替女儿缝新裙子。也不曾想到自己，那是64年前，6岁，小镇文具店老板的第三代，跟在姐姐后面上学去。5岁那年已夸大年龄，报过一次名，老师只要求我做一个动作：举起右手从头顶弯下去摸左耳，触到才算合格，我失败了。家长只好忍受我捣蛋多一年。新课本的墨香，18岁的代课老师，县城下来的画家，高中刚毕业，考不上大学，举手投足间充满失落意绪……

此刻，我从心底源源涌出的是愧疚，对于亲骨肉。不必归罪于记性，可断定我没有在女儿上小学的第一天，送她上学，陪进课室，看她怎样和同学、老师互动，更没有和她的老师见面，谈话。她上小学6年，我连校长、老师都不认识，别说参加"家长与教师协会"的活动，那可是主流社会所有家长绝对不缺席的。我极少关心孩子的学业，每个学期只看一次成绩单。儿女幼时没有学坏，是妻子和他们自己的功劳。我这甩手掌柜，所持的理由，无非是"穷忙"——为谋生，为自己的兴趣。比我更不称职的是父辈、祖父辈，他们的使命是让一家子活下来，教育却属奢侈品，他们辗转于战乱，受贫困和一波波政治运动压迫，对培养下一代实在心余力拙。我岂能不体谅？只要想起荒年，父亲骑单车奔波200多里，把黑市稻谷运回家时疲惫的脚步。

但是，在旧金山住了20年之后，有一次，目睹从门前经过的一对父子，中国人，不到40岁的父亲边走边抽烟，10岁的儿子给拉住后面，距离十多步，默默地踢小石头，不言自明，老子在尽"送上学"的义务。与之相比，洋家长和孩子并肩前行，一路热烈讨论，有问必答，遂悟出：对后代的教育，与其说受制于物质生活，毋宁说是文明程度的标杆。在龙应台《目送》所描述的两代人的缠绵离情背后，是面对面，是日复一日，以爱为核心的漫长教育。孩子背书包上小学，只是一个切片。我对已近中年的女儿，不能表达太迟的懊悔，若然，她一定不同意，安慰我：你尽力了。

叫我惊讶的是，女儿这么快想到未来的"放飞"。她给我转来一篇文章，不知作者的姓名和背景，但不难确指，是把孩子送进大学的家长；但它的主体是一张告示，出自一位新生之手，大意为：今天，我们都离开家，入住这座宿舍。如果妈妈在你的房间磨磨蹭蹭，嫌床垫太旧，埋怨走廊的灯太暗，担心门锁打开太容易，你由她好了。如果爸爸用保温盒带来家里的饭菜，非要眼看着你吃下，一个劲问你好不好吃，叮嘱你不管功课多忙，都要按时吃饱，你也由他。今天，不但是我们开始独立生活的日子，更是父母人生的转折点，从此，他们守的是空巢。

我边读边夸不知名的年轻人。女儿说：距离那天，虽然有12年或更多，但一眨眼就到了。

流泪的梦

好多年了，似乎没有过这般叫我回味不已的梦境。凌晨4时，从床上爬起来，放在雄姿英发的年华，我会走进书房，开灯，对着屏幕敲键盘或读书，但夏季白天已嫌太长，"平旦之气"不要也罢，便在客厅的长沙发拥被，"回笼"去也。

沙发不如床舒坦，竟孵出一个怪诞的梦。我在一个熟悉的地方，是中学母校的大礼堂，还是40多年前吃粉笔灰之处？满眼是年轻人，都忙于交谈，一片喧闹，不知道他们的话题，不到20岁，谁屑于计较食堂的菜难吃，凭粮票的白米饭分量严重不足？所谈都是宏大事件，如苏联的卫星升空，美帝的B-52轰炸机轰炸湄公河三角洲。我在找人，一个脸色苍白的瘦弱书生，他是谁？开始时是我的学生，找着找着，身份变了，成了儿子。这是合逻辑的，师生恋不也导致身份改变吗？我有几个儿子？礼堂里凡是窄肩膀的瘦小子都是，但我来不及一一相认，一心去找"他"。

终于找到，"他"在和两个女孩子讨论俄语课文——克雷诺夫的寓言《天鹅、梭子鱼和蟹》，我远远地叫他的名字，他一点反应也没有。我步步逼近，边走边叫，他依然不理不睬。我生气了，从来没儿子这般怠慢老爸的！我是叫他回家吃汤圆啊！我母亲用木薯粉搓的圆子，口感柔韧，这年头，没肉票买猪肉，拌圆子的只有刚刚从自留地摘的芥菜和番薯叶。

我走到他背后，鼻子嗅到熟悉的生发油味道，重重地拍了一下他的肩膀，瘦骨有如起棱的岩石，手掌发疼。"为什么不应？""听不到。""我叫唤了几百次，一直叫到你耳畔。"

"咦，一点也听不到，为什么？"他忽然警觉，问，"你的声音有多高？"

"这么高……"我唤了他一声。

他提高声调，近于吼叫："怪不得，和蚊子叫差不多，不可以高声，哪怕高一点点？"

我搔了搔浓密的黑发，脸发热，想必红得触目，两个女孩子咻咻地笑。是啊，我为什么连这也不会？我要向他道歉。

但一个坚硬的理由闪出来：吼叫是不文明的，小声才表示有教养，有礼貌。

接下来就是核心问题：呼唤亲人的音量多高为合适？他认为以"对方听得到"为标准。我却要一贯的小声，声如巨雷哪里有体贴？听不到吗？靠近点，再靠近点。非如此不足以表现关爱。我就是这样做的。大山不向我走来，我就向大山走去。

争得不可开交。演变为辩论，两个女孩子布置了讲坛。他和我轮番站在上面，对着麦克风，我连演讲也维持小声，说明这就是我的"爱的音量"。台下大笑，他没笑，蹙眉的样子，多像我年轻时的模样，这小子是我的骨肉，没有疑问。可是，"心有灵犀一点通"之说并不成立，我的嗓门有点哑了，是刻意压抑声带带来的疲劳。

最后，我终于因为声音太微弱，麦克风难以放大，台下的年轻人撑大耳朵也听不到，走光了。他背过脸去。两个女孩子不再掩口笑。她们被我吓到。泪水如帘，挂在我的老脸上。他惊讶地盯着我，往后退。他手里拿着的博士论文，是研究叫唤别人的"合理音量"的，打算在台上宣读，但我作为辩论的另一方，如此软弱，他放弃了。

我以前所未有的高声唤他，他走远了。我是被自己的呼唤惊醒的，马上感到脸上凉飕飕的，原来是眼泪。

看电视机旁边的电子钟，已近7时，粗算这个梦耗时120分钟。妻子在洗苦瓜、芹菜、香蕉和青辣椒，要混合起来，打成汁，作为早餐。搅拌器启动后，噪声的分贝极高，我受不了，躲进书房。

醉

一位朋友问我，为何从来不写喝酒，醉酒？我想想，倒也是，因为我不怎么喝酒。我的这一短板，20年前就被一位诗人朋友指摘过："从来没醉过，写个屁呀！"是啊，我当不成好作家，一个原因就是和酒精无缘。

醉，这辈子只有过一次。距今近50年的1969年，当躬耕垄亩的知青。春天，乡亲的女儿出嫁，邀我去喝喜酒。那年代，肚皮都塞不饱，垄断酒业的供销社只卖掺和酒精的番薯酒，味道不怎么样。我经不住乡亲苦劝，灌了大半碗。这头新娘子被迎亲的自行车接走，我便倒在床上。不是烂醉，而是难受，仿佛有壮汉挥十八磅铁锤一下一下地敲打太阳穴，嘭嘭然。恨只恨醉得不"烂"，瞪眼半宿，忍受有节奏的折磨。从此对酒敬而远之。还逐渐地，对酗酒形成生理的厌恶。自找罪受，还有比这更浑蛋的吗？

同时，对酒酣之乐充满憧憬。读旧体诗，从来没见过一首控诉酒的。遭贬谪、受放逐的苏东坡，有一年除夕写了一阕《西江月》，词末加注："顷在黄州，春夜行蕲水中，过酒家，饮酒醉。乘月至一溪桥上，解鞍曲肱，醉卧少许。及觉已晓，乱山攒拥，流水锵锵，疑非尘世也。书此语桥柱上。""乱山攒拥"写酒醒后睁眼的幻觉，绝妙。如果他的"春夜行"是坐船，那感受可借用唐人的诗句："酒后不知天在水，满船清梦压星河。"至于"书此语于桥上"，可推知笔墨是随身之物，兴致来了就以墙壁当纸，论"涂鸦"，可是最高级别。酒仙刘伶，吩咐人扛锄头尾随，还交代："死便埋我"。如果有人跟随酒后的坡翁，将他所题的文字勒石多好！

不但心向往之，也尝试过。但不敢公开，但凡赴正式非正式宴会，我都限于浅尝，为了怕被灌醉出丑的缘故。岁暮天寒，风声嘶吼，独自在家，读了会杜诗，想了阵子心事，打开一瓶五粮液或茅台（天晓得是不是假货），倒满迷尔瓷杯，仰脖灌下，夹一块卤猪头肉止呛。三杯后，脸酡红，心跳怦怦，脑子响起"锤击太阳穴"的预警，马上停下。这样的试验有过几次，结论是不好不坏。但总是把酒忘记掉，即使来了客人。愧对酒柜里的"人头马"和"行者尊尼"，买下已一二十年。李白诗教我们知道喝酒何等痛快，这种唾手可得，也未必昂贵的享乐，我错过了。可惜吗？遗憾吗？有一点。但我拿酒后呕吐狼藉，醉驾，乱性，来抵挡朋友们惋惜的目光。最新的例子是今天，美国某州的高速公路上，一人骑白马驰骋，被巡警拦下，查出他体内酒精浓度超出两倍。"白马"缺的是潇洒的"王子"。

如果把人生的快乐，定于"发掘潜能"。那么，我在"能喝多少酒"一项，得分近于零。但我不是滴酒不沾，只是远远未到微醺就停杯，也不是沾唇辄醉。我父亲26岁那年，和好友打赌，晚上一个人灌下四瓶一斤装"永利威"（一种威士忌），脸不改色，步行回家，洗澡，就寝。反倒是打赌者越想越怕，半夜来敲我家的门，看有没有发生酒精中毒。问题是，即使父亲的酒量能遗传，我也闲置，弃置。好在，套鲁迅的话：挽联写得好无非是挽联写得好。能喝酒也无非为烟酒专卖行业多贡献了钱财，尽管国内反四风之前，好些豪饮者被当成单位的选手或压阵的。

不管这么说，除非我发老来疯，"从未醉过"的记录谅可继续保持。想反悔，想补救，也为时已晚。20世纪90年代曾被某诗刊列为"中国十大诗人"的纪弦先生，活了100岁，生平贪杯，留下醉酒逸闻无数，他生前多次对我澄清："我的诗都是不喝酒时写的，醉了哪能写？"

这一朵蒲公英

　　普通日子，在显示"平淡"的佳处：天本分地蓝着，风不紧不慢地吹着。白千层树下的狗安分地拖着皮绳子，东嗅西嗅，侦察不出任何异常。唯一的异常在我手提的小小塑料袋里，里头有一份刚刚买的日报，按照"人咬狗才是新闻"的规矩，版面肯定不乏死亡、犯罪、阴谋、远方的战争、别州的竞选。但那是我回到家，冲好咖啡，从烤炉拿出全麦面包片，并涂上果酱以后才关注的事。

　　然而，还是有一点意外——一朵蒲公英，竟在人行道旁边不知天高地厚地挺立着！我一惊，停下脚步。这朵花，位于车道旁边的水泥地，与草地相邻。草地的主人，我熟悉得很，年过70的白人老太太，孀居有年，和邻居保持距离，对保持草地的纯洁性却怀着让人崇敬的热情。她每天在前院洒水后，还清除不纯洁物，举凡对街飘来的松针、水泥缝中刚冒出芽的黄瓜菜、马齿苋，每天太阳出来前，被她果断地收拾掉。所以，她的"领地"，在方圆四五个街区内，是最干净的。极端的"干净"叫人伤感，自然界总归以带程度不等的杂乱为自然。

　　然而，这一棵蒲公英一直躲过"毒手"，熬到花开。它多骄傲！长长的酒红色梗子，支撑着毛茸茸的花球，圆嘟嘟的，像婴儿的脑袋。露水在花球上闪烁，这是眼睛，花以它第一次好奇地看世界，大咧咧的、憨憨的。蒲公英旁边的低洼处，搁着一张车票：3月1日。今天是5日。该是四天前从街角巴士站下来的乘客扔的。也许，这就是蒲公英抽茎的日子。尘世的事物，这般神奇地呼应着。这么多行人和狗经过，没有踩伤它，算得另一桩奇迹。

　　我没有马上回家去，喝必不可缺的咖啡，读必不可缺的报纸。我抬头，看了看邻居的窗子，确信女主人没有在帘后窥视，蹲下来，和小小的新芳邻对视，对谈。蒲公英是热衷移民的物种啊，开放就是迁移。它的儿女迟早飞离，此刻是母亲和儿女最后的团聚。没有哪种死亡比它更浪漫、更自由，它将转化为千千万万的新生命。

我从梭罗的著作读到，蒲公英的花就是种子。西洋的小孩子爱玩这样的游戏：对着花球鼓腮吹一口气，单单一口，如果花全飞走，只剩花托，那就是"妈妈不要我了"的兆头。这游戏不乏狡點，因"口气"控制在我，想"妈妈要我"，不用劲吹就是了。然而，不管怎么吹，都是诗意氤氲的意象。

我为我母国的孩子抱憾，干吗从来没有过这样可爱的"打赌"呢？这种土名"婆婆丁"的小不点，我们通常摘下来，使劲一吹，笑看白中带黄的花絮，个个被纤纤小茎顶着，成为无数个迷尔降落伞，随风蹁跹，消失在不可知的远方。话说回来，我临近出国时，如果懂得凭吹蒲公英来卜算移民的胜算，我是毫不犹豫地鼓足吃奶的劲儿的。而我自己，就这样变为飞过太平洋的"蒲公英"。

我差点伸手把它摘下来，重温童年吹花的"过瘾"。不费力又好看的播种，有永恒的诱惑力。但是忍住了，让它站在这里好了，风景它是有得看的。论播种，风比人强。我在蒲公英前站起来时，白人老太太恰外出归家。我想截住她，问好之后，提出问题："您留下这一棵，是不是要拿来做童年做过的游戏，尽管妈妈早已在天堂里？还有，您小时候戴过用蒲公英茎秆做的'手链'吗？"但来不及，她进屋去了。

对照记

早上，从书桌上的书架随便抽出一本硬皮簿，翻翻，是1970、1971两年的日记。除纸页显旧，圆珠笔字迹稍褪色，尚称完好，叫我感叹：水滴石穿的时间，未必能整治微末的白纸黑字。出于好奇，找出和今天相同的一天：3月4日。

47年前的这一天，我未满23岁，在乡村小学教书。

"今天能起早了，教我很高兴。早醒的心，像一朵滚动着露珠的芍药花。读了一会儿英语。跑步上工去。读稼轩词，兴致正浓。口语入词，不用涩重之典，朴素明净却不浅薄。……厌恶自己的浅薄，浅而不失童心，还算天真；我却芜乱，非驴非马，一如瘦子穿宽大的红袍子。"

"年纪日渐成了重压。'志学年'是骄矜的，弱冠年也自负得可笑。今天呢，只有一肚皮闷气。我成熟了没有？一切都凌乱，浮泛有时也许像朝阳下的沙滩，牡蛎的贝壳闪出几星彩色光，然而全体是沙子而已。"

"春雨时节，佳处在溟濛。荒塚丛中，间或见到几块随风作声的冥钱，还有残香，拜山后团坐着大啖粘上沙土的祭品的汉子。"

今天，我在异国，未满70岁，在离家不远的杂货店。手拿咖啡，这是去大超市内的星巴克替女儿和女婿买的。在这个店，拿起一捆芥蓝，一份中文日报，前去结账。我前面一位少妇正在柜台前付款。白种人，看模样是东欧移民，在中国人开的小店购物，她不大习惯。一块猪肉之外，是零零碎碎的三颗蒜头，一块生姜，三根黄瓜，两颗橘子。我买东西最怕排队，但此刻不能不沉住气。不大会英文的老板娘以英语报出总价："八块另六分"，叫我惊讶。洋女士掏出钞票，不大熟练地点了一遍，付出九块。老板娘找回零钱。女士叽里咕噜地说话，声音很小，我这么近也听不分明。老板娘说："我不懂英语。"我想帮老板娘的忙，用英语问洋女士："您的意思是……"洋女士没反应过来。我后面响起浑厚的男声："她说她不要橘子了。"老板娘从购物袋掏出橘子，从单子找出橘子的价钱，减去，退还一块多。我后面的男人又代洋女士发声："她说她不知道这么贵。"老板娘结巴着说英语："好吃呢！不买可惜。"洋女士不晓得，上等橘子是中国人庆祝春节的必需品。交易终于做完，轮到我了。

我转头看看英语不错的同胞，肤色黝黑，身躯伟岸，口音是北京一带的。年龄与我旗鼓相当。我心里略过一点难以觉察的不快。细究，似乎是将刚才的被"抢先"看作"冒犯"，好在一下子过去了。

回到家，随意翻英文书。一则笑话：在宠物店，某公想买那只能说四种语言的鹦鹉，店家要价35元。店家问鸟笼要不要，价钱15元。他冲着"会四种语言"买下鹦鹉，舍不得买鸟笼。他付款时写下地址，交代店家送往他家。稍后他回到家，他太太在门口迎候。他喜滋滋地问："鹦鹉送来没有？"太太说："送来了。""在哪里？""在烤炉内。""你说什么？天哪，我花35块买的，能说四种语言啊！""哼，它干吗不说出来？"太太答。

两个日子隔着四十七回春花秋月，拿来对照，并没有激发出沧桑感。彼时并非"早慧"，此时也没"晚成"。如非要安慰自己，那就是一直没放弃文学。以鹦鹉为喻，我的"四种语言"只能这样算：普通话、广东话、台山话、英语，都不地道，尤其是英语。我没有被命运放进"烤炉"，是因为我一直在"说"。

写至此，从书房往外，阳光和蓝天，黄蝉花已阑珊。两个外孙女在客厅跳舞，她们严正要求：不能说话，看完鼓掌。

丛菊予我的感动

冬天，午后，我把14个月大的外孙女放上婴儿车，拴好安全带，出门去。暴风雨是昨天的事，今天风和日丽，冷意犹在，使空气格外清爽。

小宝贝在啃饼干，饼屑落在嘴巴四周，像远山的雪花。她不在意。路过一个人家，门前一块被水泥包围的泥土，约两平方米大小，没有围栏，乌黑的园圃上长着五六十棵满天星，都只有十多厘米高。蓝蕊白瓣，大人的拇指甲一般大。这种花，在和我所住街道平行的绿化带，多了去了。我平日虽常常赞美它们的散淡，但很少予以特别的关注。

今天却被深深地感动了，停下，长久凝视。仅仅为了划一的姿态——所有开放到极致的花朵，都以分毫不差的角度，倾向西南方。我俯身，逐一细看，像值日生在校门口检查排着队的小学生的指甲一般，没有发现一朵把脸扭往别处的，低垂或过分高昂的。它们娇憨地展示冬天低处宁静的秩序。兴许因了一起前行的，是未经斧凿的天真，我没有从花的"制式姿态"想到强迫、奴役、顺从、屈服这类和"纪律"相关而带负面意义的词语。本来，像我这样对"文革"刻骨铭心的过来人，对"葵花向阳"一类意象是怀着本能的反感的。基于同一理由，住在我家附近、来自岭南、年过80的女舞蹈家，她挎手袋，任何时候都不过肩，原因是那挎法尽管较为安全，但叫她联想起肩挎宝书袋的红卫兵，进而记起被抄家、挨皮带的铜头抽的场景。

我把婴儿车停下，向花深深鞠躬。我对睁大好奇的眼睛的宝贝说："它们和你一起，喜悦地对着碧蓝天宇，迎接阳光呢！"这花圃，不就是大自然的幼儿园吗？小菊花的动作如此整齐，不知是风调教出来的，还是来自泥土或遗传密码的暗示？殆可肯定，它们不像葵花，随日头的移动而转向，它们的脖子太短，没那么灵活。

　　总之，它们和我推着的宝贝一般，怀着无限的好奇与惊喜，怀着和大地一般丰盈的诗意。我压抑不了盛大的感动，往回走。这么一来，花都朝向我们，何等热闹的欢迎仪式啊！该不是对我，而是对车子里的宝贝，她已啃完饼干，开始正经地检阅花朵。

　　马上想起《秋兴八首》的第一首。老杜的诗作，这八首我年轻时能背诵。"丛菊两开他日泪，孤舟一系故园心"一联，从下意识迸出来。诗中，刀尺当寒，急砧促别，钱谦益点评曰："所谓嵯峨萧瑟，真不可言。"不错，眼前也是丛菊。可是，乡愁再浓，我也不会往悲凉绝望一边想，除非患上抑郁症。没有泪，没有黍离之悲。

　　由此想起，我35年前离开故土时，改变中国命运的改革开放刚刚起步，在全新国度立足初期，曾反复就两地的生活做了比较。有一种感觉至为强烈，它超越乡愁，忽略磨合的艰辛和语言不通的尴尬，那就是：这里的成年人没有那么紧张、严肃、艰难、灰颓。而故土的大人，单单为了对付"生存"，就透支了全部心力。我在儿童时代所见，大人们都是老杜诗的再版又再版，物质层面的短缺，意识形态的残酷压迫，使他们每天疲于奔命，不是为了一家温饱，就是为了躲避、减轻无休止的"运动"的伤害。从父亲、祖父到其他大人，很少不是抑郁、恐惧和寒酸的，害得我以为一旦长大，就得加入这个没有舒心笑容，没有想象力，彻底失去童心和童趣的大军。而在新大陆见到的大人，活着并不累，有闲心余力变回孩子。二者的区别，用北京话说，前为"紧绷着"，后为"活敞亮"。

　　此刻，我对丛菊说悄悄话：向你们问好，向你们学习。宝贝也许听明白了，拍掌，呵呵笑出声。

走进唐人街

星期天黄昏，我从市场街往北，走向唐人街，和风扑面。满街是人，粗分有三类：本地居民，神情淡漠，因为"司空见惯浑闲事"；郊外来游玩的，都兴冲冲，带上孩子，找不到乐子对不起这个城市；外地（别州和外国）游客，好奇且警惕，因陌生而底气不足。我从他们中间穿过。

在一间基督教会开的书店前驻足，因为看到许多人进入，感到些微"非同寻常"，但没进去，因被门侧橱窗内的摆设吸引住——纸板上，黑底白字："主啊，请你赐我梦想中的好一点的世界，那里，鸡穿过马路，其动机不遭追究。"我琢磨一阵，先假定"鸡"指的是最平庸的人，他们如果像我刚才一般，穿过市场街、格利大道、邮政街、布什街、松树街以及缆车叮当驶过的加利福尼亚街，没有被警察、联邦调查局截住审问：此行怀着何种目的？不会惹上与阴谋、腹诽、道路以目之类倒霉词语相关的麻烦，也就是获得了"免于恐惧的自由"。如是，区区之"鸡"简直成了庄子《逍遥游》中的鹏鸟："水击三千里，抟扶摇而上者九万里。"然而，这高端的幸福，现世没有，须向上帝要。想到这里，把脚下的都板街从远到近看了一遍，极目处，是唐人街的入口——"天下为公"牌坊，夕阳的反光在它顶端似金色轮盘。

相对于三类行人，更引我注意的是流浪族。专卖玻璃器皿的商店旁边，一个不足18岁的白种姑娘，怀抱着婴儿，靠墙而坐，身前摆着一张厚纸板，我没有细看内容，只注意到褓褓中熟睡的小宝贝，长睫毛下的阴影。我不敢久留，怕的是良心被敲打。

记起20年前，我下班后，常沿跑华街步行到市场街去。跑华街和正在走的都板街平行，隔两个街区，前者行缆车，近缆车总站一带，流浪汉密布，他们乞讨的花样繁多，都为行人设下"良心的关卡"，如此密集，教你一次次受震撼，为他们的堕落，也为他们的困顿。此刻亦然，在太年轻且茫然的母亲旁边，是一资深流浪汉，他已把层层叠叠的破烂被子铺开，在没骑楼的大楼靠墙壁处，做好睡觉的准备。没有疑问，比起行人，他们才是无可争议的马路主人，只有他们以马路为家，为领地。上帝会不会赐予他们不被探究动机的特权？即使探究，他们的回答也远比总统和国会山的政客直截，不含丝毫机心——简单的"活下去"而已。

路上怕遇到的，还有二胡演奏家。看到五位，是男同胞，弓弦拉出的音调活像杀鸡，可佩服的只有勇气。他们身前都摆上盒子，指望路过的幸免被蹩脚的《平湖秋月》杀死的"鸡"施舍钞票。这就是他们的"动机"。

无论过马路还是干别的事，都不会被审查"所为何来"，是自由的根本性标志。这一条，加上"去哪里""怎么走"的完整的自由，便是生活在上帝所赐的梦土。平心而论，这一刻，我至少在较低层次得到了，没有谁找我的晦气，同样，如果我呼天抢地，也没有谁递来纸巾。拥有这样的自由之后，障碍思维的，只有主观因素，如知识的贫乏、胸襟的狭隘。西哲谓："自由只有一种，那就是心灵的自由。"

我离开橱窗前，继续走。在红灯前，停下来，想到"自由"的另外一面——对自己的责任。不要光揩"自由"的油，如其认为自由只提供肆无忌惮，不如说赋予自我更多的鞭策与规范。

说话间，天黑下来了，行人依然在走。我想起乡村禾堂上叽叽叫的鸡群。

下半身

午间，走上旧金山市区内的9路巴士，所坐的位置正对后门，繁忙时段，上上下下的乘客目不暇接。属于旧金山公交系统的巴士，均有两门——如买车票，须从靠近司机的前门进；如持卡而不必付现款，可走后门。绝大多数逃票者也走后门，尽管按照巴士司机工会和资方的合约，司机不负责抓逃票的，但揩公交即纳税人的油的人总有点心虚。我数了，有逃票嫌疑的八名，其中一位维持大义凛然的姿态。

开始时我注意的是一个个乘客的脸孔，人一多，顾不过来，特别是两位黑人，一男一女，把三大袋东西挪上车以后，我把"看点"转到下半身。据说中国群雄割据的诗坛，有一流派也叫"下半身"，我无缘拜识，也许是一群血脉贲张的年轻诗人拿"性"来发挥，我此刻并无色心。

三个塑料袋盛的是什么呢？一袋是可拿去收购站换钱的空汽水罐和啤酒瓶，一袋似是行李，一袋似是被盖。拖袋子上车的，是一对40来岁的黑人——红夹克加绿裤子的女士，穿尺码奇大的人字拖，小得玲珑的脚如舢板上偃卧的人体，趾甲的蔻丹红艳艳过，此刻斑驳如老树皮；高瘦的男士，下肢如裹在松宽西装裤里的拐杖，裤子和球鞋都沾上某种酱汁，像涂上茄汁的湿纸巾。这对以流浪为正业，以回收废料赚酒钱的搭档，并非粗鲁之辈，他们知道三座小山挡路，勉力拖到一边。然而，小山还是小山，上下车的人都要绕，一个后生来不及，撞上黑男士的腿，后者雪雪呼痛。我抬眼，看他裂开的唇，眼白太多的眼，一阵酒气扑来。一个急于下车的女子，把一个袋子撞翻了，哐啷作响，袋口露出三个酒瓶，其中一个我认得，是"灰鹅"牌英格兰威士忌。黑男士有点尴尬，嘟嘟囔囔地从上一层走下，把袋子扶正。这一幕，除了我，没人在意。

原来，人的躯体，除了带丰富表情的脸孔以外，下半身也提供众多信息。在这人流急促的特定时空，从或移动或站或坐的腿脚，看到的不但是财富、品位上的差异，而且是此刻的生命力。巴士开行，偶尔颠簸，使得腿们做一致的摆动。

琳琅满目的脚，除了刚才见的黑女士，没有赤脚的，不穿袜子的不少。球鞋、凉鞋、老式布鞋、高跟鞋、皮鞋、便鞋、不甚合夏季时令的中靴……安静的、轻轻晃动的、大幅摆动的、摆出起跑姿势的、一双二郎腿伸向过道，挡住下车的老太太，前者及时把腿放下并道歉。看不到被大厦角落小雨篷下擦鞋档加工得亮晃晃的高级皮鞋，此刻，那种鞋子，要么在写字楼里，要么在午餐的地点。

巴士到站，骚乱又起，这回是一白种老头从后门拉进一辆便携式购物车，三大袋之外，多了这个方形物件，更加拥挤，但没有人在乎。好心的印度汉子还帮助老人，把购物车抬起，往上一层推。老人谢过，往前挤过去，腿有点瘸，柳条裤子却彰显老式的尊严。

下半身组成的小树林，腿是主干，裤子、裙子是叶，鞋子是根。如果上半身负责思考、交际、展示，那么，下半身负责行动。步履迟疑的是华裔老先生，弹簧一般灵活的是黑人健身家，踮起一只脚的是天真的女孩，蜷缩着的是失意或失忆的南美洲中年人。突然，一条红点白底的连衣裙挡住我的视线，是一位亚裔女子，她的左脚踝上系着一个塑料制品，黑色的，外形像锁，越看越像假释犯人被强制佩戴的监控仪。我的好奇心被激发出来了，抬眼看她淡定的脸，真想搭讪，问她戴的是什么。以亚洲人的爱面子，如果连上一趟街也被监视，可是不能示人的耻辱，为什么她不当回事？

走下巴士时，蓦地记起美国诗人奥利弗·霍姆斯的名言："简单的人很快就能看到关于他们的真实状况。"饱览"半截子"的群体后，感到人间简单起来了。

忆仿"巴"

最先读巴尔扎克的传记和作品，是近50年前的知青时代。今天读毛姆的读书随笔，仿效巴尔扎克的记忆鲜活起来。

那年代，无论身为领"大寨"式工分的公社社员还是月薪25元的民办教师，都极神往巴尔扎克这样的写作生活：晚饭后不久即就寝，睡至半夜一点，仆人将他叫醒。起床后，穿上洁白的长袍（据他说身上的衣服没有污点才有利于写作），点着蜡烛，桌上放一杯黑咖啡，开始挥动鹅毛笔。写到早晨7点，搁笔，去洗澡，躺下休息。8点至9点，出版商送来校样并取走他新写的稿件。接着，他回到桌前，埋头写作，直到中午。午饭是煮鸡蛋，伴以大量的黑咖啡。饭后，工作至6点，吃菜式简单的晚饭，佐以少许伏芙列酒。朋友来访，也拣晚餐时间，聊一会天以后，又到上床的时间。周而复始，一生拢共喝了上万杯浓咖啡。就这样，从30岁写到51岁，每年都会有一至两部长篇、十几个短篇，还有剧本。共完成91部小说，塑造了2472个栩栩如生的人物形象，合称《人间喜剧》。

我20多岁，虽血气方刚，但读书和学写作，不但业余，而且迹近"非法"，除非情愿做"工农兵作者"，按照县革委会宣传办的部署，为贯彻"备战备荒"，连夜赶写小歌剧《一把米》。好在，星期天还是自己的，一星期实行一次"巴"式生活没有问题。先做准备，去县城食品店买了三合一即溶咖啡。星期六晚，早早入睡，床边置老闹钟。凌晨2时，"仆人"般的铃声响起，霍然跃起，是闻鸡起舞的姿势。以冰凉的井水洗脸。从暖水壶倒出热水，泡一杯苦涩的咖啡，端坐案头，把小号煤油灯的灯芯旋到最亮。蟋蟀唧唧，鸡声隐隐。忽然爆出密集的狗叫声，不必猜，是进深山打柴的村人走出巷子。

这状态，正应了歌德的励志诗句："起来，只要你神完气足，不为形役。"然而，问题来了，写什么？写自己吗？愤怒、忧郁、恐惧、绝望有的是，却没有革命文学必须具备的"三突出"。写社会吗？不愿意说任何违心之语。只能模仿《海涅诗选》，写几首短诗。好在，有书可读，可抄。巴氏的《高老头》和罗曼·罗兰的《约翰·克利斯朵夫》，大段大段地搬进笔记本。打开窗子，对着竹林梢上的启明星，朗诵雪莱的《西风歌》和英语灵格风，也相当地荡气回肠。

晦气的是，顶多发愤到七八点，头就变成啄米的鸡，因缺少营养而耐力不足，起初，怀疑咖啡浓度不及老巴的，遂加倍，但呵欠不减，只好恨恨地倒在床上，再找周公。效"巴"数月后，只得30多首四行一节，隔行押韵，无一可观的抒情诗。难以为继，回复正常作息。

不久，在茅盾的小说读到一个故事：某青年作家为了写出惊世之篇，独自搬进深山古寺，凌晨即起，以调动其"平旦之气"，最后一个字也写不出，灰溜溜地下山。我哈哈大笑，对自己说，呆子不止我一个。

终于教我死掉野心的，是从《巴尔扎克传》看到的史实：原来，巴氏如此高产，全因负债累累。正是还债的沉重压力，促使他专心写作，甚至写到脸色发白，疲惫不堪。旷世之作就此问世。倘若他碰到好运，如迫他变卖家具以抵债的估价人不上门，为了他不按期交稿的出版社不扬言起诉他，他的创造力反而降到极点，什么也写不出。我当时思忖，我去哪里找这样的"压力"呢？谁愿意借，我怎么还？这还在其次，更要命的是，写了没用。可见老巴是万万学不来的。

这般听雨

在一本书里读到已故著名美学家朱光潜的逸事：学生到他家中，想要打扫庭院里的层层落叶。他拦住了，说："我很不容易才积到这么厚，可以听到雨声。"

雨声哪里听不到？写出《虞美人·听雨》的蒋捷的一生，"歌楼上"的少年，"客舟中"的中年，"僧庐下"的晚年，赋雨声以不同的人生况味。我们这等平常人未必那么敏感雅致，但听雨是没有问题的。铁皮屋顶下，雨如奔马；柏油路上，雨如爆米花；深谷亭榭，雨如竖琴；荷花荡里的采莲船，雨带鲜活的花香。雨打芭蕉，干脆被衍为家喻户晓的广东音乐名曲。

朱光潜先生作为房屋的主人，为了听雨，刻意把枯叶积存在地面，一定有道理。我为了试验，沿着为散步者开辟的山间小道独行，不带伞，以便谛听。时值秋深，穿晴雨两用夹克，发上颊间落下雨点，有"无边丝雨细如愁"的意蕴。此处位于旧金山海湾东部，逶迤的秋林以色谱齐全著名。街上的落叶每一星期或两星期一次被带大扫帚和滚筒的卡车带走，这里不然，旧的落叶在泥土变为腐殖质，新的按照风的意志安身。落叶的多寡，主要取决于树种，其次是风力。猩红如血的冬青叶，有最牛钉子户的定力，坠下的不多。枫树当红的时令已过去，通达的叶子纷纷离枝。落叶最厚的要数银杏树，前日风急，黄得无比纯正的叶子积了几寸。大略言之，落叶稀薄之处，雨声较为清脆，短促，无余韵。碰巧，走到黄叶高成床垫的银杏树下，雨打起来。伫立看天空，落叶如梭，在编织雨网。雨点砸在叶堆上，噗噗之声，沉着，浑厚，使我想起童年在禾堂，孩子们把篾片编织的簸箕翻过来，以手拍底部，给童谣"点指兵兵，点着谁人做大兵；点指贼贼，点着谁人做大贼"提供节奏，那声音和这阵子的雨神似。我设身处地，想到耽于美的朱光潜先生，打开窗子，对雨凝神，厚积的落叶承接雨水，他该从雨声品出生命的各种滋味，从暴雨的痛快、中雨的均衡、小雨的隽永到毛毛雨的幽渺。雨打年深日久的落叶，犹如纯情少女向沧桑长者低诉。

由此记起李商隐的不朽之句："秋阴不散霜飞晚，留得枯荷听雨声。"殆可肯定，以朱光潜之博雅，不可能没读过它；但也可断言，他此举并非"按图索骥"，而是出自自身的价值判断。李商隐的"留得枯荷"和朱氏的"积叶听雨"，都启示一种便捷而珍贵的"生活美学"，那就是预先为"美"准备好播种、发芽、生长的"苗圃"。早在"接天莲叶无穷碧"的鼎盛状态，便为它的残败预留一方好水，为自己置一个聆听的位子。而在第一场秋霜之前，你可会小心地保护满地的梧桐叶，让它们为即将奏鸣的雨——这美妙的天籁作最初的铺垫？

最使我动容的还是这样听雨。抗战时期设于昆明的西南联大，教室极为简陋，只是土墙加铁皮屋顶，师生上课时，雨打在铁皮上，叮叮当当，喧闹非常，老师扯着嗓门喊，学生还是听不清楚。一次，经济系的教授陈岱孙踏上讲台，雨正大，他干脆下令："停课，听雨。"到抗战中期，学校经费困难，部分教室的铁皮屋顶被拆下变卖，换成茅草。于是，雨声换成簌簌、噗噗。

想到这里，抬头时正对墙壁上的日历牌，我每天从它撕下一张纸片，它难道不是生命之树的"落叶"？这一意象至少蕴含两个意思：第一，生老病死，乃是包括人与树在内的生物的自然律，萎谢是不可变易的逻辑。而脱离人力控驭的"雨"，是"命运"的隐喻。我们要做的，是凭借日历的"落叶"，和"雨"合作，生产美妙的旋律。第二，落叶越厚，雨声越耐听。按此一说，老年具备欣赏雨声的潜质最多，我们且在落叶成山的林边，置一茶几，雨来时，缓呷清茶，倾听，倾听。

中餐馆的电话铃

星期六中午，从11时起，"幸运"中餐馆餐厅的电话铃声差不多没停过，都是要外卖的。老板娘李太太一个人接听，把菜式写在纸上，要是不太忙，她会疾步拿进厨房。但今天一个劲地接、写，"一份蘑菇鸡丁，酸辣汤不要太辣，好的好的……"老板兼大厨李先生待在灶台前，耳听六路，不必太太打招呼，就从密集的铃声知道太太走不开。但他走进餐厅把一沓订单拿走之前，用厨房里的座机拨打附近一所大学医学院分子生物学实验室的电话，只用家乡方言说一句："珍珍，你快来帮手。"没加解释就挂了。15分钟以后，一辆福特"野马"牌旧车子开进餐馆前的停车场，停下，一位年近40的中国女子下车，一阵风似的进门，在餐厅说一声："妈，我来。"妈妈抬头，揩一下额头的细汗，笑着把话筒递过去。

伴随着电话铃的，是客人进门的脚步声。老太太引客人去就座。午餐进入巅峰状态，厨房里炉火熊熊，执码师傅发号施令，刀、铲、勺作响。侍应生小跑进厨房，把一盒盒外卖拿走，客人进门付款，在李太太的道谢声中离开。

李先生打了电话向女儿求援以后，算定女儿到达的时间，炸了女儿最爱的春卷。这一细节李太太早已料到，算好时间，进厨房，从料理台上层，在盛春卷的盘子上加一小碟蘸酱，悄悄放在女儿珍珍身旁的桌上，又去饮料机按键，用纸杯子盛了一杯带冰块的"七喜"，放在盘子旁边。这就是宝贝女儿的午饭，让她趁接听电话的空隙吃几口。

"幸运"餐馆位于美国宾夕法尼亚州一个中型城市。20世纪80年代，李先生夫妇从号称"中国第一侨乡"的广东省台山县移民来这里，盘下一个西餐馆，改营中国菜。李先生负责厨房，李太太管理餐厅。李太太初时只认得26个英文字母，初期当侍应生，无法听明白客人点菜，用了笨办法，请客人指着菜单上的编号。如今，餐厅的白人领班辞职后，她独当一面，举凡接听电话，引客人落座，点菜，结账，都胜任愉快。经过几年拼搏，生意越来越好。每逢周末，餐厅里坐满了远远近近慕名而来的客人。新世纪初，本地电视台把这一家推为本市"十家最受欢迎餐馆"第三，生意更加红火。午间，从附近的办公楼打进来要外卖的电话特别多，李太太实在应付不来时，就向女儿珍珍求援。

这"应急模式"是女儿上高中时开启的。父母为了不耽误孩子，不到"撑不住"的节骨眼不打电话。女儿从上中学起，放学后做完功课就来餐馆干活，无论切菜、洗碗、上菜、结账，样样拿得起。她是在美国出生、长大的，英语当然胜过自谦为"三脚猫"的妈妈，只要她在，接听电话由她包。珍珍上高中时，品学兼优，毕业典礼上代表全体学生做临别演讲。大学上的是宾州大学，从本科读到研究生。无论上哪一级，有一样东西从来没变，那就是：老爸的电话一来，她就在半个小时内赶到餐馆，走上岗位。这样的默契，之所以从来极少失误，是因为双方都知根知底，女儿的工作时间表，父亲预先打听得清楚。

转眼间10年过去，女儿珍珍从医学院拿到博士学位，留校做博士后，辅助已担任该校教授的夫婿，研究一个科目。珍珍的丈夫是白人，结婚晚，婚后没要孩子，约定，待这个项目出了成果才考虑。

珍珍在餐厅，左手拿话筒，右手写订单。看到妈妈在餐桌旁为食客上菜，她把订单拿进厨房，客人的特别要求，她会用地道的台山话交代："爸爸，小心这一单，客人有花生过敏。"

这一天有点特别，中午12点半，餐厅的电话铃很少间断的同时，极少动静的厨房电话响起来。手拿锅铲的李先生不急于听——这是示威，他算定是批发肉类或蔬菜的公司打来，核实订货数量的，办事员可能是新手，选上错误的时间。不听，是让来电人知道时间不对。但电话不依不饶，响了二十下。看来人家是有急事。李先生接了电话，没来得及说"哈啰"，对方就说："爸，我是雅各。知道这个时间最忙，但我必须和珍珍通电话。"是洋女婿雅各，听口气急如星火，李先生不敢拖延，走进餐厅，要女儿去接厨房的电话。正在接电话的女儿一听，暗说一声糟糕！对话筒说一声："对不起，我要耽搁您一会，我尽快回电。"珍珍快步走进厨房，拿起话筒，一脸抱歉，她低声解释，说会尽快回去。请他理解。

高峰期一过，珍珍进厨房，拿起爸爸专为她做的糯米鸡，边走边啃，赶回实验室去。忙得不可开交，是女儿的常态。爸爸和妈妈早就看在眼里，好几次下决心，请一个半工，专接外卖电话，但时间不上不下，没一个人做得长久。况且，无论谁都没有女儿干得好，她那得体、利落、实在，客人都夸个不停，甚至，好几个年轻人扬言：他们要"幸运"馆的外卖，是为了听听珍珍的嗓音。

午餐告一段落，李先生和太太说起刚才女婿的来电，都觉得有点不寻常，他们在实验室的工作，一直很忙，但他通情达理，不会打电话进来。晚上，李先生不放心，给珍珍打电话，珍珍说，中午是她疏忽，一个抽屉的钥匙放错了地方，雅各找不到，所以打电话问，没别的事。

第二天中午，复制了昨天的忙碌。出于惯性，李先生用厨房的电话找女儿，女儿准时来到，一切都是"外甥打灯笼——照旧"。可是，多了一宗"意外"——女婿雅各打电话进厨房，要珍珍接。珍珍接电话的神情，带上更多的愧疚。

接下来的两个月，珍珍担任餐厅的"救火队长"期间，雅各的来电多了，珍珍的解释、争论，声音被抽油烟机的呜呜声掩盖了不少，但老爸竖起耳朵听，通话夹着的专有名词，什么基因、染色体、核苷、端粒、线性，他听不懂，但知道耽误了女儿的正事。

李先生派太太去问女儿，是不是婚姻出现危机？如果导火线是她从实验室开小差，就绝对不能再来。为爸妈这小生意，害你丢了老公，我们不被骂死也自己愧死。珍珍摆清楚了情况：实验确实到了最关键的阶段，有时候她离开，数据无法及时提交，雅各就急眼，但经过协调，每一次都有着落，事后和好如初，离婚是绝对不会的。

这以后，李先生死也不向女儿告急。珍珍放心不下，打电话到餐厅去，如果遇多次忙音，就明白情况，直接赶来，让手忙脚乱的妈妈又惊又喜，高峰期过去，女儿要走。妈妈说，不要给你爸看到，知道你来，他会骂死我。

有一天凌晨，瑞典皇家学院给珍珍的家打电话，报告说：雅各获得本年度的诺贝尔医学奖。这一具历史性的突破，雅各的另一半——医学博士李珍妮是没有具名的主要参与者。

雅各夫妇放下电话，无法入睡。直到次日上午8时，才给餐馆的厨房拨打了电话，李先生提着从菜市买的新鲜蔬菜，刚刚进门，听到电话铃声，自语："谁这么聪明，算定我这个时刻进门？"却是珍珍报喜。李先生高兴太过，手一松，菜散了一地。

中午，李太太把接外卖电话的差事交给新来的练习生，也不管这墨西哥小妞懂不懂什么是"北京烤鸭"，什么是"宫保鸡丁"，小半天坐在厨房，用电话通知尽可能多的亲友："喂，我家珍珍的鬼佬老公可了个诺贝尔奖。"

她说的是台山土话，"鬼佬"即洋人，"可"是"拿到"。她有意无意把"可"字拉长，以把"探囊取物"的骄傲表露出来。李先生在炉前只顾傻笑。

老年痴呆症患者的罗曼史

鲁迅诗云："无情未必真豪杰。"我在报上读到一个故事，剥这一句为："有情之时已痴呆。"故事出自儿子之手，写的是他的父母，梗概如下：今年，父亲100岁，母亲89岁，结婚已72年。去年底，父亲因摔倒住进疗养院，由两位年轻的护士全天候照顾。父亲已患痴呆症，记忆错乱。母亲明明住在家里，但常常去探望父亲。父亲硬说母亲也住在疗养院，经常坐着轮椅，喊着母亲的名字"查房"。还常常向儿子要钱，理由是万一失火可叫车回家或用于理发。这还不算，父亲虽言语不通，和护士难以交流，但一厢情愿地认为她们对他"很有好感"。有一次，父亲向儿子要6000元，理由是有位护士"要嫁给他"，拿来做聘金。同时，他一再腼腆地问儿子："我结过婚没有？"儿子出示父母亲1946年的结婚照，彼时父亲是空军尉官，母亲是从陕西以"出美人"著名的榆林来的16岁姑娘。父亲面对"铁证如山"，终于承认"是我"，也看出旁边的新娘是儿子他妈，连带地，认出了儿子。最后，父亲面对现实——结过了，美梦到此为止。儿子以一句叹息作结："而我错过了年轻的菲律宾后母。"

洋鬼子说幽默的高境界，是出以"带泪的微笑"。上文当之无愧。如果我是百岁老翁，寿终正寝前这般浪漫一把，可算最美丽的"回光返照"。

由此看来，人老到患痴呆症，一脑子都是糨糊，却可能旧病复发，多情起来，而且，这情，基本排除功利，论纯洁，可比美女性"情怀都是诗"的豆蔻年华。与之相映成趣的，是老年的另一"成就"：80岁不尿湿裤子，90岁不必人搀扶，为此受到夸赞（尤其是提供照护的人，如上文差点被寿星公求婚的菲律宾裔护士），一如一岁前后的学语和学步。

"说着玩"自然不错，可惜属于"站着说话不腰疼"。然而这是难以规避的宿命，除非你提早"嗝儿屁"，赶在痴呆症来到前喝下孟婆汤。2018年夏天，江西实施雷厉风行的殡葬改革，废除土葬，狂潮中，为了赶上睡进多年前购置、上了许多道漆的棺材，一些老人自我了断。这可算榜样。

既然衰老难以逆转，只好乖乖接受，致力于从中挖掘正面意义。因痴呆而纯情、多情，无疑是人生中壮丽的歪打正着。世人津津乐道的"返璞归真"，充其量是改油腻为清淡，改声色犬马为打坐参禅，从闹市搬到深山别墅，去一次西藏悟出我佛庄严，放一次生赎往昔的罪。只能是小修小补，往昔人生加诸肉身与灵魂的污秽难以洗刷，最后是面具和脸皮归一，世故和谎言合并。老年乃命运所塑造的成型，深刻有之，圆融有之，睿智有之，奸猾残忍有之，冷血记仇有之，唯独不存在天真无邪，直到痴呆症占领了整个脑部。

然后呢？百岁老人成了样板，他又一次成为少年维特，护士出于爱心和专业规范的呵护，被他幻想为"对他有意思"，他无能耐或者不好意思对儿子细心描述自己"被爱着"时的心理，多少梦里的艳遇，多少虚拟的温存，而且是双份！"齐人之福"此时最为贴近。

接下来，下定决心，求婚！6000元该主要用来买婚戒，此外买带红绸带的玫瑰花。别以为他脑筋不行，恐怕连在哪里求婚，单膝下跪还是双膝，带不带朋友，都已暗里酝酿多次。"妻不如妾，妾不如偷，偷不如偷不着"这一老掉牙的谚语，可以加一句"偷不着不如最后一梦"。

上苍待人何厚，混沌、麻木的晚年，一路暗下去的凄凉夕照，居然覆盖着金色的光芒。

"五味鹅"的营销术

我的家乡广东台山的著名菜式，积久相沿的传统菜之外，二三十年来是"黄鳝饭"。新世纪以还，"五味鹅"的名气越来越大，不但本土，在外地乃至台山人聚居的海外都市如纽约、旧金山湾区，也上了中餐馆的菜单，乃至成为餐馆的招牌。五味鹅的由来，创始者是谁，"五味"是哪五种味道，诸如此类，需资深美食家和考据家做功夫。我在家乡，经朋友引荐，吃过几次，确有特色。

比它的味道更有味道的，是一个故事：台山五味鹅，被公认为"最正宗"的，出自海晏人陈先生20世纪在台城开的"台山五味鹅"餐馆。陈先生年届70，退居二线。两个成年儿子各开一家，招牌相同，自然以"五味鹅"为主打。故事至此，未脱父业子承的古老套路。

但老爷子另开新篇——作为这一道名菜的"命门"的调味剂，是老爷子秘制的。陈先生掌管厨政的年代，酱汁在家调好，搅拌，装罐，带进餐馆，配方酱汁和制作流程保密，连儿子、媳妇也不让进房内观摩。他离开餐馆，回乡下居住以后，两个儿子定期驾车来回上百公里，去老家向老爷子"购买"调味酱，每罐定价40元。

这个故事流传甚广，本地人带回乡的海外乡亲光顾"五味鹅"餐馆，例必把这一掌故抖搂一番。听者的反应各异。多数人觉得老爷子好玩，犟出个性来。一位从纽约回来的乡亲，把这一秘方比作可口可乐的配方，早在1948年，印度独立，推行国有化，向设在印度的可口可乐企业发出最后通牒：交出配方，可借此占一半股权；如果不交就没收整个企业。可口可乐公司一口回绝，宁可失去价值以千万美元计的固定资产。从而推论，五味鹅调味酱的处方一样厉害。

一些食客则说老人家抠门得离谱，秘方总不会带进棺材吧？现在教会儿子，自己享清福，儿子不必跑远道，岂不两全其美？

一些人从另一角度看，认为如今年轻人太忙碌，看望父母越来越少。他这样做，迫使后辈上门，实在是高招。

如今想，其实这是绝妙的营销策略。不管属哪一种情况：故事是真实还是虚构，是曾经如此后来版本改变，故事已然定型，成为附丽于这一菜式的传说。这么一来，秘方的严谨、独特凸显了，人们对五味鹅的好奇心被催生了——"这么神秘，务必试一试！"这么一来，名气必然与日俱增，生意长旺。我以为，老头子此举，和可口可乐当年不向印度政府交出处方的出发点是一样的：通过制造"传奇"增添品牌的魅力。

带"故事"的品牌，五味鹅之外，家乡还流传另外一个，它说的是驰名海内外的"斗洞茨菇"。传说百多年前，一金山客回乡娶亲，路过岳家，进门拜访，不巧天晚且大雨，岳父母留宿，就此他提前与新娘合卺。次日大早，金山客提箱子赶回家，经过斗洞乡的大水塘，路上碰上该村一男子，男子看他西装革履，料箱子必有金银，遂举锄将他打死，拖进水塘，埋进淤泥深层。金山客失踪，婚礼没了新郎，但新娘依然过门。幸亏那一晚缱绻，一索得男，从此寡妇与儿子相依为命。十年以后，儿子和凶手的儿子打架，凶手骂金山客的儿子："信不信我像收拾你爸一样收拾你！"儿子回去告诉母亲。母亲经过暗访，回顾当年案件，觉此人可疑，于是报官，卒破案，从凶手家抄出箱子和珠宝。正是从金山客消失于早晨大雾那一年开始，斗洞水塘所产的茨菇发生突变，又肥大，又甜脆，人见人爱，过年时争相抢购。

"斗洞茨菇"的传说太血腥，不能唤起美感；论营销术，比五味鹅差远了。

"扔"钞票

在旧金山，我去住处附近的五金店买一把门锁。印度裔店员站在收款机后报出价格：连购物税要付10.84元。我掏出钱包，里面塞着十多张一元钞票，我数一张往柜台放一张，一共放下11张。男性店员收下，低声说："谢谢，但以后请不要向我扔钱……"我怕误会，问他是不是对我说的，因我背后还排着两位顾客。他说是。我连忙说，对不起，请原谅。

吃收款员的瘪，这是平生第二次。第一次是10多年前，我去加油站加油，因急于上班，付款时动作急了些，也是边数钞票边放在柜台上。拉丁美洲裔姑娘操带西班牙语口音的英语，冷冷地对着我，说："你不能这样付钱。"我问该怎么付？"请放到我手里。"我憋着怒气照办了。如果不赶时间，我真想找上加油站的经理投诉："你请了一个专门和顾客过不去的捣蛋人。"因事近于"动辄获咎"，我后来郑重其事地和几位朋友谈论，看究竟谁是谁非。朋友们的反应是一致的：你没有什么不对，那姑娘有点"作"。

两件事合起来说。细细检讨，错还是在我。关键处是柜台太矮，我拿钱包的手离它一尺多，我贪图省事，没有把手放近柜台，离手后钞票从空中"降落"，近于"扔"。作为收款人，视之为"受辱"并不悖于常情。

大人和小孩子谈话，道理与此近似。因高度相差悬殊，前者如果直立，后者就要仰头。前者弯腰以就，是折中，但还是不到位。正确的做法是：或跪，或蹲，或坐，力求二者处于差不多一致的高度，以表示对孩子的尊重，交流的平等。

回到付款这一频繁发生的细节去，正确的做法该是：把钞票放在柜台上或收款员的手上，接触柜台或收款员的手之前，钞票离手是忌讳。如果用力过大，近于"摔"；如果钞票"飞"过去，那是居高临下的"施舍"，会让对方感到受蔑视，被冒犯。

使我醒悟的是"换了一个角度"。一次，在中餐馆就餐，侍应生贪方便，隔着桌子把菜单抛过来。我差点当场训他："你是在侍候牲口吗？"又有一次，我开车接一朋友去看演出，他坐车后座，我从前座把一本书递给他，因手够不着，便抛过去，精装本重重地跌在座位上。我顿时明白，即使"熟不拘礼"，这粗鲁也是不可原谅的。

深入一层看，店员和顾客的关系，前者一般是自认"低"一等的，此即"顾客是上帝"。位置上的差异，放在对自己尊严过分在乎的人身上，容易引起反感、反弹。美国的政客，为了争取选票，在公众场合绝不做让服务业从业员感到自己"低贱"的事，他们明白，面对的越是"底层"越要赋予尊严。他们给街旁的乞丐送钱，务必弯腰，小心翼翼地把钞票放进地上的钵子。如做法相反，直着腰杆，远距离把硬币投出，那哐啷的响声，说多难听有多难听。

总之但凡损害别人的尊严，事情再小也是要不得的，即使持"无意""下意识动作"等理由。

"屋仑"记

读了张德彝《合众国游记》有关章节，然后去同一城市，做近似的事，格外有意思。

张德彝（1847—1919）属于清总理衙门所创立同文馆的第一批学生，精通英语，乃洋务运动第一代中"向西方学习"的佼佼者。他在同治七八年间（1868—1869）随清廷的蒲安臣使团经日本抵达美国西海岸。1868年春天，他一行来到与我所住的旧金山隔海相望的Oakland（意为"橡田"）市。这地名，在美华人沿用早年广东四邑人的发音，译为"屋仑"；张氏则译为"鸥兰"。

150年前出现在"鸥兰"的张德彝，是什么装扮？该是标准的长袍马褂，背后拖一根辫子。因有规定"华人之着西服者不得见钦差"，他一行在异族看来，属奇装异服，所以，"在火轮车客厅少憩，土人瞻望，络绎不绝"。

巧合的是，我这夹克便鞋，绝对没有看头的一介"华翁"，也有人来围观一阵子。缘由是，我和两位诗人，在屋仑唐人街最大的茶楼"牡丹阁"接受当地中文电台主持人的访问。这一设在茶座的直播，旁边是众多水汽缭绕的桌子，举目尽是熙熙攘攘的茶客，中英文会话的声音嗡嗡然，没有隔音设备，老于此道的著名主持人说，这就是我们要的现场效果。

今天的主题是文学，主持人提问，大家回答，轻松自在，佐以烧卖、肠粉、韭菜饺等正宗广式点心。谈文论诗并非漫无边际，而是"身边的"，从报纸的专栏到读书会，从茶楼紧邻的图书馆到新移民的精神渴求。

在播广告的间隙，想起当年，也是春日，张德彝在这个城市，吃过"味颇甘美"的"白葡萄"，因灯下无聊，一时技痒，写下的《鸥兰记》，所叙述的是"华使六七人，西士五六人"，乘车去依山坡而设的"酒肆"，此处"小亭环以清溪，长案荫于花架，大烹飨客，列坐于群芳供养之中"。一如中国人的茶楼开在居民聚居之处，美国的酒吧也是设于闹市居多。据我的经验，张德彝所光顾的，该是达官贵人在豪宅内举办的私人派对，"酒肆"是临时设置的。

张德彝以类于《醉翁亭记》的笔致，畅写派对风景："酌三鞭（香槟），饮加非（咖啡），手拈刀叉，味兼膻膄，从俗也。远视绵亘凹凸，蔚然深秀者，肆前之山冈也。楼台点缀，野芳幽香者，肆后之名园也。一水如镜，波浪不兴，怀抱东南者，肆右之小湖也。肆冈之间，如游龙，如彩虹，横卧湖面者，长桥也。佳木葱茏，绿影参差者，肆左之橡林也。万紫千红，绚如烂锦者，三春之嘉卉也。俄而娇声呖呖，如莺炙簧者，番妇进食也。声音错杂，丁当而响者，众人食而刀叉动也。男女杂坐，履舄交错，起立喧哗，众客乐也；鸠鸠冻冻者，番人语也。"

拿眼前的茶楼与之对照，论户外风光和室内装潢，相去太远。至于人，论密度，论谈兴，则有一比。也有不同，派对的高潮中，半酣或酩酊者，空阔处合着乐队所奏的曲子，跳一支华尔兹是不妨的。此间的茶客可不会如此豪放，也没有地方。酒肆的派对，以"众客醉"收场，连道别的社交礼节也省掉。历时60分钟的电台节目做完，茶楼的老板来小坐，表示欢迎，并和主持人商讨，下一期节目，要推介哪一两款"特色美点"，并为母亲节的订席想一个"卖点"。时已过午后一点，茶客散去。芳邻十多人，占一张大桌子，才到高潮，以北方话高声喧哗，彼此相安无事。

从茶楼出来，往地铁站走去，琢磨张文几次提及的"小湖"，疑心就是离地铁站不远的"美丽湖"，容日后查证。

栽树的流浪汉

旧金山没有群众性的植树节。树是常栽的，公共地方，由市政府属下的部门负责，一栽就是一大片；在私人土地如前后院，自己担纲。于是，占地广大、专卖树木花草的店铺，有的是仔细打量植物，并询问店员栽培要领的屋主或住客。靠近马路的人行道则较特别，这是业主的地皮，但市政府为了美化环境，与志愿者一起，奖励栽树的业主，栽哪一种由业主选，官方派遣专业人士挖坑，栽树，设置围栏，并定期来养护。我家贴邻刚刚栽下一棵酒瓶兰，围栏上的贴纸，印的是民权领袖金恩博士的警句："即使世界在明天早上坍塌，我也要栽上一棵苹果树。"

今天有点不同，一个流浪汉在马路旁栽下一棵细叶桉。这汉子我是认得的，40多岁的黑人，卷发如菜花，胡子横七竖八，一年到头披着印度男子爱披的大披肩，披肩的原色极鲜艳，但太脏，图案成了黑云。好多次，我路过阔街，看到他在安全岛上行乞。

旧金山市区据说有近万位无家可归者，这一位以讨钱方式的别出心裁闻名——箕坐水泥地上，手拿长竿，竿的末端拴细绳，绳的末端吊一个白色塑料小桶。他在"垂钓"，钓什么呢？驾车人的慈悲。成排的汽车在红灯前停下时，"钓竿"徐徐移动，在每一个靠近驾驶者的侧窗前稍做停顿。如果对方拿出纸币或硬币，放进小桶，他就微笑着敬一个军礼。我每次经过，都佩服他的聪明。这引人发噱的钓法，容易令驾车人起恻隐之心；而况，坐以待"币"，堪称省事，省力。

特别的人，干特别的事。和他的"特别"对应的是栽树之地——濒临太平洋的金门公园，这一人工造就的著名风景区，建于1871年，彼时是贫瘠的海滩，尽是黄沙。初期，树苗老被劲风刮走，后来，杰出的园艺师想出妙法固定幼苗，终于成活。历经十数年，种植了几十万棵抗风沙的尤加利、松柏和蕨类植物，终于成功地控制住风沙，缔造出千亩绿洲。

我这次来，是为了赏樱。流浪汉在离盛开的樱花不远处忙碌着，用一根削尖的木棍往地上戳，戳一阵，停下，用手把土挖起。周围堆的沙土已相当高，可见树穴不浅。他往穴内倒上捡来的半包肥料。他走向林边的池子，用塑料小桶盛水（我差点惊叫：他在街上"垂钓"时用的也是它！）倒进穴内，挥棍把肥料搅成浆。他哼着小曲，把小树放入，扶正，用手推土，把穴填满。他再去打水，浇水，以手脚把浮土夯实。

我一边在樱树下转悠，让两肩铺上雪似的瓣，一边看着他，但不敢靠近。陶醉于自我小天地的劳动者，是不喜欢被叨扰的。他直起腰，侧头端详一阵，拿起身边一个橙色"雪糕筒"，筒很破旧，该是交通局废弃的。他已把尖端削掉，露出一个大口。他把筒子盖在小树上，让树端从缺口露出。

他完工了，坐在路旁，得意地欣赏自家杰作。我和他一起赞叹。眼前的小树，升华为一个诗的意象。本来，流动，太多的变易，是"流浪"一族的关键词，比如，他每月领的福利金支票，上面的数字，很快流走了；每天，他背着睡袋在公园里外流荡，好不容易才找到背风挡雨的地方。长年漂流在大海的水手怎会不渴望不动的陆地？而无边无际的流浪是他的宿命。于是，他做一件与之相反的事体——把一棵幼苗"固定"在土地里。从此，即使他瑟缩于凄风冷雨，绿色的生命代替它，在土地里扎根，生长。

大西洋上

舷窗外

登上乘客逾二千、员工一千的"挪威之珠"邮轮，入住第四层的预订房间。邮轮准时开动，推开舷窗，离海面不到两米，浪花拍打着巨无霸雪白的钢铁躯体，白沫喷溅。排浪如巨兽的脊部，极尽翻卷之能事。远处，灯塔，星辰。别以为坐船看海乃是天经地义，"清风明月不消一钱买"在此成冷幽默。邮轮内的客房，面积与设施近似，区别只在带窗和不带窗，价格相差上千美元。预订时，图省钱的旅客只出基本价，拿到的是"无窗房"。结果大部分"带窗房"卖不出去，邮轮公司便举行网上招标。在知道窍门的团友指导下，我们出价350加元就中标了。中标者中还细分，舷窗有大小之分，大的有一米见方，小的只是直径不足40厘米的轩窗。

好在风景不为窗子所左右。买来的风景，不看白不看。尤其是刚入住那几天，伏在窗前小小平台，手肘发麻还不愿离开。带着嘲弄想起美国餐馆业一个类型——"随你吃"的自助餐，价钱是固定的，食客尽管放开肚皮塞。见惯"不吃白不吃"的饕餮之徒把碟子堆成小山，断言：美国腹部如山的胖子多，至少三分之一的根由在自助餐厅，怪不得某中国散文家将Buffet音译为"布肥"。如此类推，从邮轮上带窗的房间踱出的旅客，如果抚着小臂雪雪呼痛，那就得怪罪投标。

我以圆形舷窗为瞳孔，看邮轮缓缓驶离母港——修咸顿的伊丽莎白码头，看陆地消隐，看航标闪烁。巨轮进入公海，视野只剩海水，无穷无尽的浅绿，浪花，白沫。此生尚无一连几个昼夜所见尽是海水的经验。搭机飞越太平洋，与白云相伴也只十多个小时。好的，那就调动全部想象力，穷大海的奥秘吧！佛祖得道前，所面对的"壁"不更单一吗？可惜搜索枯肠，只得一个蹩脚的譬喻：大海如人间。一朵浪花是一颗头颅、一张脸、一颗心、一个灵魂。在各自生命力的驱动下，奔腾，激荡。激情形成浪之顶，理性铺起浪之谷。撞击礁石的轰响，是孤独者的呐喊。排浪是群体的呼啸。滔天巨浪是集体的疯狂，如集会，如战争。海啸是世界大战，是革命。潜规则的暗流，阴谋与阳谋的旋涡。人类浸泡血泪的漫长历史，千汇万状，悲剧上演千遍，粗看无一雷同，对之审视却与眼前的海面无异。大海的潮汐缘于月亮的吸引。人类受生生不息的欲望驱使。一只雪白的海鸥掠过，我惊醒了。

我很快发现，同来的团友中不乏同道。自己看不过瘾，还拉上老伴，一人趴一边，指指点点。老太太说："多像两小无猜的年代啊！"我听了，连连点头，不是吗？一个窗口，给好奇的童年多少欢欣！到如今，即使所有岁月都成过眼云烟，总不会忘记哈在窗玻璃上的水汽，和小伙伴在水汽上画的图画。老先生说："升级了，到两老无猜了。"

不过，我趴窗口的意兴渐次减退。原来，数度教我激动不已的辽阔，并无永恒的魅力。同样的情绪产生于去秋在青海游大戈壁，饶你目力再好，管你上多少层高楼，远方只有一道笔直的地平线。它是破折号，左边是天地，右边是虚无。我从向往自由变为渴望界限。此刻也是，没有长长的海岸线，等而下是岛屿、礁石。自由须以边界规限，飞鸟不能缺栖息地。

邮轮开抵挪威的帕根市，我和团员们雀跃着上岸，从青石板铺的街道逛到市场，摊档上的小盒蓝莓或桑葚，卖5英镑（6美元），相当于美国超市的两三倍。小虾一公斤要100美元（比美国贵上五倍）。不舍地回到船上。船开行时，再一次回望刚才涉足的烟火之地。朱红色屋顶，来来往往的车子和人。围绕"无限"与"有限"的思考又泛上脑际。我们在名叫"美人鱼"的大排档，举行"有限"的飨宴，每对夫妇花65美元，尝了三分之一碗正宗"海鲜汤"，两只帝王蟹的爪子，两枚帝子，两只小虾，两块面包片。饱肚当然谈不上，但味道之美无与伦比，而享受，恰恰来自"限度"。

不管怎么说，小小窗子会被我长久纪念。

日出和日落

傍晚，和好友L走进邮轮自住餐厅尾部，那是露天的甲板，选靠近栏杆的桌子落座。风有点冷，乘客多半挤在室内。我们为了看日落，强装血气方刚。大西洋上，乌青色浪徐徐卷舒，极目处是苏格兰的山、树、海港和村镇。几艘货船散在远近。比起三天前，邮轮驶近北冰洋之际，视线所及，尽是渺渺茫茫的海水，无礁，无岸，无船，连海鸟也寥寥，这一程和海岸线若即若离，看着心里踏实。人毕竟属于陆地。日头西斜，但躲在云层里。L手拿高像素的最新苹果手机，聚精会神地捕捉光影的微妙嬗变。

这样的捕捉，今天大早已有一次。6时，我和他对座，也是邮轮的尾部，面对的却是东方，可见航向与昨天迥异。他淡然道："日头要出了。"我跟着他跑到户外，靠着栏杆咔嚓咔嚓地拍。大西洋的海平线并没有导演的神奇功力，老太阳说出来就出来，没化妆，没仪仗队，没有海鸟鼓噪。巨舰般的云团，比爱丁堡公园扫落叶的大妈的头巾还要素朴，在它上方，似是牵引，又像是压迫。初阳如中秋月饼里头的蛋黄，不动声色。海水裂开一条缝，蛋黄先如线，再如直尺，缓缓发力，撑大，上下两道横线再反弹，几度角力之后，浑圆的一轮跃出。这些，都被L留在照片。

甲板上冷得过分，无法久待，便运用想象。太阳没顶的一刻，会不会像铁匠把一勺暗红的铁水小心地放进水里，火花与水花迸溅成赤色流萤，淬过火的海水突突沸腾？L从手机的图片库调出一张前几天拍的落日照，得意于固定了最辉煌的瞬息——浑圆一轮，比旭日大好几倍，端坐海平线上，水中布下金字塔形的倒影。倒影被波浪切成好几道，颤动着，迷幻着。而天空，云被融化，变成金子做的海鸥，肆意翻跹。和简淡的日出比，日落的色彩、气势、层次感都强多了。唯无与伦比的繁华，才使得屈原《离骚》中的"吾令羲和弭节兮，望崦嵫而勿迫"的千古咏叹张力无限。据说，一些抄捷径的摄影家拿后者冒充前者，以垂死替换方生，实在是叫人哭笑不得的反讽。

于是，我向担任记者多年，壮年奔赴阿富汗、科索沃战场，拍出无数出色新闻照片的L求教：照片上，日出与日落到底有没有差别？他出示他手机里的一排图片，让我就两者自行对比。我问："可否这样说：日落有灿烂的庞大倒影，日出则无。"他说，常常如此，但不能绝对，角度不同，拍出的效果不一样。我以为，至少，在大西洋上，我这一并无多少科学性的"划分"暂时成立。

7点已到，西天的日头离海面尚远，铅色云块聚拢，日头被遮蔽得更严实。我暗想，日头沉没这出压轴戏，很可能将在浅灰色厚帷后演出了。海面暗下来，水似墨色玉。一对白人老夫妻缓缓走近，斜倚栏杆，风吹着他和她的银发，雪一般的火焰。我扶栏而立，远远近近，海浪蛰伏，风声也停了，宇宙似有所待。

身边久久无言的L，冷不防举起手机，咔嚓一下——暗黑云层，辐射出十多道光柱。光源隐在深处，但探照灯一般的光柱，不但射穿天空，直入海底，而且把层层云块撑成一座巍峨宫殿。

L深沉地说："看到了吗？这就是《圣经》宣扬的圣光，基督教里头的神，凭它启示世人。"

图书馆里

乘邮轮的第五天，不靠岸，我走进位于第十二楼的图书馆。里面坐满了，只好去自助餐厅。餐厅里熙熙攘攘，和友人好不容易找到一张空圆桌，各拿一杯咖啡落座。聊得正在兴头上，一位年过六旬的同胞大义凛然地在身边坐下，随即，他更大义凛然的太太加入。我看看他们，皱了皱皱纹已太多的眉头。按通行的礼仪，欲坐已被人占了的桌子，应先套近乎："我们可以坐这里吗？"获允许后方落座。我和友人只好离开。

图书馆旁边是人满为患的麻将室。今天没有登陆游览节目，同胞们占定桌子鏖战。被广东人称为"闻衫领"的观战者挤满桌子旁边的过道。

我和友人分手,独自走进依然没有空座位的图书室。此来有预谋——留一幅"文字写生",一如古人面对形胜"赋得"多少韵。我站在书架旁边,浏览玻璃柜门内的书籍,绝大部分是英文书,其他语种极少,是"过繁不及备载"还是非英语乘客缺乏读书欲?不得而知。但麻将的吸引力大于书籍这一点,自有不绝如缕的麻将声全程宣示。书架上有一本书,是旧金山主流文坛排名第一的华裔作家Emy Tan(谭恩美)写的《男人100秘密》,昨天大早我进来看到,书名上的"秘密"激起好奇心,但书架上了锁,此刻找不到了。

18张带扶手的沙发上,白人占多,一老太太在填报纸上的"数独",一绅士在研究行程图,其余的都在读从书架拔出的书。一位东欧人模样的大叔,手里的书,封面有"斯大林"三字。一同胞神情怡然,小圆桌上放一本中文的《民国人物》,埋头写分行的汉字,硬笔繁体功力非凡。不敢凑得太近,凭瞎猜,他该在填词。如果我有刚才在餐厅径自坐到我身边的老先生的勇气,便和他打招呼,从天气聊到桌上书,万分谦恭地说:"先生,字好漂亮!能不能让我欣赏您的新作?"往下,他欣然让我拜读《大西洋吟草》,进而邀我去餐厅喝不必掏钱的咖啡,谈两三个小时李杜元白、温八叉、李清照,该有六成把握。座中最年轻的,是亚洲女孩,清秀,文静,她忙于用手机拍书上的内容。

窗外,茫茫大海清波款款。五张电脑桌并没人使用,原因可能是上网收费昂贵,若按分钟算,一个小时网上"冲浪"要花五六十美元。除非整付近400美元,全程不限时间。

花枝招展的老太太,戴老花镜读《哈利·波特》出了神。老白人在啃《既非雨亦非雪——美国邮政简史》。读《性战争》的中年女士,翻大部头《布什王朝》内黑白照片的大胡子,端坐轮椅读《深海》的绅士……日本老婆婆斜靠书架读浅田次郎的《凭神》,我扫了一眼她身边,柜子里有一排中文和日文书。

往下,是万万想不到的偶遇——看到一本装帧俭朴的书——《李我讲古——我的患难与璀璨》。李我1922年出生于香港,于我,他是最初的文学启蒙者。20世纪50年代，我上小学前后，我家在小镇开文具店，铺子二楼是住处。二楼靠近天井处一个五斗柜，下层堆着几百本书，字帖之外，多半是经商的父亲和上岭南大学新闻系的叔父解放前后购置的闲书，其中有李我的《欲焰》，它和碧侣的《海角红楼》一类（曾被划为"黄色"小说，其实是张恨水式言情说部）寄寓我懵懂童年秘密的向往。这位港粤广播界最早的天皇巨星，一个甲子之后与我结缘于大西洋的碧波上！从书中知道，《欲焰》共五集，当年总销量达600万册，港粤一带的读书人家，差不多人手一册。一口气把它读完，抬头，周遭静悄悄的，隔壁的麻将声已沉寂，图书室只我一人，灯光蔼然。

配对

坐邮轮如果不上岸观光，所见只有海水。好在经营者对此充分体谅，提供诸多"杀时间"的门路。货物齐全且在品牌、价格上具吸引力的大商场，是女士们消闲的热门。团友L的太太在里面逛了半天，其中的收获是：替"另一半"买了小礼物——一个旅游专用的钱包，可放进护照、钞票等，挎在身前，既安全又雅致。我和L也在商场里凑热闹，L接过太太送来的钱包，看一眼，退回，理由是："我只用一个牌子。"太太一脸失望，退了货。我目睹这一幕后，反正闲着——中国有俗语："下雨天打孩子，闲着也是闲着"，便肆意联想，从一个不受欢迎的钱包，想到"配对"。

人间万物，存在着千姿万态的"对应物"，彼此或唾手可得或踏破铁鞋；或隐藏甚深或一目可见；或终竟合而为一或到老到死仍在呼唤"你在何方"。这对应物有如"榫头"与"榫口"。40多年前，我在老家曾狂热地爱上木匠这一行，休息日痴迷于打造餐柜、桌椅。木匠的重要活计之一，是以锤子敲击凿子，开出榫口，再以锯子造榫头。检验木匠的技艺，有这样的标准——把入榫的木器扔进池塘，泡上数日，再捞起，拔掉榫头，榫口内部依然干燥，这才叫上乘。我这等蹩脚的学徒手忙脚乱，榫头开大了要扩榫口，榫头太小了要加塞，完工以后摇摇，器物晃动，连"牢固"这一基本要求也做不到。

所谓铢两悉称、珠联璧合，就是配对成功。一方缺少，既不完整，也无从替代。形诸人与物的关系，是卞和与和氏璧，关羽和赤兔马。形诸电光石火的爱情，是罗密欧与朱丽叶，梁山伯与祝英台。形诸漫长而平淡的婚姻，是黄昏的余晖中，拄杖、并肩的一对，邮轮上坐轮椅的一对。形诸友情，是伯牙与钟子期的高山流水，是《圣经》里大卫和约拿单的"为朋友舍命"。"般配"的姻缘，不停留于郎才女貌，也不仅在门当户对，更不是流行电视剧《我的前半生》中鼓吹的太太经济独立，手中有钱（那是婚姻完蛋以后才进入议程的"退守"之计，于婚姻本身却非关键），而是生理上、心理上完全的谐调。普通人，如果不追求"伉俪照"三天两头出现在媒体，也不靠对方上什么位，那么，唯"匹配"能提供高级的舒适、宽心、愉悦。配偶都拥有博士学位，只意味着较劲时才用得上的"半斤八两"；而胡适之博士的发妻不识字，婚姻却维系长久。

"中庸"的精髓，首先在寻找配对。在爱情上，只有这样的寻觅是聪明的，具长久效力的，那就是找一个"对的人"。白马王子、白雪公主未必对路，除非你单靠一张挂在照相馆橱窗的"样板照"过一生。相反，具贬义的"王八看绿豆"，广东俗语中的"臭猪头遇上盲鼻菩萨"，也部分地说明：无论哪种人、哪种物，都有"适合"他和它的特定个体，问题在于能否相遇。

我"闲"想到这里，回到现实，眼前的橱窗，一件件货品生动起来，是啊，它们都在等待。戒指期待"一根"手指，手表盼望"一只"手腕，夹克向往"一个"身躯……有情人间，一首诗，一本书，一颗心，一声叹息，不也一样，在无声无形中寻觅"只此一家"的对应物。

闲扯至此，要打住了。最后要交代：无缝对接式的呼应，如果还存在，也是可遇而不可求。世间，比"配对"更大量的，是改造，耐心且细致地，把不大合适的"榫口"和"榫头"摆平。如摆不平，便将就其"摇摇晃晃"。

第二辑 恰到『坏处』

恰到"坏处"

通用的词是"恰到好处"，指"好事情"上的中庸——既无过也无不及。恰到"坏处"是我胡编的，意思是：在坏事情中，有一部分，坏得分寸刚好，坏得让人偷偷欢喜，甚至让人想起金圣叹行将被处死时的欢呼："砍头者，至痛也，无意而得之，不亦快哉！"在人间，"不如意事常八九"，但凡脑筋无贵恙的人，都明白不会老是洪福齐天，总得和坏事周旋。既然坏不可企避，那么就有"如何坏""坏到何种地步"的讲究。这方面，鲁迅举的例子是：要杀人莫如当刽子手。

以上妙谛，是我那一次手臂摔伤以后体悟的。那一跤也够呛，右臂肘关节脱臼，复位后肿痛，难以动弹，吃饭穿衣都只能用左手，苦头是吃了些，但我不得承认摔得恰到"坏处"。仍旧是从鲁迅老夫子的论调延伸来的，他曾批评郭沫若早期一篇"革命加恋爱"的小说，说它的主人公在战场上负伤，带着打上绷带的左手回到家里，谈缠绵的恋爱，过分讨巧。确实如此，四肢之中，伤了脚难以行走，伤了右手，如果不是左撇子，也感诸多不便。

我那一回拣了便宜，一是如假包换地"伤"了。由专门诊治工伤的专业医生仔细观察过，拍X光片做佐证。"伤者"的资格确立，我就不用上班，领取保险公司支付的伤残保险金。二是伤得叫人放心，除非有意外，不会导致身体垮台，肿块逐渐消去后，我赋闲时可正常生活，打字，上网，看书，拿筷子，睡眠，动作稍慢而已。

右臂之伤固然美妙，但不是孤立事件。所谓"祸不单行"，同一年我还上了医院的手术台，给左眼割除白内障，这是外科中最小最安全的。割下眼球内壁带荫翳的视网膜，换上人工晶体时，我岂止毫无痛楚，全程35分钟，还带着微笑听主刀医生说他叛逆儿子的故事。

我一直倾向于把"完美人生"定义为"尝遍人间百味"。血肉横飞是伤，右臂脱臼也是，我以后者成为伤员，颇具"以文官资历获授将军衔"的气象；再说手术，换器官、割肿瘤是手术，割白内障也是，我以后者获得躺手术台的待遇，岂不像花买冰棍的钱进了一趟卢浮宫？

以上两种"恰好"的"坏"发生在十多年前。最近读梭罗的随笔集《种子的信仰》，才晓得人算远远不如天算，老天爷使的妙不可言的"坏"中，有一种叫"牛群撞树"。

事情是这样的：供牛群吃草的牧场，因风或松鼠送来种子，各种树木老实不客气地遍地生长。而砍伐费工太大，主人多半效法爱尔兰的赶马人，穿过田野时一路上击打树木。让牛来干却省事得多。牛群喜欢冲进常绿林，在里面顶来顶去，把树木撞断或施以彻底的破坏。"经过牛角这样粗鲁的修剪，我常看见几百棵树在很短的距离内全部折断，它们还可以在旁边另寻目标。""牛爱撞树，这种现象非常普遍，你可能会认为它们简直和松树有仇，其实它们的生存依赖草场，所以本能地要攻击那些侵略了牧场的松树敌人。"

梭罗家的前院就是这样，他最近栽的一棵金钟柏，吸引了一头路过的奶牛，奶牛在离地一英尺处把树撞断。自此，这棵树贴在地上的许多小枝慢慢围拢中心竖起来，形成茂盛而完美的雏形。梭罗的邻居也种了这种树，常常修剪，都不能满意，向梭罗求教。梭罗说，当牛儿路过时，打开院子门就可以了。

一瓢 "时间"

台湾散文家简媜有文道及，一位女子在笔记本上写下这一句："月夜时分，迟归人总是听到水洼底的呼唤，借我一瓢时间。"后来，把"一瓢"划掉，改为"几两"。她在图书馆趴在桌上睡着，笔记本被一陌生男子看到，从此两人讨论了好几次。他认为"一瓢"比"几两"好。她也觉得水洼形状像水瓢，用瓢较好。但他转了念，说，还是用"两"好，一寸光阴一寸金，既然时间像金子，当然要用两了。她又提出，改为"一尾"，因时间滑溜溜的像鱼，抓不住。还可以改为"一头笨手笨脚的时间"。随后两人转入谈情，没有结论。

如果我加入他们的讨论，会提出：倾向于"一瓢"。譬喻时间，通用的是流水。光阴一去不返，暗合"人不能两次涉入同一河流"的哲学命题。梭罗说："时间只是供我垂钓的溪流。我饮着溪水。"隐士的暇豫呼之欲出，但偏于被动；鱼上不上钩，什么鱼咬饵，都不是钓客说了算。何如自行塞裳，俯身，舀上一瓢？沧浪之水兮，可以濯缨，可以濯足；那么，不舍昼夜的时间之水呢？

抱歉，别说时间的"将来"比骗子的誓言还要缥缈，"当下"也溜滑如鳝鱼，你的"瓢"能舀到的，仅仅是"往昔"。

如此，"瓢"里带着迷离水色的"时间"，其实是记忆，此外无他。时间随物赋形，人物、事件和风景，就是容器。毛细血管般的细流，是个人记忆；宏大的集体事件，革命也好，战争也好，是支流或者回流，都交错，纠缠，掺混，组成浩浩荡荡的巨川。流至历史的转折处，如果实现了改朝换代，那就是壶口瀑布；一般的承平日子，波平如镜，我们有余暇牵手看地平线上的落日。

常言道"弱水三千，只取一瓢饮"，向"时间"舀水，并不凭证、限量，只要你工于怀旧。要问，你把瓢伸向哪一段水流？少时那一段，清澈如泪；青春那一段，用得上波特莱尔的诗句："不过一场阴郁的风暴"；中年一段，因负重而沉稳，因漂泊而自由；及至晚年，你可舀前半生的罪以反省，也可舀孙儿女在幼儿园毕业礼的照片以陶醉，更可审视逝水上的倒影，端详粼粼波光，何处与老伴坐对落日，何年与至交指点暴君的坟茔……

如果你不乏历史感，该还关心自己的身后事。尽管放浪之士卑之为"不如生平一杯酒"。才活了25岁的济慈，他的墓志铭是这样的："这里安息着一个把名字写在水上的人。"这水难道不也是时间？一辈子庸庸碌碌也好，惊天动地也好，水上的名字存留多久？名字太密集了，后来者目不暇接。普通人如果幸运，有关他的记忆，连同对他的坟墓或骨灰瓮的祭奠，有三代就差堪告慰。可以肯定的，比之帝王的征略，那些写满阴谋、杀戮、陷害、钳制、狂妄、暴虐的盖世声名，让人纪念的，恰是仁慈、奉献、牺牲的大爱。如果你是写作者，在遥远的未来，某一瓢"时间"的哗哗水声，竟是小学生吟诵你的诗篇，那么，一辈子值了！

知道时间可以瓢作计算单位以后，我对一切瓢状物件，如勺，如网兜，如坩埚，便敏感起来。是啊！它们都是可以从你的光阴"取样"的，如此，且对时间，怀更多的戒慎恐惧，勿让自己或者别人，百年身后舀出的"你的时间"，是连过滤的价值也没有的污水。

给后代留下什么

从抗战时期援华美国飞虎队老兵及其亲属的回忆录中，读到一篇理查德·朱先生（Richard Eldon Gee）的女儿对父亲的追述。朱先生1925年出生于旧金山，祖先来自广东台山，是第三代移民。早年就读于柏克莱加州大学。1943年从军，加入飞虎队属下的407航空服务队，驻扎中国。退伍后回旧金山，在屠宰公司工作至退休。他娶的妻子，也是在旧金山土生土长的台山人，早在上幼儿园时就认识了。朱先生夫妇养育了六个儿女，最小的女儿在父亲去世以后，回忆童年往事，举出两桩：

一是吃晚饭。每天傍晚，在母亲监督下，孩子们都坐在饭桌旁。下了班的父亲进门，大家必同声说："爸爸回来了！"爸爸把外衣脱下，挂好，走向母亲，亲吻她的脸颊，轻声说："甜心辛苦了！"然后，在柔和的灯光下，一家子动筷子。家口多，菜色难免简陋，气氛的和乐却弥补了物质上的缺陷。这样的仪式，一直延续到孩子长大，离家自立。

二是睡前。六个孩子在两个相连的卧室就寝。临睡前，爸爸必进来检查，看每一个睡下没有。然后，爸爸站在卧室之间的门前，把所有电灯按熄，只留下门上的小灯。爸爸轻声说："祈祷。"领着孩子们，用他祖先所来自的县份的方言——台山话，念出祷词：

多谢耶稣，

有衫着，（有衣服穿）

有野吃，有屋企，（有饭吃，有屋子住）

爱妈妈，爱爸爸。

孩子的嗓音，从婴儿时代的奶声奶气，到少年的变声期，爸爸的引领从来不曾缺席。这场面之所以教我震撼，是因为朱先生把一代代传递的乡愁，渗透于家庭生活的宗教情怀，对儿女的深深爱意，自然地交融起来。借此可知，大半个世纪前的唐人街，不大会说中国话的"香蕉"型同胞，他们的日常生活状况。

想起另外一个场面。六年前，美国前总统克林顿上全美最热门访谈节目——哥伦比亚广播公司（CBS）由大卫·雷特曼主持的《深夜脱口秀》，谈到独生女的出嫁：露天婚礼上，结婚进行曲快要奏响，披雪白婚纱的女儿，挽着老爸微微颤抖的手，即将走上草地之间的小道，女儿对老爸来个"约法三章"：一、不要踩在草地上。二、不要打踉跄。三、不要哭。克林顿对主持人骄傲地说，我全做到了！他又说，把女儿交给新郎的那一刻，想起女儿学步的第一步，仿佛是昨天……我借此断定，这位品行不无瑕疵的政治家，给予女儿的总体印象是正面的，为父者日复日的爱意，永远在女儿的心灵里延伸。

此刻，依然听到朱先生家中的晚祷，和克林顿陪女儿踏在红毯上的脚步，我沉思：作为父亲，在儿女的记忆中，留下什么呢？作为祖父、外祖父，将被长大后孙儿女描绘为怎样的形象呢？

也许，比给后代留下多少遗产，比为儿女所做的或隐或显的"牺牲"，美好的记忆更为紧要。何为"美好"？关于童年，我们这"倒霉的一代"可能提供的，是不多的撒野之趣，加上大量的"反证"，如：放学回家，灶膛和父母的脸都是冰冷的，父母从来不会说："宝贝，我爱你。""孩子，你好棒！"饭桌上，喂不饱小小的胃，却常常因为"不听话"被拧耳朵。家里总是入不敷出，总是叹息和咒骂。能责怪忍辱负重的双亲吗？他们单为了把一群饿鬼托生的孩子养大，已耗尽全部心力，何况还有一波又一波绞肉机般的"政治运动"？

总之，记住一句话：要后代成为什么样的人，先自己做"这样的"人。

"纽约下雪了"

　　岁晚，我至为敬重的文学前辈和我通电邮，一来一往地交谈。其中一封，我说到去年因事没有实行"去纽约"的计划，于心耿耿。他的回信简单利落："纽约下雪了。"一句胜于万语千言。去年，春节刚过，老人家和我通电邮，其中一封仅两句："说着说着年来了。说着说着年过去了。"我琢磨了半天，略有所得，衍为三篇随笔，从岁月的流逝谈到人的老去。

　　"纽约下雪了"一语，老人家有意为之也好，无心插柳也好，说中我多年的心愿。我生在岭南，出国以前只吃过雪条、雪糕，那是酷热的夏天。冬天，最冷的时节，草地上有成片的霜，河畔有冰块，在初阳下闪烁多棱的光，放在舌头上，感到麻木的快意，却从来与雪无缘。移民旧金山三十六寒暑，这滨海城市，过去100年间，只下过四场雪：1932年12月11日、1952年1月15日、1962年1月21日和1976年2月5日。我都没赶上。2011年2月25日深夜，城里某处纷纷扬扬地飘下雪花，教同城人雀跃不已，次日早上，地方电视台的新闻主播报道时喜形于色。那一次我在，可是看不到，因为没下在我所住的街道。不到早晨雪就停了，量小，时间短，落地不久即融化，没热闹可凑。好在，看雪不难，去和加州相邻的内华达州，不管哪个季节，能看到群山上，"积雪浮云端"，可惜，效果与在电视和电影看没两样。距离产生的"隔"，令人难生感兴。所以，我多年来有一个未了的心愿：赏雪。

　　首先，须在近处。屋内，壁炉熊熊燃烧的夜晚，听户外，雪无声地洒下，靠近窗子瞄，窗沿的雪愈积愈厚。帘外，雪花飞着，慢悠悠的。打开门缝，风夹着的雪打进来。空气的清冽，使你打一个妙不可言的寒噤。这样的晚上，须有投缘的友人，对酌暖心的老酒，痛饮并无必要，徐徐地说沧桑，世故，人的愚蠢与可爱，最好是一起回忆少年事，大笑几场。夜晚，下榻于暖气充足的阁楼，雪在屋顶，如猫儿轻轻走过。吟王安石的诗句："夜深知雪重，时闻折竹声。"想象明天的雪景，一片白茫茫的大地有多干净。

明天，起早是必须的。最先的脚印属于你是必须的。穿成圆滚滚的球，出门去，风停了，雪告一段落，此刻纯给你看，美给你看。脚踩下去，是不是像踏在海边的沙滩，发出籁籁之声？迈步是不是费力？回头看自己的两行脚印，会不会为了破坏整体的雪白而负疚？澄澈的冷袭击裸露的耳朵和脸，是不是像针灸一般？我没有切身体验，思想里的早雪有的是蕴藉之美。

踏雪向何处？中国诗人早已为你指路——寻梅。梅的幽香可强烈到"引路"，一如"酒香不怕巷子深"？走向梅林，枝头裹一层茸茸的雪衣，连芽梢也来不及冒出。寥寥的花，绝美的花，在梅林尽头等着。设若我是这般的赏花人，会不会对花哭泣，为了半个世纪的梦圆在此际？

关于雪的想象，难免脱离实际。但施行赏雪的计划，并不算困难。只要选将雪未雪的日子，买机票，在空中待六个小时后，走出肯尼迪机场，就进入如期而至的雪。我的夹克将平生第一次铺上雪花。我要以一捧雪，撒在我青春时代作的梅花诗篇上。

可是，前辈没有明说：你要看雪，请快来纽约。这是他的明智处，来不来，要看我有没有能力。他此前已告诫，太寒冷的天气，于老人的血压有碍。而我，离"随心所欲"已越来越远。

纽约下雪了，就我所知，年过九十的前辈开始例行的"猫冬"，他的夫人，未必准许他拄杖出门。如果我去造访，即使只限于与他围炉而坐，谈累了，站起来，手端咖啡，对窗看雪，也充满诱惑力。

是的，我真想动身，因为"纽约下雪了"。

还不是为你好

国人在处理人际关系上，有一个似是而非的说法："还不是为你好？"以它来解释一切"方法不对"。为"办坏事"置入"好心"，如，只要是"为你好"，父母怎样打骂儿女，晚辈怎样折磨长者，即使适得其反，也情有可原。

一个在旧金山华人圈引起热议的小故事：一位年过70的父亲，在30岁儿子生日宴会上，站起来发表祝词，然后亮出一张面额为30万美元的支票，宣告："送给儿子，做第一栋房子的首期。"参加宴会的数十亲朋皆热烈鼓掌，了不起的父亲！当了38年清洁工，长年打两份工，才积攒下来的钱啊！出人意表的是，儿子居然一脸怒气，坐着不动，旁边的长辈推了他几次，他才勉强地站起，从父亲手里拿过支票。长辈齐声说："怎么不说话呀？"他好久才从牙缝逼出一句："感谢！"舅父生气地叽咕："钱咬人吗？一点也不晓得感恩！"事后，多数老人责备这年轻人。然而他的年轻朋友说他"丢了脸"，值得同情。

问题的症结不在送钱本身，而在场合。早已自立的儿子，在众目睽睽之下接受居高临下的资助，这意味着他啃老，说难听点，属软性侮辱。正确的做法是：先私下问儿子要不要；如要，便不公开地交出。此后，不宜张扬。施与一方缄口，方顾全授方的尊严。同理，学校开大会，让"贫寒子弟"在台上站队，接受慈善家的捐赠，也多少让孩子难堪。

有鉴于此，多数人在"中国式人情学"上，都需要修学分。助人，却尽量不露痕迹，让对方感觉不到，从而减却亏欠感，这才是高段数。以下的故事就是典型：在韩国，一位年轻女子穿短裙乘坐公车，经血外漏，不但沾湿了裙子，还从大腿一侧流下来，丢人现眼，莫过于此。她不知所措之时，身旁一位男子突然把草莓牛奶泼在她身上，随后把外套脱下来给她，说："不好意思，下车前先绑在腰上吧，这外套用完，丢掉也没关系。"女子回过神来要道谢，男子已下车。女子发现，男子还给外套的口袋塞进好些纸巾。事后，女子多方寻找，终于和男子取得联系，女子要赔他一件外套，他说不必，下次请他喝草莓牛奶就行。

这位典型的"暖男"，暖在设身处地，面对这样的尴尬，"明来"的帮忙只会使对方更加难堪。因此，他宁可假装"不小心"，并损失一件外套。事情办完，他悄悄开溜，使得女子免去最后的不好意思。说到"给面子"，可算最完美的操作。

总之，顾全，保护，增加对方的尊严，是一门值得琢磨的学问。从率性而为（过去的从"朴素的阶级感情"出发）升级为现代社会的绅士风度，待人接物，无过也无不及，随时关注对方的感受，我们有很长的路要走。

"让我单独待待"

最近，李彦宏在中国高层论坛谈隐私，认为中国人对此"不大敏感"，由此引起热议。与中国比，西方对隐私权自然"敏感"许多倍。且看美国一个日常用语——"Leave me alone"，使用的频繁，也许仅次于"Excuse me"等不多几个，原意是"让我独自待待"。但据情景、语气、声调的差异，有多种解读，例如，叛逆少女对未获允许就进房间的父母这样说，意思是：别烦人好不好？情侣吵了架，女子生气，转身离开，男子追上去赔不是，女子这样说，如果是撂重话，那是"滚远点"；语气婉转点，是"让我自己静静地消气"。此外，还有，别管闲事、关你屁事、我自己能搞定，等等。

这一用语所蕴含的文化背景，就是对个人空间的维护。首先，是个人空间的确立，小孩子在幼儿园，师长最先要帮助他们识别"什么是自己的"，划清"我"和"别人"、"公共"的界限，进而保护"自己的东西"。我们的古人却反其道而行，鼓吹"孔融三岁让梨"，然则连"梨"是不是"我"的也搞不清，"让"从何说起？孩子进了小学，"小秘密"多起来了，哪怕是父母，孩子的房门不敲就闯入是不行的，信是不能开拆的，少年的日记本上锁，手机和电邮带密码。华裔"虎妈"管教，至费心力的就是在尊重孩子隐私和深入了解、对症下药二者之间取得平衡。

至于成年人的社会，每个人都随身携带一个精神上的"私人城堡"，里头的"隐私"受到严密保护。社交方面一些禁忌是心照不宣的，从年龄（特别是女性，尤其是中年及以上）、收入、婚姻、家庭状况，到宗教信仰、政治倾向。但"干哪一行"是不妨打听的，和祖父母谈他们的孙儿女也受欢迎，这系于约定俗成。

为什么西方人如此在乎私人空间？这是由源远流长的文化基因，价值系统所决定的。私密领域所供奉的，是个体生命的价值，自身人格的尊严。一如确切地明白"这梨子属于我"，才慷慨地让给小朋友，而不是玩假公济私，借花献佛的把戏，视尊严为生命，自然重视诚信、仁慈、宽容，因为它们为价值加分。

在人类命运共同体这一语境中，如果指"东是东，西是西，东西永远不相期"的老话过时，那么，说对"隐私"的敏感度，对私人空间的尊重程度，是文明的标尺，在许多方面是成立的。且举最常见的例子，在国内，公共场所厉行禁烟有年，可惜效果不彰。但在美国和中国香港，抽烟者自觉远离非抽烟者，他们明白，他们的"烟"不能侵入别人的呼吸道。在旧金山，我不止一次听到洋人的抱怨：你们中国人一登上巴士，就大声说话，吵死人！我不得不承认，是我们不对，以噪声侵扰了别人。

从西方的现实回到李彦宏的隐私说，他认为国人乐意交出隐私权，以换来便利和效率。在商言商，他指的是商业操作上的取舍，换句不中听的，在互联网讨生活的大腕尽可针对同胞这一软肋，广布便利和效率的钓饵。问题在于我们上不上钩？至于洋鬼子，要他们向陷阱四布的网络暴露隐私，以取得廉价的便利和快捷，他们不会点头。一如流浪汉不会为了吃住免费而坐牢。支付宝等在美国不吃香，关键在此。落伍诚然落伍，但"便利和效率"一如DGP，并非万能。

一句话：愿国人在隐私上逐渐敏感起来，也就是：都以正当途径建立道德上，诚信上的尊严。

人生本真

仿佛约好了，从岳母的住处走出，回家路上，就碰到她们，我的心蓦地一颤。

岳母98岁了，最近状况不大好，后辈们陆陆续续登门探望，我刚才也走了一趟。令我惊奇的是，她不抱怨自己的胃口不好，肩胛骨疼，专心说昨天来看她的"阿凯"。"阿凯说，她那年住院，躺在病床上，我坐在旁边，不停地抚摸她的手，她感到舒服极了。……哼，现在才告诉我。"她幸福地说。阿凯是岳母的孙女，15年前因车祸在医院动了大手术。"阿凯移民美国那年，差一个月3岁，一天到晚，不停地叫'嫲嫲'，嘴巴可甜了。我对她说，你们不在身边这么多年，没人叫我嫲嫲，你补足数略。3岁生日，我给她买了蛋糕，教她吹蜡烛，她说蛋糕真好吃。"岳母说的是1979年，阿凯随父母（我内兄夫妇）来到旧金山。此前，岳父母的三个儿女在国内生活，骨肉分离近30年。如今，脑筋越来越糊涂的老人家，忆及往事，道出细节，描摹气氛，活灵活现。如今阿凯已过40岁，两个孩子上了初中。她在旧金山长大，从上幼儿园起，语言换了，四五岁以后，不可能再和祖母做频繁而亲密的交流。除了家庭聚会，阿凯难得和祖母见面，岳母对此毫不介意，只强调阿凯与她之间互动的动人章节。

路上遇到的"她们"，也是祖母和孙女儿，年龄分别是80岁上下和八九岁。她们坐在绿化带旁边的长椅上，估计是老人家走累了，歇歇气。虽然彼此不认识，但我有把握地说，祖母是我家乡的"乡下人"。属于那一方水土的女性，"土气"是呼之欲出的，我这么说，乃是褒扬，她们即使在华人占总人口近两成的旧金山，也显出独特的坚忍、纯朴、淡定。这祖母是新移民，年轻时在国内所受的教育有限，连母语也未必灵光，别说英语。我远远看见这婆孙的当口，正围绕着阿凯与她嫲嫲，思考异国的"隔代关系"。

听清楚了，老人家果然是小同乡。她在教孙女唱童谣："春花李，李树头。阿妈你毋愁，我再过两年担得水，再过两年睇得牛。""阿婶接阿姆，阿姆几时来……"地道的乡音，焕发原乡土气的调门，我可以准确地说出她们的籍贯，具体到"镇"。更动人的，是跟祖母唱的女童，她是在旧金山出生的，第一语言是英语，"别"着没有变声的嗓子，汉字发音带上少许"洋味"。此时，她们背后，大海静静地蓝着；头上，花旗松的虬枝，并立着一对鹧鸪。

我尽量放缓脚步，让一老一少的谣曲，浸漫我的心田。遂悟及，把无法以英语周全地表达情感的老人，与只能结结巴巴地说不多的家乡话的孩子二者紧密连接的，是"人性的本真"。这一对也好，岳母和孙女阿凯也好，情况类似，不会英语的长者，与只会简单中文的晚辈之间，令人羡慕的亲密关系，不是靠交谈建立的，仅凭"饿不饿？""要不要我热了饭给你吃？""嫲嫲，我上学了，再见！"一类初级会话，难以造就"天伦"的深厚根基。

这样的关系，难道不神奇？"语言不通"并非障碍，"鸡同鸭讲"反而促使她们运用别种途径做交会，融合。原来，从孩子出生起，祖母就是仅次于母亲的极重要角色，半夜里喂奶、换尿布的是祖母，牙牙学语之始，"嫲嫲"是最先发出的音节之一。一年年下来，嫲嫲陪伴她学步，散步，上幼儿园。她上小学，接送的还是嫲嫲。孩子懂得的英语越多，运用中文越是笨拙；越是长大，较为繁复、细腻的情感，越难以向嫲嫲说清楚。然而不要紧，嫲嫲不必靠她唯一说得流畅的家乡土话，就让孙女晓得"原点"的方方面面，从村前的池塘、禾堂边的井台，到端午节的粽子、除夕夜的汤圆。逢年节，老人祭祖时的虔敬，使她知道什么叫"孝"；每天晨昏，老人手脚不停地操劳，使她具体而微地掌握先辈的美德。眼神、手势、原汁原味的童谣，造就深层次的感应。岳母早年和阿凯也是这样的。

她们唱够了，孙女扶祖母站起，继续走路。我眼含热泪，闪到一边，让她们经过。回头，看她们走远。祖母步履蹒跚，孙女放慢步伐，肩搭着肩。前路，铺满阳光。

爱必得寸进尺

　　美国某市，一对中年华裔情侣，已同居了10多年，一起经营超市，钱不分家。数年前，以超市的收益购买了一个四单位公寓楼。男的因此前的婚姻遭彻底失败，财产与心理上均创巨痛深，这一回死也不肯再进入婚姻。女方虽然渴望名分，但明白他的脾性，不敢强求去登记结婚。近年来，女方进入更年期，脾气越来越坏，动不动发飙，摔东西，当着员工的面骂男友乃至掌嘴。自觉"欠了她"的男友一直哑忍。她破罐破摔的缘由，据她自白，是因为公寓楼房产证上没有她的名字。"我什么都没有，和他分手，连房子也被他全占去。"一想到两手空空的未来，她的心就堵得要命，唯一的发泄是驾车去朋友家，打麻将一天一夜。

　　为什么房产证只有自己的名字？男方的解释是：不是有意剥夺她的权益，而是为了方便报税。他声言，公寓楼的一半产权绝对属于她，他再负心也不会占她的便宜。可是要么因为生意太忙，要么因为近年两人的摩擦有增无已，使男方心灰意冷，改动房产证一事拖了又拖。直到一次，女方情绪失控，差点动了刀子，扬言"拼个鱼死网破"。男方才如梦初醒，马上和她一起去市政厅产权登记处把事办了。到这一步，按她这些年无数次信誓旦旦地强调的：只要房产证有我的名字，我死心塌地跟定你，别的什么也不要。

　　然而此后两人的关系并没明显好转，女方很快故态复萌，怨气有增无已。让男方大惑不解，她干吗说话不算数呢？她抱怨男方为了发展另一种事业，经常出差外地，微信上发表和陌生女子身体紧靠的"肉麻照片"；她不喜欢男方和男性友人去酒吧看球赛，回到家口里带酒气；她指控生日那天男友送的玫瑰花只有七朵，"居心不良"；她为了男友几个月"不碰她"而哀叹"虚度年华"。男友说，我费尽心机，不但换不来一个笑脸，而且比过去更甚，连早上出门说再见时"亲脸颊不够真诚"也成了"罪状"。

这种得寸进尺，叫我想起东郭先生和狼的故事。被猎人追杀的狼被仁慈的东郭先生救活之后，狼提出要求：吃掉他，因为饿得没办法。幸亏随后来了一个有智谋的老农，才把狼干掉，救了救狼的好心人。寓言的寓意从来没变：不要怜悯生性凶残者。然而，我要说，寓言揭示的比这一层深刻，那就是："人性的逻辑"。狼被猎人干掉倒也罢了，它活下来，难道可以不吃东西吗？而跟前手无寸铁的教书匠，正是理想的"肉"。冷酷的事实从来是这样：生存危机解决后，水到渠成的问题是：必须得到温饱。

同理，上述女子，如维持和男子的恋爱关系，那么，即使在"房产证上没有她名字"阶段她自己也未必意识到，这样的"顺理成章"是不可规避的：爱情上获得满足，首先是安全感的满足。无论"名分"、房产证、戒指、鲜花，还是来自对方的甜言蜜语、百般呵护，百川汇流，进入叫"安全"的港湾。营造安全，未必全靠真金白银，热恋时至为虚幻的山盟海誓也顶用。女方拼命追求物质保障之时，只说明爱情的质量已大幅降低，到了靠钱维系互信的低层次。换个说法，房产证上加名，是分手时用于"结算"的。但爱的进行时全程，它不过是开端，是插曲。接下来，爱情的营造、加固，乃是每天的功课。

渗透于日常生活全部细节的爱，是女子的刚需，男子以为房产让她拥有一半就万事大吉，那是天大的误会。爱情没有一劳永逸，只有一天天的苦心经营，一年年的人工培植。如果指这是贪得无厌的得寸进尺，那么，只好承认，爱情的本性如此，只能顺从，不可忤逆。

"但咳嗽是不能少的"

同龄友人来电邮道及近况：最近着了凉，昨天发烧，已退，"但咳嗽是不能少的"。我读到这里，大笑一分钟，继而想，这未始不可以成为生活哲学。

这种不但引起我大笑而且予我莫大启示的哲学，简括言之，是：首先，对事做出有把握的预测；其次，欣然、达观地接受。友人年近70，患感冒的次数不少，她总结出此病的"流程"，发烧之后必咳嗽，从无例外。半夜里咳得接不过气，浓痰堵住气管，说多难受有多难受，但病人谈笑用兵，一句"是不能少的"，宣告咳嗽发生的必然，她对它的藐视，摆平它的充分把握。言下是这样的情怀：少安毋躁，来吧！

这种活法，从勇毅方面发挥，就是"虽千万人吾往矣"。中国历史中这样的仁人志士所在多有。清《蟧斋诗话》有一故事：元朝末年，象山人钱唐隐居避乱。朱元璋得天下以后，他才出山，那时已近60岁。钱唐上京朝拜新科天子，献上一首"陈王道"的诗，末尾是："天颜悦怿天开明，谨身殿中承圣旨。致君尧舜端有时，山人事业当如此。"拍对马屁，龙颜大悦，封他为刑部尚书。第二年，皇帝从孟子的书上看到"视君如仇"等刺眼之语，大光其火，不准孟子再"享太庙"。并声言有谁敢劝谏，就"射杀之"。唐尚书偏要上疏，并在殿中"袒胸当箭"。他"如愿"吃了一箭。好在皇帝老儿不算太糊涂，马上醒悟，"命医疗箭创"，并撤销前旨，让孟子继续吃冷猪头。

这种活法，从乐观方面发挥，苏格拉底可算典范。他有一个性格暴躁的妻子。有一天，他正和学生一起坐而论道。太太闯进来，痛骂他。接着，当着学生的面，提起一桶冷水往丈夫的头上倒下。浑身湿透的苏格拉底说："我早知道，打雷以后必然有一场暴雨。"在场的所有人连同他的妻子都笑了起来。

预知结果进而爽快地接受，对我们来说，如果结局是正面的，当然没问题。需要的是敏感的心灵和活跃的想象力。雨下得最凶时坚信彩虹出现；看到麦子泡在水里死去，想到非如此不能转化为新生命。一位在"文革"中惨遭折磨的"资产阶级反动学术权威"，被红卫兵批斗多次，万念俱灰，黑夜要去寻死，路过白天烧书的现场，看到一个女孩子打开只剩半本的精装书，就着路灯的微光贪婪地读，他转身回家，为了看到希望，尽管它只是灰烬里幸存的火星。

然而，生命的长途危机四伏，所谓"否极泰来""多难兴邦"的励志成语，不可能没有漏洞。还要往前一步，连痛苦也照单全收。而这，就是"老"的优越性。年龄制造经验，经验提炼智慧，智慧指导预测，到了火候，便能够看到下一步乃至下几步。年轻人热恋时如漆如胶，发誓比吃生菜还便捷。老人却看到：激情如潮水，退下后才露出现实，它是隐藏陷阱的烂泥涂，还是宜于牵手走下去的优质沙滩，只有时间下得权威结论。

即便是痛苦，充塞于日常生活的，也并非生离死别，大起大落，而是琐屑的，私密的，难以为外人道，但自身深受困扰。咳嗽就是。可爱的友人，对此早有预见，并肯定，痊愈也是"不能少的"。再往下，咳嗽又是不能少的，生命的进行，就取这样好玩的节奏。

尊重他人是一生必修课

茶楼上，老友以钦佩的口吻谈及50年前的高中女同学：丈夫去世后，她嫁给一位丧偶男子，两人年龄相仿，都没有儿女，粗看条件可以。"她可是忍辱负重的模范，新老公结婚第一天就向她声明，他所爱的只是已长眠地下的前妻。过门以后，前妻的所有遗物，从照片、生活用品到家具摆设，均一仍旧贯，不得撤去，挪动。他最爱干的事，是拿出前妻的遗物，回味往昔，不能自已，掩面而泣。他声明，他偏偏不要走出爱妻的阴影，他以这样的爱情为傲，为资本。他不断强调，去世以后，要和前妻合葬。"对这些她无不哑忍。不问可知，处于"聊备一格"地位的妻子，婚后的精神何等压抑。

基于爱情与亲情的婚姻，是两个平等的人的自愿结合。这个老男人却压根儿没想过给新婚妻子献出爱，还以光明正大的"情种"自命。他没有意识到，她"忍"的屈辱，"负"的重压，都来自他。鲁迅慨叹，兵燹后的废墟，古人唯一要忙的是立牌坊赞美烈妇。二者道理一焉。

这位前鳏夫爱前妻本无可非议，乃至可受赞扬，但须有前提：不能伤害现任妻子的感情，不能把后者当作比发妻次一等或几等的保姆、过渡者、送终者。不是不可以纪念前妻，而是要在和现任妻子充分沟通，取得谅解的基础上，以不伤害对方自尊和感受的方式进行，比如，相关纪念品，可否另辟一室收藏？和她说话，可否不频繁地与另一个对照？至低限度，把眼前的另一半置于和前妻相似的地位。

这触及较"爱"浅一层，要求低一层的人际关系准则——尊重。尊重别人的人格、职业、身份、经济地位。即使是小孩，也要跪下来对话。对妻子缺乏起码的尊重，还指望他尊重长辈、亲属、陌生人？更引起忧虑的是如下网文，我忍住极大的恶心才把它引下：

先是所谓《孩子的日记》："刚考完妈妈就让我学习，学习。爸爸也治不了妈妈，整天稀罕她得很，不舍得熊她一句。瑶瑶的爸爸就不这样，就揍她妈妈，她的妈妈就很老实。女人这东西，稀罕后患多，一揍就老实。我爸爸就是太小胆。"

据说是"献给三八妇女节"的，这孩子不但反对爸爸"稀罕"（爱）他妈妈，而且鼓励爸爸仿效别人，"熊"妈妈，"揍"妈妈。记住，亲生儿子给母亲献上的"礼物"，竟是反"反家暴法"。

更有所谓"老师评语"，肉麻当有趣，残暴当有趣，逆天当有趣，浅薄粗野混账当有趣，莫此为甚！这世界怎么啦？且看：

什么"短短几十个字，内容繁而不杂，情感细腻多变，笔法嫩中显辣，批判含蓄。""底下两个字'学习'，看似简单的重复，却暗流涌动，情绪饱满。""表达出孩子内心的郁闷和难抑的愤怒：你除了讲学习，再也没有别的事可做了吗？""但作者没有沉溺于对妈妈的情绪之中，而是笔锋一转：'爸爸也治不了妈妈'，绝望中弥散着一股淡淡的忧伤，可谓神来之笔。""'瑶瑶的爸爸就不这样，就揍她妈妈，她的妈妈就很老实。'惩前毖后，治病救人，批判的目的是拯救，作者牢牢把握住批判现实主义文学观的立场。""以革命的乐观主义精神循循善诱：'女人这东西，稀罕后患多，一揍就老实。'"极具讽刺的是，在微信中将之当"趣文"转载的，竟不乏学有专攻的资深女性。

连母亲也主张以"揍"对付，夫复何言！尊重别人，首先尊重母亲。"尊重别人"这门人生必修课，我们要补一辈子啊！

等

在旧金山，有一位中国人，名H，从国内移民近30年，是一家大型快递公司的资深员工。最近经常规体检出患"真性红细胞增多症"，虽然没有明显症状，但在太太和儿女的强迫下，请了病假，在家赋闲。家人的意见是难以辩驳的：你64岁了，孩子早已成家立业，经济状况不错，谁都不指靠你养活，何不趁这个机会享清福？他却无法接受，数十年来，干活成了他的生活方式。上班之外，还去建筑工地当小工，替儿女的住宅修修补补，栽花莳草。如今，劳动的权利被剥夺，教他坐卧不宁。

在他家人的安排下，友人们邀他外出游玩，上茶楼。他说不感兴趣。太太让他帮她照顾孙子，他说责任太重，不愿意。他百事无心，恨不得回到快递公司，驾驶送货卡车，走家串户送包裹。友人百般劝说，他的回答就一句："不让我干活，我只好在家里等……""等"什么？他怕在旁边的太太骂他"专说晦气话"，没有明说，但不难猜到。

从绝对意义上说来，人出生以后，未必"等"得到功名利禄、洪福齐天，但"结总账"的日子"等"得到，绝无例外。什么都可以急，但等"那一天"不必急。在工作和"那一天"之间，有一段或长或短的岁月，让人享不必设闹钟、不必干活、不必为交通拥堵和时限焦心的福，这就是老天爷的好生之德。然而，这段最该放松的光阴，为何遭到H的仇恨呢？

细考他的人生可知，他是困在早年饥饿贫穷所形成的思维定式出不来。他从小是典型的勤快人，不允许自己有片刻空闲。明天出国，今天还去自留地，修整番薯垄，施肥松土，直到入夜，才回家试穿太太为他准备的新西装。哪一天没进账，他就心慌。久了，"不劳动就是活受罪"便成人生哲学。新移民初期，为了养家糊口，他师出有名，没日没夜地拼搏，房屋买了，儿女念了大学，他是家里的主心骨、大功臣。及至老去，兴趣来不及培养，朋友圈没有建立。什么消遣也没有，旅游嫌累且无聊，到九寨沟的第二天就吵着回家。打麻将不会。钓鱼没有伴。上赌场更是禁忌，因为舍不得输掉血汗钱。劳动从"维生"变为独一无二的精神寄托。他一心以为可以一直干，直到最后。然而，命运要他中途刹车。

爱干什么就干什么的退休时光，对他毫无吸引力。惩罚他十分容易——送去乘坐环游世界的大邮轮，他一定视之为高级监牢。H的太太愁眉苦脸，到处求教，如何驱除丈夫的心魔？

我想给H献上一个古老的故事：一个大臣病重在床，靠输氧维持呼吸。有一天，氧气箱的指数一路下降，显示没有得到补充。病床边侍候的，是他忠心耿耿的继任者。他一手栽培的晚辈，看到恩人受疾病的煎熬，悲伤难忍，泪如泉涌。大臣深受感动，轻轻拍拍晚辈的手，说："为了回报你的忠诚，我要把一切都交给你——我的钱，我的汽车，我的飞机，我的行宫，我的游艇。"继任人激动地道谢再三，哭泣着说："您待我太好了，我还可以替您做点什么吗？"接近弥留的大臣拼出最后的力气，抬起头来，小声说："你能替我做的就是——把踩在输氧管上的脚移开。"

我愿H站在"输氧"的节点，往回看，重新思考生命的意义，把"等"改为寻找干活以外的快乐。以最大的耐心和幽默感，对付那必然到来但无从知道"何时"的结局。

"带音键的竖笛"

春日迟迟，卉木萋萋，让人恹恹的时间。俄国普里什文所著《大自然的日历》"啄木鸟的作坊"一节中，有这样的文字："显然，啄木鸟像医生一样听诊过这棵白杨，知道被虫蛀空了，于是动手术取蛆虫。当它凿出一个洞时，蛆虫往上去了：啄木鸟没有算准。它连着凿了第三次、第四次……一棵不大的白杨树干变得像一支带音键的竖笛：外科医生啄木鸟凿了七个洞，在第八个洞里才找到蛆虫，拖了出来，救了这棵白杨树。"

啄木鸟，白杨树干，带音键的竖笛，第一次读到如此精彩的譬喻！啄木鸟做"外科手术"时的声音，悠远，脆亮，节奏分明，是空寂森林里至美的天籁。单是这一段，就使我的精神立马抖擞起来，颇形无聊的午间充满了野性的活力。

然后，胡思乱想。不错，说到啄木鸟，它既无意于当林莽以劲健的喙为乐器的音乐家；也并非持"医师"执照，在绿色围绕之处开诊所，以维护树木健康为天职。为了活命而吃虫子，碰巧狡猾的虫子躲进树干里层，自救捎带救活了树，如此而已。上帝所造的动物，除了诡计多端的人，都不带主观的、直接的、彰明的功利目的。蜜蜂广采花粉，不是为了树木好好结果；蚯蚓松土，不是为了土壤透气；猪长肉，不是为了上人类的饭桌。

即使人类，其活动千汇万状，相当一部分，也不总是带着明确的目的。大人鼓励小孩子做功课，以"长大后为全人类服务"为理由，效力未必比"你做好这些习题，就可以玩半个小时游戏"有效。常常地，迂回的、貌似"无意"的行为，有"歪打正着"之功。

我是受报上一则新闻的启发，想到这一类"运作"的。新闻说的是：某城市的年轻人普遍缺乏生育的意愿，导致人口逐年下降，加速进入老年社会，劳动力匮乏将成危机。人们提出应对之法，正统的，无疑是宣传多生优生的好处，为多生孩子的家庭减税，提供补贴，增加妇幼保健院、托儿所、幼儿园一类设施。但有聪明人提出，设法让配偶多些时间"待在床上"。从这点生发开去，文章有得发挥。如市政府下令，夜总会、酒吧、餐馆、剧场等"夜店"晚间10时起关闭。走极端的进一步主张：每晚11时起实施宵禁，或住宅停电，鼓励以可增加浪漫情调的蜡烛照明。但"多做爱"不等于多生，附加的条例似要有：买避孕套要医生开处方，严厉管控堕胎，更严格地取缔只供发泄不事生产的娼妓。越扯越玄乎了。

不过，纠缠于这样的逻辑，于自身的不利是显而易见的——变得对若干行为的"非直接用心"病态地敏感。也是刚才，读《大自然的日历》之前，我嫌在家太闷，出外溜达。经过一个候车站，看到挡风的厚玻璃破裂了，碎片满地。想及市内，这一现象相当普遍，遂提出疑问：会不会是承包维护候车站的商家雇人打碎的？理由是，打碎玻璃是纯粹的损人不利己，且费力气，除非发酒疯的、恶作剧的、神经病的，谁会干？我的推测近于荒诞，但是有所本——某地的高速公路出口附近，撒满钉子，把许多汽车的轮胎扎破了。不远处，有数家高挂"廉价换胎"招牌的小店。每一次，热心友人告诉我哪家新开的餐馆菜式好。我爱不识好歹地反问：你是不是股东？

遗憾的是，我费尽心机，也攀不到啄木鸟制造"带音键的竖笛"的水平。

出走半生，归来是何人

谈"归来"，出于惯性，第一个想到的，是贺知章的古典式："少小离家老大回，乡音未改鬓毛衰。儿童相见不相识，笑问客从何处来。"喜悦和尴尬参半。几乎适用于所有归人，从"公约数"的角度看，普适性愈大，愈是局限于表层。

其次，想到宋之问的"近乡情更怯，不敢问来人"，它无疑比前一首深入，触及难以言状的忧虑。美国人罗伯特·威尔斯所著《来自南中国海底部的呐喊——尚未披露的来美中国移民最大海难纪实》一书，记载了1873年间在太平洋航行一个月，从旧金山到香港的邮轮上的一幕：

船越来越靠近中国的海岸，连海湾里的垃圾和岸上耕作的身影都清晰可见。"一大帮中国苦力从统舱涌上来，为的是要看最先出现的陆地。他们去国以后，在加州待了很久很久了，终于看到故国的岸。几个人问我：'这是中国吗？'我说就是，他们发出微笑。然而，其他人冷冷地坐着，竭力抑制自己，不露出任何表情，一个劲地压低声音谈话。悬崖近了，更近了；拂晓时分的天光益发明亮，空气益发清澈。他们依然不动声色地坐着，都对别人的举止毫不在意。"他们离乡至少八年，音讯全无，家乡的亲人生死不明，有没有家也是疑问，极度的牵挂造就的冷漠，让旁观者难以理解。这是"不敢问"的传神写照。

好曲不厌三天唱，舍去传颂千年的诗句，如果以现代语言描画归来者的特殊心理，那就要借一句流行语："出走半生，归来还是少年。"这只是祈愿，是不是时光真的倒退为"少年"，须看造化。但我武断地说："出走半生，归来'必是'少年。"只要符合这样的前提：小时候出走，晚年归来，中间有漫长的间隔。要问道理何在?

因为这是普遍的人性。西哲为了强调童年经验的极端重要,说人的下半生,心灵所做的主要功课,目的只有一个,那就是"回去"。回到哪里去? 你从哪里出走,哪里就是目的地。

因为故乡于你,全部意义都在"半生"之前的少年。出走以后,你的历练,你的社会关系,和故乡脱了钩,如果说和它"斩断骨头连着筋",也只是他乡见到的泪汪汪的"老乡",而不是埋着先人骸骨的家山,以及母亲常常倚间盼望你的村子。少年的一切,从榕树上的鸟窝、知了到锅台上的荷包蛋,从流鼻涕的伙伴到朦胧的初恋,都潜伏在窗棂下,一旦你拧亮一盏煤油灯,它们就苏醒,向你扑来,教你晕眩。在故乡,只有这样的参照物,所以,哪怕持杖,你被孙子搀扶,站在童年扎猛子的小河旁边,你也下意识地脱衣,作势跳入6月滚滚的"龙舟水"。

以上三种状态,有一共同点——感兴都来自近似的切口——靠近或者刚刚回到家乡的时刻。久别累积的情愫如炸药包,被"进家门前后"这一可遇而不可求的"引信"点燃。淋漓尽致地爆了,爆出文学史上不朽的经典。然而都命定地短暂,大抵是一次性,无法持续。原因是,"回来"的瞬息诗意在现实中被消解了。游子和亲人拥抱,互道别后,哭个痛快以后,便要和满目陌生周旋:怎样给乡亲送礼,其间要讲究辈分和人情账;怎样对付难以企避的脏、蚊子和苍蝇;怎样调和"衣锦还乡"和经济实力的矛盾;如何摆平各种陈年恩怨……

待"笑问客从何处来"的儿童把你引进家门,即使排除"不敢问来人"一说中蕴含的家破人亡,你也未必一鼓作气地把乡愁当家乡美食,吃了又吃。

从前慢到今天慢

10月，从秋雨淅沥的广州飞到天色阴沉但不失清爽的上海。一位当地朋友，以名满天下的精明教我，先坐地铁10号线，然后乘短途出租车。我们人生地疏，从找路，买票到入闸，都颇费周章。论省事是从机场出来就坐上排队待客的出租车。但我们有的是时间，领略这个东方最大都会的地铁系统，连带省下数十块，足够买两份某移民海外的上海人做梦也流口水的咸豆浆。从陕西南站走出，拖着行李箱，在街上打的。出租车有的是，但司机问去哪里，告以巨鹿路，均踩油门溜人。三次失败之后，问一位相貌端庄的老太太。她是本地人，和蔼，耐心地指引，原来，巨鹿路不远，"不必坐车，你们慢慢走，一二十分钟就到"。她徐徐挥手道别，姿态真优雅。

拉杆箱在陕西南路砖砌的人行道上颠簸，偶有自行车或电动车从胳膊旁擦过。拐进巨鹿路之前，在法国梧桐稀疏但不衰飒的绿意里，看到一小吃店门侧的墙壁写着三个宋体字："从前慢"，旁边有两行："滋补甜品，沉淀时间好味道"。从玻璃窗看里面，板壁上书老派上海人木心先生的《从前慢》。这首名作中的一节："从前的日色变得慢/车，马，邮件都慢/一生只够爱一个人？"曾被谱曲，风行一时。此刻，拉杆箱的轮子和我的脚步，足够慢的节奏是约好了的。

然而，内心产生对"从前慢"的质疑。木心这首诗所指涉的是"早先少年时"，也提及出行："清早上火车站/长街黑暗无行人/卖豆浆的小店冒着热气"。他自己的青春和中年时光也够慢，比如"文革"，填满恐惧、绝望、无聊的光阴，肉体与灵魂的双重痛苦把时间拉到无限长的铁窗生涯，论慢是无与伦比的。木心有文述及，漫长的刑期内，他唯一一次看到天空，是从囚车的门缝。我的青春亦然，吃不饱成为无日无之的梦魇，半夜里常常被肚子咕咕的叫声吵醒，然后，眼巴巴地向着寥落的星辰，以最丰沛的想象力复制出儿时在广州亲戚家吃过的油汪汪的油条和黏稠的白粥。可惜校内并无早餐，午饭是中午12时，其间有早操、早读加四节正课。上课到第四节，清口水就源源涌出。让人度日如年的因素数不胜数。我父亲被抓进学习班，给工作组日夜审讯，他差点寻了短，被放出来以后，眼神发直，脚步踉跄，不知人间何世。大略言之，从前的慢大半与坏事情有关。无论木心还是我。

话说回来，此刻的"慢"一点也不坏。看到人行道上停着数以百计的自行车和电动车，又密又整齐，显然不是每个车主人都小心摆放，而是保管员的劳绩，四五十年前的家乡小镇，不也有类似的单车保管站吗？我出于好奇，问了正把一辆电动车塞进空当的老先生，他咕哝了一句上海话，我听不懂，老妻在后面笑我多管闲事。

慢悠悠地走，三个街口并不短，从张扬"慢"的小店再往前几步，拐左，就是巨鹿路，几个镀铜的牌匾，上面的杂志社的名字，在被饥寒交迫的慢时代，是无比神圣的。

路到这里，算是走完了。回过头看路的开端——虹桥机场站。我们拖着行李去自动售票机买地铁票，要排队，我所在的队久久不动，原来，一位五六十岁的女士在售票机前，不投币，只打电话。我很快看出门道来：她要买一张地铁车票，所以打开路线图。但从哪个站下车最省钱，她没把握，所以拨手机向本地亲友求教。按规矩她该让开，但她持"我已打开地图"的理由，当上钉子。四位年轻人趋近看情况，被她不耐烦地挥手撵走。幸亏售票机不止一台。我无事可干，站在她旁边看热闹，想起梁启超对某人相貌的描写："面棱棱有秋肃之气。"她一边用手机，一边霸占售票机近20分钟，我买了票离开，她后面还站着一队探头踮脚的乘客。我断定，她打手机不必花额外的钱，要么包月，不限次数；要么是单位的。这位我的同龄人，垂垂老矣，以另一种"慢"，显示如何以锱铢必较制造损及大众的"慢"。

爱情的"利息"

　　但凡庞大的、冠冕的、庄严的概念，如生命，如真理，我以为都不是随身携带，如胡椒喷剂，一遇攻击或疑似攻击，就拿出来喷一气的；也不会一天到晚地用个不休。它们作为人生的根基，只提供依托，或者对照。一般地，它们沉在底部，在没有波澜的日子，在没有外来威胁的态势下，无声无息，让你以为不存在。那么，它们在什么时机现身呢？

　　我的回答是：只有遇到势均力敌的对手之时。且看一个事实，我们的人生，都建立在"活着"这个前提下，但平日哪个大活人一个劲地念叨"我活着"呢？直面生死都在"要命"的关头，如患绝症、上刑场之类。真理，只有在貌似真理的谬误打上门，自身可能被击溃之时才挺身而出。爱国，只有面临卖国的可能，投敌的诱惑时，才被搬出来救驾。不过，这些题目太玄虚，且看与我们息息相关的爱情。

　　我爱观察老人的爱情。婚姻动不动超过30年、40年的一对，如果你是当年沿街追着路人问"你幸福吗"的年轻记者，问其中一方："你爱老伴吗？"对方可能一愣，惊讶于你怎么提这样低级的问题，下一个问题会不会是："您每天需要睡觉、吃饭吗？"资历足够深厚的中国夫妻，践行"包子馅不在褶儿上"的哲学久了，把爱情融入生命的全程，日常的所有细节，无意中忽略了总其成的形而上学。

　　普通日子，一切都习惯成自然。早上，赖床的是老太太，老头子6时起床，到外面溜达，听鸟叫去。一个小时后他回到家，餐桌前落座，热乎乎的麦片粥端上来，咖啡的温度、烤面包的成色，都有一定之规。吃完，各自读报。如果看到有趣的、新奇的、有争论必要的标题，两人会交谈，否则，起床以后，不必发一语。然后，老太太出门买菜，如果是周末，会在上超市前去社区的康乐中心跳舞，定期学习瑜伽。午后，老先生在沙发上小坐，困了便躺下，一个小时后醒来，身上总盖上一张软和的毛毯。

他们都知道，拌嘴比年轻时候多，老了火气反而大起来，不知道原因何在。好在都明白没什么大不了，孩子都已成家，搬走，后辈什么事都不劳动他们。吵的名堂都是极小的，如电视机的声音太大、手机不知放哪里、阳台的兰花忘记浇水。较为严重的分歧在接待朋友方面，老先生要在家开火锅，老太太不愿意，为的是太多碗碟洗不赢。老头子说我来洗好了，她不愿意，理由是他把厨房搅得满地水渍，害她费三倍时间清理。

吵架，不理睬，晚上在双人床，背对背。明天起来就忘记了。老来光阴消逝越来越快，转眼间，孙儿女上小学了，满月那天被祖父母抱着照相，老人家差点坐不稳，因为太高兴的缘故，这一幕，仿佛发生在昨天。他们突然觉得，走路不大得劲，思量买拐杖。他们都没有提及爱，都认为一天到晚说"我爱你"，是洋鬼子的过火行为。他们连爱这概念也淡泊得很，习惯已够他们安心。

原来，他们只在使用以青年时热烈的恋爱，中年的同甘共苦存下的本金所产生的"利息"。如果不出现以下的状况：一方移情别恋被发现，面临婚姻存亡的抉择；一方遭遇意外或生绝症，生命出现危机。他们就这样维持下去，直到命运摊牌的一天。

人生至此，不必牵手的配偶，以地底下不可见的根连接着。他们的姻缘，好就好在极度的平凡，因平凡而无人干扰、掺和、搅局，直到生命的终点，才豁然明白，爱情的本金和利息都花在整个美好的人生里。

乡愁可能填满人生

手头有一本《最新金山歌集、联集合刻》，是痴迷于收集华侨文物的文友8年前送的，直排，宋体字，初版印行于1917年11月，这一本是1921年的第二版。彼时的"手民"须在铅字架上操作，这一本排版和印刷的质量堪称上乘。印刷者是"金山正埠发明公司"，定价一美元。著作者为"金山各大文豪"，但每一首不具名，不知何方神圣。唯一的名字见于序言末尾——"南海崔通约记于申江竞存学塾"。其时距离中国人以"劳工"身份（广东人称"卖猪崽"）大批涌入美国加州的"淘金潮"（1849年开始）超过半个世纪。

《金山客旋乡歌》一辑，摘三首：

喜逢泰运转，腰缠十万贯。束装就道差拿船，亲朋具礼情款款，确心欢，杠箱黄白满。不日檀山经日本，顺风到港祝平安。（差拿，China "中国"的音译）

轮船埋差拿，良人报到家。叫声阿嫂速烹茶，稚子拥门看车马。孩儿呀！快接汝亚爸。妯娌行齐来问话，应酬不暇乱如麻。（埋，广东话，靠近之意）

旅美经久耐，离情触感哉。喜逢泰运获鸿财，正偏两途大有彩。益心爱，随时返粤海。久别家人今相会，天伦得萃笑眉开。

《客中思归里歌》一辑，摘两首：

自抵花旗地，桑梓心常挂。情牵两地乱如麻，为口奔驰唔系假。忆

念家,几时归乡下?若得金银来就吓,快教指日返中华。(注:这一首是粤语方言)

有心尝百味,面色变黄芪。寄生时时异国羁,乙金无长因命丕。益智悲,橘红难化气。久别花旗嫌熟地,何期有日转当归。(注:这一首内的中药材名字是双关语)

那一时期的先侨,历经万里大洋颠簸,入关后被囚于旧金山海湾上的天使岛,受移民海关审查。终于抵达花旗国,淘金,修围堤,筑铁路,吃遍苦头。图的是什么?赚钱。钱赚了,却不随便花掉,积攒起来,换为金条,插在腰带上,坐蒸汽轮途经日本,香港,回家乡去。光宗耀祖是终极目的。身在曹营心在汉的先辈,异乡咏诗,乡愁无疑是最重要的内容。他们人生的顶点,是"返唐山"。即将抵达家门,有抬金山箱的后生开路,乡亲夹道迎接,一路微笑,拱手的"金山伯"对自己说:这辈子,值了!读这本诗集,更加明了,思念家乡是他们感情生活的重心,是全部的心理寄托。

今天,我对这一被母国当政者与民间赞誉备至、并将之升格为爱国的情愫,较多地思考它的负面因素。我绝无意就此非难先辈,我也是这般的过来人。反顾一代代移民的心路,无法是做一点也许有利于后来者的反思。

心思全被乡愁占据,对"当下"自然忽略,每天的起居、工作、娱乐、社交,均敷衍,生命行进的全部意义,在一个存折。因此,金山的业余"文豪"们不那么爱表现现实人生及美国社会。即便是每日承受的苦难,从备受种族歧视、工作环境恶劣,到生老病死,都鲜少涉及。

出洋的全部意义在于回去"风光"给乡亲看,持这样的价值观,如何超越世俗功利,思考"我是谁""为什么活着"这一类至关重要的宗教核心问题?因此,诗作难免市侩气,境界狭隘。

无论是形而下意义上还是哲学意义上,"回家"情结本该只存在于初期,待到水土不服过去,关注点必然迁移,聚焦于当下与未来。即便是"更行更远还生"的"离恨",它的意蕴也应随着经验的拓展而加深内涵,注入救赎，实现升华。年复年地停留在"富足荣归故里巷，置田立宅纳偏房"的低级阶段，使得生命的质量和作品的价值二者都受严重局限，所以，从这本诗集，我没发现一首哪怕"过得去"的作品。值得佩服的，只是业余"文豪"们的家国情怀。

一句话，乡愁不能填满人生。其空隙须注入"思归"以外、以上的世俗和宗教。

翻书的联想

前两天,读《圣经》,有一处觉意义极深刻,属"可圈可点",但没有夹上书签,后来想引用,便翻查。字体太小,拿放大镜不方便,戴老花镜又不舒服。偏偏要找的内容藏得密实。后悔当时没做记号,而我读的书,不管是自己的还是借来的,如要回头看,顶多折一个角。这一次折是折了,但消失了,于是一页一页地掀。找不到,再掀一次。颇为怪异的"读",既不是一行行一字字入眼,又不是大呼隆地一翻而过。和平日正经的读书,最大的区别在于有特定目的。

这一行为,我所以记下来,是因为它暗合一个问题:退休后的人生应否有"目的"?话题之来,是老朋友的电话。他担任园林造景师数十年,年登68后,无法对付动辄上千斤的石头,每包80英镑的水泥,成为闲人。随后面对的是排着队的日子,一律无所事事。过去对此不必考虑,活计就是"目的"。每天开大卡车,到客户家去,在前院后院砌假山,筑凉亭,造小桥流水。体力活换来的不但是报酬,还有疲倦,下班后赶紧休息,睡觉,日子因目的明确而充实。如今,一天天茫茫然,不知怎样打发。要命的是对什么都没有兴趣,白天昏昏欲睡,晚间失眠。从前偶上赌场,退休后收入大减,输不起,便戒掉了。近来,最让他兴奋的事情有两桩——为同乡会的歌咏队当指挥和在同学会的年会表演口琴独奏。可惜,一年才一两次。

他问我有何良策,我想起"翻书"。倘若我失去"查资料"这一目的,我不会这样做。而"目的导向"的行为,和晚年的人生近似。甚而,连翻书时不踏实、不成片段的感觉,也和老年的状态类似。

抛却功利,形而上地看,人生无所谓"目的",目的地倒是有的——概莫能外的死亡。此前的生涯设计，如果皈依宗教，让神指引日复日的修为，那还好办，《圣经》就是神谕。然而，我们天然地缺乏宗教情怀，远水救不了近火，只好因地制宜地设置"目的"。

"拿起铅笔，画画吧！"我灵机一动，对彷徨的前园林造景师提议。我是有根据的，10年前初识，就被他的肖像作品绝倒。都是他20岁时用2B铅笔画的，他此前没有学过素描，并无绘画方面的准备，一出手就这样，依据黑白照片画出来的农民、学生、军人，无不细腻、精确、生动。可惜他只热衷此道几个月，以后，再也没有作品。不过，他多年来专注的园林造景，以东方风格闻名，好几件大型作品，假山、瀑布、亭榭、曲水、幽径，有如苏州园林，这是他艺术天赋的外化。

他说，对绘画没兴趣。我说，你只有两条路，要么被无聊啃啮有限的生命，要么从平淡人生中挖掘趣味。何不培养兴趣，一如你在日式小亭旁边栽植红枫？当然，即使有了兴趣，也须和偶发或频发的瓶颈症候周旋，总有些日子，感到灵感枯涸，无所适从。得沉住气，熬过它。他受了启发，答应认真想想。"再出发是肯定的，以绘画为第一优先。"他说。

我从纪伯伦的《先知》抄了一段话，与他共勉：

"当你仁爱地工作的时候，你便与自己，与人类，与上帝连系为一。怎样才是仁爱地工作呢？从你的心中抽丝织成布帛，仿佛你的爱者要来穿此衣裳。热情地盖造房屋，仿佛你的爱者要住在其中。温存地播种，快乐地收割，仿佛你的爱者要来吃这产物。这就是用你自己灵魂的气息，来充满你制造的一切。"

松江遇陈眉公

古代的松江，名人数不胜数，如号称"法帖之祖"的章草《平复帖》的作者陆机，如大书法家董其昌。但走进松江的城市规划展览馆，一个并未跻身"十大"的名字使我眼睛一亮，他就是陈继儒。

陈继儒（1558—1639），号眉公，松江人氏，明代灿若星河的文士中，他虽出类拔萃，但成就在张岱等巨匠之下。不过，我20多年前耽读明清小品，最先喜欢上的是他，因为此公特别"有趣"。这里有典故：张岱生于豪门，他祖父张汝霖给好朋友陈眉公送了一只大角鹿。从此，眉公戴竹冠，穿羽衣，见天牵着鹿在杭州西湖的长堤游荡，自号"麋公"。张岱6岁那年，父亲领着他去游钱塘，路遇骑鹿的眉公。眉公说，素闻这小孩对对子很有几下子，要考考他。"指屏上李白骑鲸图曰：'太白骑鲸，采石江边捞夜月。'余应曰：'眉公跨鹿，钱塘县里打秋风。'"眉公大笑起跃曰："那得灵隽若此，吾小友也。"本事被张岱载入晚年所著的《自为墓志铭》，可见他何等看重这一交谊。眉公行事的放达，个性的率真，对晚辈的宽容及喜爱，无不活灵活现。此后，我读明末清初的小品文乃至野史，更惊讶于他的声音无处不在。

凑巧的是，金秋十月我畅游松江，挎包里有两本明清小品，乘驰骋于沪杭高速的巴士也好，坐泰晤士小镇的咖啡馆也好，都读上几页，它里面，记录的陈眉公语录特别多。何等神奇的遇合，手中书和眼前景交融，辉映，激荡。松江在令人眼花缭乱的现代化进程中，处处氤氲着旧日江南才子的儒雅气息。

背靠两江汇合处的"浦江之首"巨石，读这一段："陈眉公曰：'宦情太浓，归时过不得；生趣太浓，死时过不得。'甚矣，有味于淡也。"在"二陆草堂"前的草地上，读这一段："任事者，当置身利害之外；建言者，须设身利害之中。"在巍峨的松江大教堂内的长椅上，读这一段："陈眉公曰：
'一念之善，吉神随之；一念之恶，厉鬼随之。至此可以役使鬼神。'"在具
4000年历史的"广富林"博物馆，置身于比肩接踵的游人中，读这一段："陈
眉公曰：'留七分正经以度生；留三分痴呆以防死。'"恍惚间，青石板铺的
小路上，麋鹿的蹄声越来越近，伴着陈眉公爽朗的笑声。且听：他在发议论：
"人之嗜名节，嗜文章，嗜游侠，如嗜酒然，易动客气，当以德性销之。"且
听，他在传授"处世秘籍"："看中人，看其大处不走作；看豪杰，看其小
处不沁漏。""待富贵人，不难有礼而难有体；待贫贱人，不难有恩而难有
礼。"于是我想，松江这"上海之根"，何尝不是江南文化之根？以陈眉公为
代表的江南文士，他们的胸次、学养、境界、人情世故，是一道流贯青史的形
而上的黄浦江。

而更大的惊喜是：多少年来，只见于画上、帖上、书上的众多名字，蓦
然有了确定的来处——咳！这就是让一代代读书人"高山仰止"的人物的诞生
地。"读未见书，如得良友；读已读书，如逢故人。"陈眉公给这种神交下了
结论。

松江行还有一插曲："莼鲈之思"一典里的鲈鱼，我在美国和中国许多
地方吃过，觉其肉质尚可，但不算绝美。这次才晓得，让在洛阳当官的张翰驰
驱千里回家解馋的鲈鱼，是双腮鲈，别处所无，它才是鱼中绝品。虽吃不到，
但解了多年的悬念。

人间喜剧

例行私事——和几位交往多年的朋友上惯常去的茶楼。星期天午间，茶客特别多。不但满座，门口还站着一群。老友A落座时，给每个朋友的茶杯倒下不多的"五粮液"。大家没问来由，喝下酒，再喝老友B带来的名茶"大红袍"。一个小时过去，第一拨茶客陆续买单，离去。

一位穿蓝色衬衫的中年汉子在我们的桌子旁边经过，向A点头，笑着问："还要不要？"A旋即问同桌各位："还要不要喝五粮液？"我们摇头，A对他说："够了，谢谢。"原来酒是从他那里来的。跟在蓝衣汉后面的，是两个孩子和两个中年女子。A向她们打招呼，开得体的玩笑。待她们走到门口，A才推推我的胳膊，指着殿后的红衣女子，低声说："就是她！我从前的邻居……"

关于A这个旧贴邻的故事，同桌的朋友都记得，因为A当笑料说过几次。大家马上变为面相专家，尽管和这女子觌面不过数秒。"十足的桃花眼，水汪汪的，斜着放电。""一望而知是潘金莲。""猜猜他戴了几件绿帽子？"然后是不含恶意的笑声。

故事并不复杂。A是房东，蓝衣汉夫妇是房客，A一家住二楼，他们住地下。蓝衣汉夫妻都是40出头，有两个上小学的孩子。听说蓝衣汉是她的第二任丈夫。他在深圳做和旅游业相关的生意，由于能买到廉价机票，回旧金山颇频繁。有一回，蓝衣汉的太太在门口，交叉双臂看着A埋头修剪过道旁的盆花，悄悄说："我老公下午回国去了，今晚你下来，好不好嘛！我等着哪！"娇滴滴的，A听了，打个寒战，没有答话，这般单刀直入的调情，他没见过。

当然，那晚上没"戏"。A不但没"下去"，还笑哈哈地把经过告诉太太，事情画上句号。不是没有余波，朋友们在茶楼，还拿它作话题，在场的A被恭维为"把持得住的丈夫"，或"魅力不减的老帅哥"。A淡然以对，回一句："要是我那一次'下去'，今天我就没法坐在这里了。"

人间喜剧，以"下去"与否为分水岭。A是彻底的务实派，坚持非浪漫的人生哲学，以冷静的理性，克制、疏导情欲，从而赢得太太的信任、家的安宁。所谓"性格决定命运"，A的人生，风正一帆悬，没有峰回路转。虽从文学的角度，嫌缺少跌宕迂回，"没戏可唱"。

在茶楼，座中诸位皆老于世故，对这一"韵事"的探讨到此为止。我和A交往多年，对A的个性和处事的思路该是清楚的。至于这位背上"勾引"之名的女子，人生仍然是谜。我不想单凭一桩事就加"不守妇道"的标签。即便那单一情节，也需要填补诸多细节。单就"提出邀请"便可以做一篇文章（一类缺自信的女子，以挑逗来验证自己的魅力，但不是非上床不可，她是不是这样？）往下，是蓄谋已久还是即兴？还有，请A"下去"，主题是聊天还是云雨；她上床是为了性欲还是钱；是要一夜情还是当小三？

A不"下去"，人生是老套的，平铺直叙的记叙文；"下去"，如果是速决战，便成一首短诗；如果就此成为情侣，那就是一出浪漫剧。若然，激情燃烧净尽之后，便成两个家庭的悲剧。而且，以A的沉稳和这位女子的豪放，无论何种结局，都是波澜迭起，多的是常人难预测的出位情节。早年扬州评书大王王少堂，据说他说《水浒》，单是西门庆和潘金莲相识之初，潘金莲下楼去和西门庆见面，"下去"的过程，就说了七个晚上。

我一边喝茶一边这般想入非非。最后想及，今天这位女子还和丈夫以及朋友一起茶聚，丈夫还有和老房东分享五粮液的兴致，足见"轻舟已过万重山"。

家的"眼睛"

位于旧金山海滨的家，正门对着街道，街道另一侧靠近交通繁忙的日落大道。屋子的正面有两个落地窗，我将之喻为家的眼睛。

家在湖边，可领略槛外的水月风情；家在景区，轩窗就是名胜的剪贴。莫内在大溪地的房子，窗子的框想必填入睡莲四季的光影和姿态。我岂敢奢求？家在城市，窗户面对完整的世相也蛮不错。所谓"完整"，就是：既有夜莺和鹧鸪的鸣啭，也有鸦噪和鸟粪；有意气风发的慢跑，也有恶心的吐痰；既有蒲公英和松果，也散布空瓶罐和废纸。最大量的是遛狗图，狗的品种固然齐全，遛者服装、姿势和品性也足够丰富。每次望出去，即景是横切面；看得久了，就成纵剖面。邻居的一只苏格兰牧羊犬，酒红和雪白两色有如云图，出世不久就在林荫下学跑步，长大了爱追蝴蝶。每天两次，退休的调酒师汤姆牵着它庄严走过。10多年过去，汤姆和它的爱犬，名字都立在郊外墓园。

20多年前，我陪一位上海来的画家逛旧金山闹市的画廊，他在路上说："俗气的画，我看了要用清水洗眼。"人间当然是俗气的，但我的窗户不必洗。早上，边往嘴里塞面包边往候车站小跑的上班族，傍晚，手交叉在胸前而不扶车把的自行车手，夕照里，穿着情侣装的老夫妇，都透出人间的安宁，尽管难免"俗气"。

这几天，窗户摄入的画面，更让我感动。花旗松下，一个遛狗人在忙碌，狗守住他身边，他一只手操纵一个加长的夹子，收集草地上的垃圾，另一只手提着打开的塑料袋，袋里已差不多满了，是废弃在地上的报纸、餐巾、午餐盒、汤盅、咖啡杯。怪不得我的视野如此清爽。尽管因遭遇千年一遇的大旱，市政府的园林部门关停所有自动喷灌器，草地早已枯蔫，然而枯黄因剔除异物而显出坦荡和纯净，一似故土秋日成熟的稻田。而这功劳，得归于这位义工。

次日，又看到他埋头做同样的事。我带着好奇，向他走近。看清了，是同胞，岭南人脸相，年纪70上下，岁月把机灵化为圆融，老得相当耐看。动作麻利，夹子起落，脚步紧随，他的狗狗在旁边咻咻，算是唯一的啦啦队员。我站在他旁边等候，好不容易才逮到他站直，稍事休息，我向他打招呼。他微笑着回一声哈啰。我想套近乎，互通姓名，说说天气，重点在感谢他对社区的奉献。如果他接茬，我便问问他是否属于某家教堂，来自何处，移民多久，退休前干什么。如果投机，便成为朋友，下一次交谈的地点是五个街区以外的咖啡馆。可是他马上低头忙开了，不再说闲话。这是资深上班族所养成的习惯——干活时精神须集中。我只好打住。美好的谜，改天再打开。

今天黄昏，落日卡在花旗松叶丛里，成了可爱的大花脸。他出现了，依然是灰蓝色夹克、夹子、垃圾袋。身边，亦步亦趋的狗。黄金一般的余晖成了背景，蔼然的光在他身体边沿镶起金边，金边洇开去，和衣服融为一体。身体移动时，仿佛有微光迸射。我紧紧贴着窗户，目光追随着他。脑海泛出一个类似的影像——我风烛残年的祖父。深秋，桉树林，黄昏，也是这样的余晖，给他右肩歪斜的身躯镶上光彩迷离的金边，他手里也有类似夹子的长铁针，不同的是铁针用来收集肥厚耐烧的桉树落叶。由于"文革"耽搁，他到70岁才从供销社办理了退职手续，靠一次过发放的几百元度过晚年。为了帮补家计，老人家天天在林子里收集燃料。奶奶已去世，他唯一的伴侣——老猫懒洋洋地待在家里灶旁。相似的身影，不同的人生意蕴。

我把家里的人都叫到窗前，一起向提着垃圾袋走动的老义工，致以崇高的敬意。他，无疑是我家"眼睛"摄入的最好景致。

一丛矮牵牛花的激情

清早，照例步行三个街区去买报，报纸照例是五毛，照例边走路边翻开报纸浏览标题。但行至拐角处不能"照例"，兀自一惊，顿住脚步——七八英尺外的墙壁下，是一种叫"紫浪"的矮牵牛花，不但盛放浓烈而纯粹的紫瓣，而且划一地向人行道方向倾斜。铁丝网围着的花圃内，"紫浪"老实不客气地钻出缝隙，少说上百朵，角度一致，方向一致。放任自流的大自然哪里来的"一律"？可是自然界的"粉丝"隔着路障向偶像欢呼？好厉害的崇拜之"浪"！

停下脚步端详，它们都朝向西偏南。春季一开始就占据路旁所有空地的黄蝉花也这样，每株都"一律"向着同一方向，这里头想必有光合作用上的讲究。眼前的一丛，"委身"更加彻底，因而更加抢眼。我将这一画面喻为：妃子们竭尽全力地施展媚功，而所有从它们前面路过的人，都自动升格为"君王"。我打心底里为花儿惊叹：要动员多少激情，才"拼"出这样整齐的阵势？

真巧！我手头的报纸也说到"激情"，娱乐版有一篇，报道好莱坞喜剧泰斗罗宾·威廉斯（1951—2014）传记片即将推出，文中说道，这位以观众的笑声为成功的最终标志的天才演员，晚年患上"路易氏体失智症"，思考、记忆、情感和行动都受到影响，忍受不住精神折磨，自杀身亡。他生前这样替自我了断做注解："失去了那点疯狂的火花，你什么都不是。"所谓"疯狂的火花"，"紫浪"花就是现成的诠释：才华全面地爆发，激情彻底地释放，无处不得心应手，无一刻不酣畅淋漓。一旦失去它，就成了"什么都不是"，唯一的"是"就是死亡。

岂止罗宾·威廉斯，多少人要面对"失去疯狂的火花"的关坎？这就是致命的纠结。人生须有志向或目标，这还有错吗？以文学写作者而论，他们之中的明智者，为了创作遭遇瓶颈，受众日逐缩小，提出"只问耕耘，不问收获"的口号。对"收获"（作品被报章、出版社、网刊接受已否，销量、点击率是高是低，参赛是否上名次，是否被影视业购买版权；有心问鼎诺贝尔奖的，还关注是否被大牌翻译家看中；在乎身后名的，叮嘱弟子在他归道山后删掉不利于他的网文，如此种种），充其量是刻意地"不问"而已，<u>丝毫不上心是不可能的</u>。

那么，能不能像路旁的花一样，把"盛开"作为唯一？这种花没有果实，是老天爷注定的，它的"收获"问也白问。一旦达致这个境界，疯狂的火花消失之后，也不是非死不可。一如基督教徒把在尘世的所有事功，都归结于"荣耀上帝"，结果与自己无关。

这么一来，禅语的三部曲："见山是山，见山不是山，见山还是山"，含义成了这般：第一步，无论干什么事，关注的是它本身；第二步，关注"事"后面的"意思"，如牵着儿子上幼儿园，想到养儿防老；写第一封情书，想到生儿育女；被熟人请上茶楼，担心彼借债或强求自己当担保人；第三步，只在乎过程，和孩子搭积木，欣赏其趣味；谈恋爱，痴迷于情话和接吻；交往，享受友谊的贴心，联袂旅游的愉悦。

越到理性与意志对行动与肉体的控驭减弱的老年，抵抗功利主义越是重要。在利益圈浸淫的中年所造就的世故，核心是"事功的结果"。一旦结果不理想，就充满挫折感。罗宾·威廉斯如果想到，到没法逗引大家发笑时，对着镜子笑有何不可？连对自己也不笑，又坏到哪里去？

这么想了一通以后，我对墙壁下成阵的"紫浪"，致以深深一鞠躬。

岂一个"孝"字了得

网上一段录音，被老年人群体广泛传播，它的内容是：台湾一位当教师的女士，早年居孀，有一个儿子。为了孩子，她没有再婚，把精力和金钱都放在儿子身上。儿子长大后，她送往美国留学。儿子取得学位，留在美国工作，娶妻生子，家庭美满。女士临近退休，提早三个月对儿子说，她要去美国，和儿子一家一起住。对辛苦了一辈子的女士来说，没有什么比"天伦之乐"更具诱惑力了。她一边等候儿子的回音，一边把在台湾的房产和事务处理掉。不料，小时候的乖宝贝，给独居多年的母亲回了这样的信：经我们讨论，决定不欢迎你来。如果你认为你对我有养育之恩，那么，以市价计算，你在我身上花了两万多美元，加一点，合共三万美元。以后请不要写信来啰唆。女士手拿三万美元的支票痛哭失声。

听过这故事的长者，意见是一面倒的——儿子白养了。但我在谴责刻薄寡恩的儿子同时，提出异议。这异议，建立在一个全新的前提下：假设在美国的儿子极孝顺，一心要报恩情，恳请母亲前去团聚。

即使有这样的孝子，母亲买越洋单程机票也不明智，她头脑失诸简单，受幻想误导，远离现实。不错，她渴盼多年的愿望部分地实现，机场上带泪和笑的拥抱，孙儿女甜蜜的呼唤，就是高潮。然而，接下来的"天伦"，可不是"含饴弄孙"，"夜深儿女灯前"一类套话可涵盖，它具体而微，渗透每一天的全部细节。且随手胪列美国社会无法规避的现实：

首先，女士住在哪里？以她对团聚的向往，当然是一起住。这可是大问题，美国的"家庭"之为基本单位，只包括父母和儿女，她是"外人"，即使儿子乐意接纳，媳妇和孙儿女也难说。即使她受全家接纳，长住依然成问题。

因关乎许多方面，首先是语言，她不会英文，不谙美国习俗。如果孙儿女小到需要保姆，她还有"用处"；否则，难免成为累赘。撇开儿子，作为婆婆，她和背景迥异的媳妇如何相处？和孙儿女怎样交流？单是磨合期，也要一两年。其次，是经济问题。她在美国要购买医疗保险，这笔开销儿子媳妇能否负担？否则，女士要自掏腰包，每月上千美元。

而天伦之乐的保鲜期，很可能很快被儿子、媳妇上班，孙儿女上学以后的空虚取代。女士在没有社交圈的陌生之地，连中文报纸也买不到，打开电视机听不懂，如果有心情，只能看网上的海峡两岸连续剧和港产影片。到那时，她在网上视频之余，会不会想念台湾的老街坊、老同事、老朋友？然而，她已破釜沉舟。

如果她稍清醒一点，退休以后的第一桩事，不是为"一去不回"而忙碌，而是先去美国作客，"试住"些时。退一步，即使和儿子一家相处融洽，也要留后路。草率行事，为害无穷，现成的教训是：天津的一对退休教师，把老家的房子变卖，来洛杉矶投靠儿子，数百万老本全给儿子买房和投资。不久，儿子经商失败，老人和儿媳频繁争吵，又回不去。最后是精神崩溃的老先生失手杀了儿媳妇。

故事的后半段称，女士拿儿子给的三万美元环游世界，回来后大彻大悟，给儿子写信说，如今看破人间的缘聚缘散，她已没有孩子了，心无挂碍，正应了《金刚经》的"应无所住，而生其心"云。我以为，这一结论貌似超脱，也失诸粗率。儿子的信虽然荒谬，但里头可能有难言之隐，明智的化解之方是深入了解，找出症结。以一个丝毫不切实际的团圆梦，毁掉母子间的一世情，怎么说也是愚蠢的。

钱"吃掉"的

近几年，聪明人抛出一个"好事情"与"坏事情"的界说：钱能不能摆平，果然干净利落。但凡花钱就搞定的，算是坏不到哪里去；反之才归入"束手无策"。关乎终极的死亡与灵魂皈依；关乎自然规律的老去，绝症；关乎人情的爱与孝，除却这不多的例外，举凡选举、裁决、证件、牌照、刑期、奖项、入学、入职、升官、发表论文、决定名次，手段虽无奇不有，但百川归海：钱。从前西方人描述金钱当道，曰：Money talks（意为：钞票最有发言权）。现在多了分支：Money speaks Mandarin（意为：钞票说中国话）。

可是，别光看一面，"没有则万万不能"的钱，还剥夺了好些人世间宝贵的东西。不错，钱一步到位，省去许多手续，然而，生命的趣味，常常就在"步骤"里面。随手举一例：某年情人节，香港首屈一指的富豪的贵公子给女朋友一送就是9999朵玫瑰，花店的送货员把大得吓人的花篮搬下卡车，好不容易才把它塞进女方办公室的大门。花篮放上她的桌面时，引来围观、赞叹、同性的眼红自不待言。然而，这表示公子对她爱得热烈而专一吗？我只想到订花的"步骤"——公子按铃，吩咐秘书去办；秘书拨电话给花店，告知信用卡号码或记在公司的账上。连附在花篮上的爱心卡，怕也是花店代写的。

花还是小意思，被钱"省掉"的，且举荦荦大端。富二代被剥夺了奋斗的乐趣。"含金钥匙出生"谁说不幸运？大富豪洛克菲勒和儿子一起入住旅馆，"老头子"住单房，儿子住套间。闲人问老爸为什么。洛克菲勒说："没办法，谁叫他有个富爸爸，而我没有？"问题是，人生抽掉"耕耘"的全部细节，一下子面对"收获"，怕只怕在享受之前，先受能力先天不足，心理失衡，局面难以控驭带来的烦恼。中国老话："千金难买少年穷"，可不是穷酸书生故作豪语，而是无数次教训的总结。

钱省掉劳动的乐趣。我上月订购了一栋小铁皮屋，打算建在家的后院。省事的途径是打电话，让专业公司包干。然而，我宁愿找友人，一起在太阳下，戴手套，上蹿下跳，照着说明书所载的步骤，自己完成。DIY（自己干），只要不是非力所能及的，活计蕴含着生命力释放的至美境界。不错，不可能没有挫折，间或要推倒重来，但只要潜心钻研，坚持到底，总会成功。即使失败，也是人生的题中应有之义。充盈的人生，即百味遍尝；厚实的人生，即屡跌屡起。但"太好心"的钱，把这些要素删去了。

钱省掉选择的乐趣。据说富婆出国购物，宗旨是"只买最贵的"。但我在商场看到，以"煞本"（Shopping）为使命的主妇，她们花钱，注重的不是"手头阔不阔"，而是"花"的全程，聚焦于选择。在时尚的迷魂阵里穿行，综合以下诸多因素：品位，喜欢的程度，是否付得起，是否适合自己，旁观者怎么看，细密的心思，不期而至的灵感，才是教她们迷恋的。

要之，套句滥俗的流行语："宁在宝马里哭泣，不在自行车上唱歌。"这宝马，最好是你和伴侣一起挣回来的，在里面流泪，不是因受小三欺负，受富豪老公的奚落，被上司炒鱿鱼，而是因为听了一首深情的歌，或涉想往事，为苦尽甘来而起感慨。

一亿元以后增添的多少个零，很可能只愉悦眼球。这样说，并非提倡赤贫，而是说，够花，略有节余的经济状况，一般而言，会拥有较多"枝枝节节的快乐"（张爱玲语），从而提升小格局上的生命质量。

于无声处

读一本捡回来的精装书。不要误会，人家放在街旁，贴上“免费”字样的纸箱，里面的东西，书也好，炊具也好，衣服也好，并非垃圾，而是资源分享。这些以天下为己任的慈善家，自己用不着，指望对人家有用。这本出版于1972年的《美式幽默精华》，美国《读者文摘》杂志社的权威选本，就大有看头。大抵而言，美式幽默的共同处是点到即止。供人回味的“无言”，一如国画的“留白”。

且看这一则：

已故联邦参议员埃维列特·狄更斯够资格被称作“可进入传说的语词商人”——他以99个词来说出“我不知道”。事情是这样的：1965年9月25日，有人问这位资深政客，人权法案在今年内能否通过。

他这样回答：“嗯，今天几号？是25号吗？看来，差不多到10月了。这日子提醒我，要快一点开摘苹果，它们都将成熟了。说话间就到11月，阁下不是不知道，11月里有感恩节，这节日对我们太重要了。你还沉浸在那节日的气氛里，冷不防就撞上12月。那就是圣诞季啊！谁不全力以赴，大庆特庆？城里的闹市区，大家挂起花环，随即，唱起《天使之歌》，还有‘噢，小镇伯利恒’……我说到哪里了？天晓得，谁在说话？”

书中只记录以上“等于什么也没说”的语录。我又读了这一段：

《克里夫兰新闻报》有一页，其左下角有两栏宽的“专利药鉴定”，出自阿历山大·克劳夫先生之手，附上他本人的地址：莫利斯·巴拉克街2508号。作者欢天喜地地宣告：他的背痛、失眠、胃酸过多、胃气痛都已消失，从而热情洋溢地下了结论：“基而占”药效神奇，凡患与我同样宿疾之人士，务必毫不迟疑地服用。

在同一页的第七栏，载一短讯："居住于莫利斯·巴拉克街2508号的阿历山大·克劳夫与世长辞……"

只有对照，没有评论。

我又从自己47年前的日记读到：

> 晚饭时，姐姐叫了一声："看，鸡婆多慈爱啊！"我从饭桌上抬起头，姐姐说："鸡婆在凳子上啄下一粒饭，让给小鸡吃。"我的心蓦地一动，涌起赞叹。随即，我留神地看着鸡群，从碗里扒下一些饭粒，母鸡咯咯叫着扑过来，看见分量少，便走开。小鸡叽叽地叫着，围起来，把饭粒啄个精光。我从来不相信动物对后代怀无私的情意，便再试一次。母鸡竟连动也不动，在天井旁伫立片刻，看到小鸡群往饭粒涌去，施施然走远。我的心被针刺了一下，很是不甘，待母鸡走近，把一粒饭放在凳子上，母鸡伸颈，看到了。全家人屏息，看它表演"无私的母爱"，然而失望了——鸡冠一晃，它吞下饭粒。此刻，我感到别扭，然后，得意地看了姐姐一眼。姐姐解释："刚才我亲眼看到，确确凿凿！"说完，脸微微泛红。我微笑，不置可否。（1970年12月4日）

当年的日记只记载事实，并无解释。我如今想通了，母鸡是在后代吃饭粒两次以后才吃一粒的，这不公平得很吗？在记忆中，1971年我在乡村当民办教师，贫困和饥饿如影随形，为了试验母鸡的"爱心"，我两次从饭碗捐出饭粒，这慷慨使我今天惊讶。

写至此，看窗外，天已黑透，后院柠檬树无言，栅栏无言，远处的灯无言。忽然想起法国的诺贝尔文学奖得主阿纳托利·法兰西的名言："世界上最好的词，只有在你听不懂的情况下才是空洞的声音。"

国人的嫉妒

在美国职场，中国人有一个早已通行的潜规则：在同胞成堆的地方，上班特别烦和累。局外人可能反问，不是说"血浓于水"吗？在国难当头的特殊时空，此说是不错的，但按部就班的庸常日子不然。朋友S向我诉苦，他所供职的机构，足够"多元"，有白人、黑人、华人、印度人、南美洲人，他和"非我族类"相安无事，但和四位同胞貌合神离，偶生龃龉。其中两位江南来的女士，见面连招呼也不打。

我问是什么原因。他皱眉苦思，说，他也一直在找，后来才间接打听出，他们多次在交谈中触及：凭什么S的薪水比他们都高？彼此还不一样，说英语带口音？于是，看S哪里都不顺眼。只差向人事部投诉，使S减薪。明知减下来的钱不归他们，但"不蒸馒头蒸口气"。我素知S并非趾高气扬之辈，相反，正因脾气太软和，不敢和动辄发脾气的上司顶牛，吃饱窝囊气，患过轻度抑郁症。

看来，S的华裔同事此举，最可能的原因是嫉妒。据我观察，和别族裔相比，中国人呷的醋，浓度较高。从前，唐太宗要为当朝宰相房玄龄纳妾，房夫人死也不肯，龙心大怒，下旨要房夫人在喝毒酒和允夫纳妾二者中择一。房夫人眼也不眨，端起"毒酒"一饮而尽，好在皇帝只是试验，那酒其实是醋。这碗"醋"，好些国人坚持不懈地喝了千年，我亦未能免俗。不是说外国人都有海量的胸怀，嫉妒是全人类普遍的天性，差别只在：一、强弱的程度；二、是否以理性将之平抑，消释。

张爱玲的短文《雨伞下》云："下大雨，有人打着伞，有人没带伞。没伞的挨着有伞的，钻到伞底下去躲雨，多少有点掩蔽，可是伞的边缘滔滔流下水来，反而比外面的雨更来得凶。挤在伞沿下的人，头上淋得稀湿。"

伞沿的譬喻，可移来解释妒忌心。我们的红眼病，基本上针对两种人——家人以外的次亲人和熟人（包括朋友）。父亲不会妒忌儿子的成功；老公发迹，只要无外遇，老婆自然高兴，因为亲人是"伞"下的。再看"伞"之外，阿拉伯王室身家千亿；比尔·盖茨买一架波音客机，相当于我们买一张机票，对他们，我们止于惊叹；明星演一出电影收数千万，我们骂归骂，但不上心。贴邻的电视机屏幕比我家的大一寸，同村的阿憨，儿子进了北大，闺密出嫁拿到的金项链比自己多了三条，天就塌下来了，或者仿佛吞下苍蝇，因为他们在"伞沿"。

国人的嫉妒心格外旺盛，出自以下的因素。一、人口多，密度大，生存空间狭窄。住处挤拥，加上积久相沿，隐私观念薄弱，自家的底细被邻居摸得一清二楚。"不患贫而患不均"的传统思维，稍加入一点激情、一点短视，就是嫉妒。二、崇尚权术，要阴谋，让遭妒忌者穿小鞋，乃至丢命，被视为天经地义，"范本"数不胜数，吕后是最冷血的一个。嫉妒属于心理障碍，需要救治，但我们宁可晚间把枕头当"天杀的"咬烂，也不愿延医服药。三、缺乏化解嫉妒的良法。被妒火烧得难受，若有宗教情怀，可借祷告、忏悔、诵经来清理，升华。可惜我们普遍地缺乏心灵的救助站。四、众人拾柴火焰高，妒忌的毒焰，一方面，受同情、怜悯、鼓励的正向助力；一方面受对方炫耀、奚落的反向刺激，愈烧愈烈，于是，街头不时上演小三被正室剥光衣服，前夫刺杀前妻的悲剧。

妒忌和理性无缘，只要冷静一点，客观地权衡，"凭什么他混得比我好"这疑团不是不可以冰释的。以S为例，他不止于说英语带中国口音，他在美国获得硕士学位，对方没有；S入职前有五年专业经验，对方也阙如。

张爱玲的"洋葱纸"

2013年，夏志清教授在台湾出版了《张爱玲给我的信件》一书，收入张爱玲从1963年到1994年的信札118封，和他给张的回信16封半。王德威教授指出，这些信札"足以成为文学史'张学'研究的重要材料"。夏志清在自序中谈及收集、整理这些信件（包括明信片）的甘苦，提及："张爱玲的信大半写在洋葱纸（onion paper）上，隔了多少年，洁白如旧，折缝的地方也不会破裂。有些信件则写在以纸浆（pulp）为主要成分的劣纸上，色泽早已转黄，折缝处黄色更深，且容易破裂。"从这一现象出发，充满历史感的夏教授呼吁："有大志的读者，最好从小养成用洋葱纸或其他高级纸张写信的习惯。说不定自己真会成了大名，连早年写的信件也可能流传后世的。"

夏教授写到的"读者"，初看以为指读他这本书的人，其实是指一般性意义上的作家、艺术家，甚而指一切"有东西留给后世"的人物。这些人，不管成就、境界高低，多少有点"传世之志"，这是无可非议的正能量；舍此，难道希望"拙作"只有当手纸的资格吗？问题也出在这里，夏教授为了让张爱玲的来信传下去（连带地，自己沾了光），爬梳史料堪称艰难竭蹶，幸亏张姑奶奶的字迹呈长圆形，"个个端庄"，认清不难；如果此张如草圣彼张（旭），光是搞清楚信札的字就累个半死。但还有一个问题：张爱玲在信末只写月日，兼以收信人当年为了节省地方，把带邮戳的信封扔掉，只留下信件，年深日久后，分辨收信的年份成为大难题。

后之视今有如今之视昔，如果不想自己身后，对你自己的遗物感兴趣的"贵人"们——上焉者史学家、专家，中焉者有意将你树为"家乡文化名人"的地方官员、学院的田野工作者，下焉者博导的跟班，退休以后因太闷而搜集野史的老人——增加麻烦，那么，确实有听从夏教授劝告的必要。

夏教授谓，写信务必用有利于不朽的好纸。揆于现状，自从电子邮件、QQ、微博、微信兴，邮局的业务奄奄一息，我家里的邮票，一年用不了10枚，可推知文具店的"洋葱纸"未必好销。遥想纪弦当年，这位高瘦如槟榔树的现代诗人，写了一首调皮的短诗："像失手打错一张牌似的，/我寄出一封信。便输了/全局啦！/输了这一辈子，这两撇很帅的小胡子，/连这些诗，也一股脑输掉。//别问她是谁了吧！我是输家。/不过，偶然，我也曾这样想：/要是把地名写漏掉几个字那多好……/总之，不该贴上邮票，投入邮筒。"（《一封信》）寄一封信，心情如此矛盾，它该是求爱的，或者向爱人认罪的，这等好玩的感情游戏，如今玩不起了。

好在，还有别的途径。比如，写标明年月日的日记。这里又有一个问题：早就怀公之于世的宗旨，秘密该不该说，国学大师吴宓"文革"期间被整得死去活来之际，怕日记成为"反革命罪证"，偷偷修改往日的内容，如今该不会如此悲惨。但难处依然令人头疼，种种连自己也不愿面对的言行，要不要写下？写了，坏掉身后名；不写，流于虚伪，被人揭露出来更加失败。另外，可自行炮制"生平行谊"、年表、大事记、回忆录。倘若"全说老实话"做不到，就不说或少说谎话。

夏志清教授在上述之书出版的同一年去世，据王德威教授回忆，2013年12月11日，他去看望在疗养院的夏公，夏公对他说："我已经不朽了，因为我写了《中国现代小说史》。哈哈！"我好奇，一直为"不朽"做了周详准备的夏公，多年来写信是不是用"洋葱纸"？

找到"对"的自己

在网上读到一段妙文，作者的名字并不显赫，但意义值得细细思考：

"我们常说没有碰对的人，会不会是没碰对自己。你还没碰到对的自己，我还没有碰到对的我，所以，碰到对的人还是不能成就。"这一段议论所针对的，恐怕是人寻找伴侣时的困惑。但我早已是不必另行寻觅另一半的老头子，且将思路放开，从人的一生着眼，看有没有找"对的自己"的问题。

什么是"对"的自己？我以为，就事功论，是指生命的进程与初志大抵相合；就爱情论，是指与伴侣相处大体融洽。就心境论，自身和外部环境大体和谐。

相对的，自然是"不对"的自己了，何谓"不对"？先举先天的，较为典型的是性向颠倒，肉体是男性，灵魂却是女性，或相反。他们一辈子为了调解灵魂与肉体的冲突，耗费多少心力，却流于徒劳，只好服从灵魂的指令，成为同性恋者，或以易装、变性来折腾自我。

后天的，较突出的，是爱好和职业水火不容，如爱护动物者被迫当屠夫，洁身自爱的女子进青楼，视学术独立为生命的学者为了生存而阿谀，中了阳谋的知识分子将20多年生命浪费在劳改场。这些不幸的人，心深处不是没有一个"对"的"我"，然而造化弄人，他们只能长年累月勉为其难地或内外相悖、知行相反地充当"错"的"我"，使日子充满怨恨、懊悔、不甘。而"对"的自己因长久隐没、废弃，要么消失，要么沉淀为永久的梗。"不对"的人怎样完成七颠八倒的一生？长年戴的"面具"取代脸皮，变为身体的一部分。

且观察一个和"盖棺论定"关联的社会现象——退休群体的生存状态。

但凡找到"对"的自己（或者没找到，但懂得"要成为什么人"，无力践行却活得明白的老人），有爱好，有宽容，有悲悯，有充实的精神生活，而浑浑噩噩地活过来的那些，失去目标，不甘寂寞，愈老愈难以和自己相处，而向外求助又碍着面子，于是郁闷、小气、记仇，动辄骂人。这种人的灵魂被一个"不对"的自己绑架了。

"对"的自己，只有极少幸运者自然而然地找到，一如一见钟情得配偶白头偕老。多数人需要自行寻觅。以起步论，在个性得以自由发展的社会，你发现自己"喜欢什么"，又通过自己或者外力证明能够干好所喜欢的；下一步，你将之立为终生事业，而环境又允许你，鼓励你，成全你这个"对"的自我，你就是灵肉统一的幸运儿。虚伪、浮浅、双面、人格分裂、心理畸变，这些现代人很少难以身免的流行病，都没找上你，因为"对"意味着强大的免疫。

寻觅"对"的自己并非个体的秘密修行，这样的"对"折射到他人生的全部关系。他或她有"对"的另一半，爱情的滋润，使奉献的双方的人格在太阳下"正确"地笔直地长大，而不必扭曲；他或她有让自己骄傲的事业，一路走来，不可能每一步都没有瑕疵，而是以曲折、坎坷排出"对"的人生；他或她的朋友，其中必有肝胆相照的知己，不管彼此相隔多远，心灵总能呼应。

一旦找到"对"的自己，自我内部的斗争便具备理性，叛逆青春对秩序的反抗，负重中年对陈旧人生的厌腻，衰颓晚年对老病的忧惧，都可以不假外力，关起门来让灵与肉和平地对话，取得和解。

不说终其一生，单从一个"顿悟"的拐点，觅得"对"的自己开始，你的生命就逐渐变得圆融，你的内心丰富而整饬，心脏以神所指示的韵律搏动，你的人生近于完美。

人生至憾

　　某日，A、B、C、D、E五位老人在咖啡店聚会，都饱经世故，而"沧桑"的版本各异；但有一共同处——喝"黑咖啡"，即奶、糖、代糖之类统统不加。今天，话题是"遗憾"。

　　对此，他们是有共识的，那就是：多缺憾乃人生的原汁原味，此所以诗人勃朗宁称"全圆只在天上"。然而，少一些遗憾是应该的。老到这个火候，被诸多不如意，不满足害得一天到晚心有窃窃焉，徒然伤害身心。于是，努力从缺找圆，从乱找序，从贫找富，从贱找贵，殊为必要。而况，这种"找"如瘙痒，自搔何如互相搔？

　　A拍着邻座B的肩膀说：你两个女儿，一个当医生，一个当律师，年收入数十万，在美东住豪宅，足慰阁下平生。

　　B苦笑，没回话，他不好意思说心事：两个女儿都奔40了，从前是因为学业、事业，不敢交男朋友。如今尘埃落定，也从来没听她们说"有了"，这"有了"哪怕是指腹中块肉，也是好事，年纪不饶人啊！

　　C恭维D：两个儿子，不到30就成家，如今孙子孙女六个，大的上初中。我们这咖啡帮，说到人口繁衍，老兄第一，当仁不让！D听了，眯着眼笑。在座的都晓得D有心病，儿子都没完成大学学业，一个因为当时母亲患病，要赚钱养家，一个因为过早地交上女朋友，不小心当上父亲。不过，这事是不能点穿的。

　　E兀自喝咖啡，淡淡地笑着，没有插话。A打一个眼色，大家约齐了，沉默起来。原来，刚才大家一时兴起，忘记了一桩极重要的事体：E夫妻俩没有生育，如今都过70。在人家面前谈儿女、孙儿女，不是在拄杖的人面前炫耀飞毛腿？这么老，还不具备起码的仁慈？

于是，大家换了方向，谈个人成就方面的"无憾"。B说A的太极拳炉火纯青，在公园里耍，必引来围观。D说B的二胡了得，一曲《鸟投林》，绝了！D称赞E的书法，前几天临的一幅黄山谷，好极！E还是不语，但没有丝毫不快。大家一边放心，一边感到对不起。

C出言安抚E："每一代人都有自己的优越处和难过处，不要管这么多。最要紧的，是老伴好。"

不料B给C递来一个眼色，意思是：你又说错了！C停下，想，对哩，E不但膝下长虚，而且太太长期患病，我又哪壶不开提哪壶！想罢，不由自主地举手，拍拍E的背，意思是：对不起。

E清清嗓门，沉稳地说：兄弟们都替我着想，我感激不尽。我且把我最近的思考奉告：不错，老婆和我结婚40多年，身体一直不好。结婚第一年，我陪太太回娘家，我和岳母开玩笑说，人家买一台电冰箱至少保用三年，你的闺女从出嫁第三天就看医生，吃药，从此没断过。哎呀，这玩笑开不得，岳母大人脸色变了。直到最近，眼看她的内分泌失调加忧郁症有所好转，服药减少了。不料在浴缸里摔了一跤，断了腿骨，裹上石膏，没有三个月下不了地。我一直烦，骂老天爷不长眼，对卧床的太太没一句好话。可是，我终于领悟，这是上帝的意旨，有病的太太不是缺憾，而是神的恩赐，她就是我的"生命之锚"，没有它，我的船就要在无边际的大海漂浮，永无停靠之日。她的病，使我学会关心人，侍候人，建立同理心，对疾苦感同身受。这是极为难得的修炼。娶一位健壮的太太，当然是福气。但是，要体验生命的深度，娶一个生病的太太胜几筹。

E说到激动处：什么是人生至憾。就是无憾。必须留一些缺憾，如画之留白，如王羲之的《兰亭集序》留错字、漏字、补字，如天穹留群星为窟窿，非遗憾，无从证明生之圆满。

众座如梦初醒。

月影

读了数不胜数的咏月诗文，看了千万遍明月。望月，赏月，是"中秋"题中应有之义。不过，皓月，连同天空、星星、云彩，至多加上一些来自神话的意象，如嫦娥、吴刚、玉兔、桂树，元素有限。千古高手苏东坡的《念奴娇·中秋》只写到这份上："凭空远眺，见长空万里，云无留迹。桂魄飞来，光射处，冷浸一天秋碧。玉宇琼楼，乘鸾来去，人在清凉国。江山如画，望中烟树历历。"

可见不写月影，难得酣畅。空荡荡的一片，一眼到底的光华，哪怕晃成如银、如雪、如水的迷幻之境，也失诸浮浅。必须有影，有影，就有了李太白的"举杯邀明月，对影成三人"；就有了"疏影横斜水清浅"，有了"人约黄昏后"。

月影，具备东方美学的核心：蕴藉。中秋最美好的祝愿，是花好月圆。按说，只要不刮风下雨，找一个浸漫着融融月光的鲜花院落，这一境界就可以达致，但月和花的完美只是门槛，举步进入我们营造千年的美学殿堂。这里，花影绰约，树影婆娑，恋人徐行，把淡淡的影子成双地印在草地上。每一根秋天的草，尖端处都有一颗只属于它的露珠，露珠被月灌入水银，熠熠闪着，成为不移动的液体"萤火虫"。如果此地临水，水湄更是倾吐心曲之处，你扶着婀娜的柳，她靠着叶子将凋未凋的梧桐，微颤的倒影被水波轻轻揉着。咚一声，青蛙从一片莲叶跃到另外一片，两人同时看过去，哦，月亮躲在那里！

月影中的歌吟，和磅礴无关，只是缠绵；月影所伴的人，举手投足都轻，都缓慢，远离直截与凌厉，掺和着迷离月影的情话，恣肆不起来，只是婉转；连月影下的山盟海誓，也含而不露。这是没办法的事，月影规定了美学氛围，它的基调是阴柔。职是之故，你再阳刚、再坦率，勇气也被月光稀释了。这没有什么不好，且做一回温柔醇厚的东方诗人，做一次穿长袍的书生和低眉浅笑的深闺淑女。

月影，赋人以丰富的想象。单是一轮月，再亮再皎洁也白搭。它所制造的影子，才给人无限的诗兴。且看辛弃疾的《沁园春·灵山齐庵赋时筑偃湖未成》上阕里的几句："老合投闲，天教多事，检校长身十万松。吾庐小，在龙蛇影外，风雨声中。"风雨声中无月影，我只剔出"龙蛇影"，把它置于月光下。月下松林，影子算得无奇不有，你怎样为它们设喻都错不到哪里去，但我尤其喜欢将之比作"龙蛇"——纵横交错于地面，偃蹇的枝条是身躯，凹凸的松皮变为麟甲，松叶是张开的爪子。风簌簌作响，枝摇影动，满地是龙蛇腾跃的抽象画。

月影，就是遥远的记忆。几年前的中秋节，我晚间下班，驾车回家，忽然想起"露从今夜白"，便绕道去了海滨。11时多，沙滩上八九堆篝火，只剩暗红的余烬，人已走光。我徘徊在海堤上。皓月在空，太高了，宁静的海波上看不到它的倒影，防风林上的影子淡然。我连自己的影子也找不到，顿时惶恐起来。抬头看到镇定自若的路灯，才晓得是它的光把月光收拾了。于是，我离开步道，踏灭了零落的蟋蟀声，走下沙滩。终于有了月亮送的影子。影子在前导引，我顺当地走进往昔，嗅到莲池的香，稻花的香，月桂花的香，恋人发辫上的肥皂香，都若即若离。原来，月影里蛰伏着已然消逝的人生，只要你获得这种神奇的显影液，记忆就一一呈现。

退休与"死期"

一位朋友，在旧金山一家福利待遇甚佳的企业工作，明年，他不但满62岁，也在该企业工作了20周年，按企业的规定，可选择退休。若然，他每月可从企业的专项基金拿到五千元，加上从联邦政府领取退休金两千元，一共七千元。目前，他税后的月薪也是这个数。该不该退？不退，每星期上班五天，每天八个小时，常常加班，经受无穷压力；退，天天逍遥，高兴干啥就干啥，他平生至为向往的是赖床，从此，每天一"赖"方休。

利弊如此分明，傻瓜才留恋工作这块"鸡肋"。然而，他举棋不定，只因为一位退休后大吃后悔药的前同事警告他：退休不久就蒙主宠招的多得很！另外一位在建筑公司当领班的白人朋友还提供权威信息：美国的蓝领工人，退休后三年内呜呼哀哉的占了三分之一。这位领班正为了不掺和进"来不及享晚年福"的三分之一，过了70岁，还在工地上兴致勃勃地挥动小旗子指挥工程车。

我和友人讨论这一问题，他是当局者，要我出主意。我说，症结在于：退休是不是病因？如果有医学和老年学众多专家综合海量大数据，从而发布这样的结论：永不言休，干到最后的人，寿命比按时退休的人长得多。那就可以断言，银发族将成为劳动大军的主力。可惜，迄今未得悉这方面的可靠信息。退一步，如果"退休即死说"部分地成立，该如何解释？是某些人在沉重压力下活得太久，一旦压力撤去，难以适应；还是无所事事的状态使人产生无用之感，无聊之感，导致忧郁症，进而侵蚀免疫系统，身体一步步垮台？一般而论，自然与之相反，退休给健康和寿命多少加了分。

然而，类似于在"退休"和"死期"之间画等号的思维定式，还有将

"完成"和"翘辫子"挂钩的。一位我敬重的史学家，他为一位乡贤写传记，20多年前动手，在广泛采访和收集史料的基础上，写出初稿，但先因儿女移民后因本人健康，没有完成。数年前，他大病初愈，我去看望，告诉他，若干国内学林中人对这本书十分关注，希望他补上"临门一脚"，将之付梓。和他谈得好好的，坏就坏在我以旧金山一位老作家，抱病完成长篇小说三部曲最后一部，没有遗憾地辞世为范例，使得他脸色陡然变了："写完就死，我才不干！"换一说法，他认为，不写完，死神就网开一面——且等等看。

我对友人举出上例，再说，死是人生最大的谜底，揭开它的是上帝，我们尽可不予理会。友人问："别绕弯子了，你说我明年该退还是不该退？"

我沉吟少顷，答曰：首先，退休和死期没有直接关联。其次，考量该不该退休，出发点不是上班的好处和坏处，而是退休以后的生命质量。怕只怕你床上赖得太久，腰也酸了，不能不起来，然后，面对无从抵御的无聊。为退休做准备，足够的钱是必要的，但更长远、更要紧的，是人生的充实。一旦将"上班"抽离，重心失去，拿什么取代？如果想不出，找不出，你还是不要急于接受"优哉游哉"的诱惑，也许，你是退不下来的"劳碌命"。

不过，揆于自然规律，人生驿站的排列，顺理成章的必然是：退休之后，下一站是"寿终正寝"。两个站台之间，你好歹得填上什么。较为理想的，是填入天伦之福，正当的娱乐，带创造意味的嗜好，读书、进修、旅游、美食、与友人聚首；不然，乘虚而入有疾病、空虚、烦闷、焦躁、病态的敏感。

太太"十忌"

美国作家、演员辛西娅·林赛（Cynthia Lindsay，1915—2007）著文谈夫妻相处之道，她指出：和丈夫一起居家过日子，光会打扮得漂漂亮亮和不随便打扰他，远远不够，还要培养出这样的本能：晓得"不该说什么"以及"什么话哪些时间不该说"。

这位兼具美貌和智慧的女性，开列出十条"规矩"。据她说，均经美国许多家庭以及离婚法庭检验过，你要提升婚姻的品质，最好照办。

第一条：永远不要问他："我外观怎么样？"此举徒然浪费你和他的时间。如果你看上去哪里不对，他会注意到；如果没问题，他就不说了。比如，你的头发散乱，衬衣暴露，口红溢出唇外，这些瑕疵他是会马上发现的。至于你弄了一个新发型，体重减了四五磅，衣服配搭得巧妙，对不起，他的眼睛笨多了。如果你这样提问，正在阅读报纸体育版的男人给你的最好回答是："很好，亲爱的。"

第二条，当他说："有时我觉得我妈好像发神经。"你千万不要附和："可不是！"如果你这样说，他会这样回答："我可不是说她真疯了。"而你加一句："我正是这样看的。"那么，你真的给套进去了。最后，他会下这样的结论：他母亲虽然有毛病，但你待她太苛刻。

那么，你该怎样说呢？这样："她真可怜，这么老，一个人住。我们要多一点去看望她。""我才不去。"他会这样说，然后，花整个晚上向你证明，他妈妈的脑子确实"坏掉"了。

第三条，你永远不要说"我累坏了"。他也累，这么一说，两个人一天都不好过。如果他问你："今天好不好？"你在任何情况下也不要和盘托出。

如果你的运气够好，他会问你："你怎么样？"那么，你可以这样说："还不错，就是有点儿乏……"即使从他的眼神看到同情，你也不要顺竿子爬，夸张地诉说你的烦心事。如果你不识趣，乌云会爬上他的眼睛，他照样读他的报纸，连头也不抬，咕哝一句："那就好。"

第四条，永远不要这样说："我搞不懂为什么海伦忍得住，查理斯变得这般不可理喻。"如果友人的婚姻出问题，而错在女方，你这样说，是错怪了男人。你应该就事论事："海伦真倒霉，她应该和女士俱乐部的白痴离得远一点，本来嘛，菜已经上了，不必惹上麻烦了。"

这一类讨论之所以存在危险，是因为可能让他想到：你并不知情，但急于选边站。你最好这样说："看来整个事情错在服务员，他们压根儿心不在焉。"如果你不清楚事情的来龙去脉，最好接受它。

第五条，永远不要对他说你以往的情史，或者某一天晚间在舞会又和哪位绅士相遇。如果你对此夸夸其谈，他的第一个反应可能是："他这样完美，你为什么不嫁？"第二个反应，不会像你所希望的那样——打破醋罐子。他会怀疑，是不是你瞎编出来让他妒忌的，也许这是你的本意。

第六条，不要说这样的话："算了，我来做好了。""你到底想不想……"

为什么？第一，这事怎么说都得你来办。第二，他就是不愿沾手。这两句话，对婚姻的杀伤力是最大的。

第七条，不要指摘他为了外表花了多少钱，花得值不值。衣服是他的基本需要。他所在的办公室，谁的西装都比他多，如果你这样评论："这一件你非买不可吗？那件黑色的多好，你就是看不上！"就是站着说话不腰疼。

第八条，永远不要说："你只迷你的运动，有没有想过，让我也能和你聊聊？"你这样抱怨，说明你不了解男人的心理。也许，他听你这么说，马上拉你去看棒球赛，以回馈善意，表明心迹。可惜，你连场上怎样得分也不懂。

第九条，永远不要问他，打盹的滋味如何？哪怕整个晚上他对着电视机打响亮的呼噜。即使这样，他也没有真的"入睡"，不过是"让眼皮歇歇"，你在旁边说了什么，他一清二楚。

第十条，永远不要告诉他你梦见了什么。有一次，我半夜里把老公摇醒，说，我刚刚做了一个梦，太恐怖了！在一个陌生城市的医院做手术，我哭着说要见你，但他们说怎么也找不到你。"老公翻了个身，问："你去找那个女性俱乐部没有？"

以上十条，是半个世纪前一位白人女性的见解，是否有理、可行，请大家斟酌。

忘记关灯的房间

"忘记关灯的房间"，是从微信朋友圈看到的一首短诗的题目，读时心里"咔嚓"一下，仿佛划亮一根火柴。粗看无特别处，设想一家人外出旅游多天后回到家里，发现其中一个房间灯亮着。家长倘随手关灯已成习惯，第一个反应恐怕是心疼电费。然而，太平实的琐事如何上得了诗？总该挖掘其形而上的意蕴。

且想想或多或少地被岁月烟云遮掩的"记忆之屋"，如果你足够老，又有幸免于被痴呆症吞没众多往事，那么，你用以人或事件为"砖石"所砌筑的，可能是"大宅"；阅历格外丰富的人物，如革命家、冒险家、侠客、领袖、骗子、囚徒，可能是庞大而幽深的"城堡"；至于普通人，即使依然是蜗牛族，也有一桩甚堪告慰——"回忆"为灵魂提供栖息处。这虚拟的建筑物，因年代淹久，都距离遥远，若隐若现。

一般情况下，"记忆之屋"静静地蛰伏在宁恬的星光之下，伴它的只有蟋蟀零落的叫声和风声。一旦得到触发，受到感动，你瞬息间进入时光隧道，飞回往昔。在它门前，景翳翳以将入，抚孤松而盘桓；在它里面，徘徊，摸索，拾起断片，勉为其难地拼凑一位故人，几节往事。模糊、暧昧在所难免，毕竟，时光冲刷之下，无所谓永不褪色，即便是圆月下海枯石烂的盟誓。

就在你为了残缺而沮丧之时，蓦然发现，一个房间居然亮着！晕黄的光明贴着窗纸上，静静地，坚忍地。亮的是哪一种灯？知青年代的松明、菜油点的灯芯草、以票证买的定量快要耗完而不得不用的小号煤油灯，还是村屋的15瓦灯泡？你为"往昔"清晰如许而欣喜，还是为了隐秘的罪恶太昭著而羞愧？"忘记关灯"的是谁？是太忙碌的年轻母亲，还是偶尔打盹的上帝？是百密一疏的时间，还是忽然展示慈悲的宿命？

属于我的，"忘记关灯"的房间里头有些什么呢？我付出三个失眠的夜晚，加上100个小时检索旧时日记。

可是数九寒冬，被要命的闹钟催醒的凌晨3点，从结上薄冰的水缸舀水洗脸，端坐窗下，诵读《离骚》？此刻，"帝高阳之苗裔兮，朕皇考曰伯庸。摄提贞于孟陬兮，惟庚寅吾以降"在耳畔回响，48年过去，依然记得它的开头。我的发愤，肇端于读了启蒙之书，如厨川白村的《出了象牙之塔》和罗曼·罗兰的《约翰·克利斯朵夫》。可是文学梦被现实生生掐死之后，沉溺于木作的时光？我在乡村学校教书，周末整天躲在木工房刨、锯、凿、锤，该回家吃午饭了，1岁的儿子受妈妈派遣，上门来了，我把大脑袋宝贝放上肩膀，嘻嘻哈哈地回家去，家里有祖父、父母亲、妻子、弟弟、妹妹，都年轻、健康。可是在中秋溶溶月光浸泡的雷公岭下，不胜轻寒，与伙伴们谈天说地？可是湖上荡舟，荷花蕊金色花粉洒在海魂衫？可是情书上浮夸的语句？可是窗前的笛子？可是校园秘密的踮脚远望，直到她的背影消失在紫荆花深处……"房间"之内，记忆点都是被充足的光线穿透的肥皂泡，绚丽无比。

我忽然一惊，自问：为什么偏偏是储存正面的、励志的、为"正人君子"形象加分的"房间""忘记关灯"？

难道为了养家活口而蝇营狗苟，为了向上爬而埋没良知，为了妒忌而出卖朋友，为了私欲而胡作非为，太多的不堪的记忆，被永远地锁于黑暗？它们的房间有没有"开灯"的机缘？答案竟是：没有。原来，人心的深渊，人性的黑暗，不是谁都有勇气坦然检视的。卢梭的《忏悔录》和绝对真实的生命写真比，太肤浅，太片面了。

我在"忘记关灯"的房间转悠，说到底是作秀给自己看。

读村上春树

"文之余"

人生中有不少"余"，"词为诗之余"一说古已有之；董遇读书，提倡"三余"："冬者岁之余，夜者日之余，阴雨者时之余也。"王鼎钧先生称"老者生之余"。我且胡诌一些：梦者睡之余，泪者情之余，月光者太阳之余，灰烬者激情之余，梅香者冬之余，落叶者秋之余。读村上春树随笔，莞尔之余，想到，他作为职业小说家，余事是写可称为"闲文"的杂文；进一步问，"从文"本身可有"余事"？且从他两篇短文管窥。

一篇是《草丛中的野鼠》。村上春树在文中称，虽然写长篇小说是最重要的工作，但在中间写些短而Funky（意为出格，很棒）的故事和写长篇比，写这一类东西，丝毫不觉辛苦，"如果辛苦，就不是兴趣了"，可以一个接一个，没完没了地写出来。但是，如果你郑重地问："这故事到底有什么意义"，他就伤透了脑筋，因为"没有足以道出的意义"。

请注意"足以道出的"这一定语，意思是：未必没有意义，也许有，只是作者"不太知道"，如果有，"意义"藏在哪里呢？他做了譬喻：野鼠屏住呼吸躲在草丛深处。意思是，野鼠那么大的，微小的可能性在某个地方。但作者只管"沙沙沙地把这些事写下来"，但"那微小的野鼠，那时在茂密的草丛中到底在想什么样的事情"，他不清楚，也不想弄清楚。"我们就随我们高兴地享乐，野鼠也随野鼠去开开心心地过日子。"

中国的古人坚执"文以载道"，那"道"就是"意义"，架子端得太累；后现代派一刀切地取消意义，听任意识漫流，看了半天，不知其意云何。

村上春树呢？说没有，还是有；说有，却自由自在地在身外游荡，压根儿不费心去逮住。可见雾里看花，云中窥月，是心仪的境界。

另外一篇是对话体的《柄谷行人》，说的是：隔壁的空地围墙改成栅栏。为何把无空隙的围墙改为有空隙的栅栏？因为里面养的马非让大家看不可。马有看头吗？有，因为会读书。不是普通的书，而是"柄谷行人的书"。柄谷行人（思想家、文学理论家）读此文，想不大笑也难。读到这里才明白，作者在玩双关语的游戏。日语中，"柄谷"和"对身体"发音近似，"人"和"寻"亦然。接下来，谈到会解读"后现代"的马，一慌张，没时间辩白，竟变成"汉堡"。还是一箭双雕，日语的"马肉"和英语的"慌张"，日语的"反驳"和英语的"汉堡"，发音都近似。

要说这等内容如何谈言微中，那是过誉，好玩而已。写作者玩文字，一如侠客练剑，乐者操琴，越是才气洋溢的，越玩得痛快淋漓。相传，苏东坡一次与王安石同行，偶见一房子根基已动，一面墙向东倾斜。王安石出上句以戏东坡："此墙东坡斜矣！"东坡仰头大笑，即吟下联反讥王安石："是置安石过也！"

精通英语的散文名家余光中先生，曾把英国作家王尔德的著作译成中文，他在《不可儿戏》中译本的后记中，因王尔德好用双关语，也以此还治其人，将王尔德的Sinicism（意为"中国风味"）换为完全同音的"Cynisism"（意为"愤世嫉俗"），余教授对自家的"神来之笔"得意非凡，说："料这位唯美才子也未必能针锋相对回我嘴吧？"

和村上春树比，中国文士传统上的余事是掉书袋，只要不太自炫，不酸，不冗赘，可观的还是不少。

"炸牡蛎"

近日，国内一本新杂志的总编辑和我联系，让我把"个人简介"发去，以配合某评论家为我刚出版的小品文集——《相当愉快地度日如年》写的书评。我写了百来字。总编辑阅后称，太简略了。于是返工。遂发现，完成这简单活计一点也不"愉快"，一来，书所收短文数十篇，都是"拉杂写来"，不能一言以蔽之；二来，选编者是出版社一位以"点子多、创意丰"著称的年轻编辑，她按自己的思路把书分四辑，我一时间摸不透。费了大半天补课，才重新拼凑出数百字的"简介"。事后的体会是："自我介绍"之类，欲臻既简单又准确的境界不易，大抵是字数愈少愈难写。

从村上春树杂文知道，他也遇到这样的难题。开始，他回答"小说家是什么"的问题。答案有了："小说家，是以多观察，但只稍微下判断为业的人。"他运用个人体验做论证。往下，触及另一问题：自己是什么？他的身份是"小说家"，前文的诠释于他该是适合的，但他认为"几乎没有意义"，理由是：这对小说家来说，"不用说也自然明白"，他们的工作就是把"自己是什么"转换成别的总合形式（也就是故事的形式）。哪个小说家长期纠缠于这个问题，那么，他就不是作家，即使写过几本杰出的小说。

但是，问题没有完。一封读者来信说，他参加的一个就业考，试题中有一条："四张稿纸以内做自我介绍。"该读者认为他自己办不到，问村上先生怎么办？因为村上是专业作家。后者的回复是：几乎是不可能的，也是没有意义的。

但村上先生另辟蹊径，间接地解决这一问题。他认为，你既然无法就"自己是什么"写满四张稿纸，何妨针对炸牡蛎写写，如此，"就会自动地表现出您和炸牡蛎之间的相互关系和距离感，那，追根究底说来，也就是在写关于您自己了"。当然，不独沽"炸牡蛎"一味，"炸肉饼、炸虾或可乐饼也没关系，丰田可乐娜（Carolla）汽车、青山通、李奥纳多、迪卡皮欧，什么都可以"。村上自己喜欢炸牡蛎，所以提起这个。

同一文中，村上身体力行，写了一个《炸牡蛎的故事》，时间是寒冷的冬天黄昏，地点是常去的餐厅，他点了八只炸牡蛎和中瓶札幌啤酒。配菜是又甜又新鲜的高丽菜丝。炸牡蛎呢，从大油锅送到他的柜面座位，不过花了5秒钟。"咔啦咬下脆脆的牙触感和柔软牡蛎的咬触感，以可共存的质感同时感知。微妙混合的香气，在我口中仿佛祝福般扩散。我感觉到现在真幸福。"

我不知道这一"故事"写成日文，四张稿纸够不够。读完以后，知道村上作为食客和小说家的一个充满多向暗示的侧面，如他喜爱的食物，吃的姿态和心态，他的想象。那么，作为读者，借此可窥得"村上"的全豹？答案该是否定的。

如此说来，作为写作者，多写"炸牡蛎"式的文字就好，只要诚实，它们就迂回地以散点透视的方式呈现你多棱面多层次的"自己"。

然则，什么是我的"炸牡蛎"呢？食物于我，至为刻骨铭心的是18岁那年，在没早餐供应的学校，大清早，往茶缸倒进一些"寿星公"牌炼乳，敲下一只鸡蛋，站在校园走廊的开水桶旁等候，老校工挑来热气腾腾的木桶。我迫不及待地把开水冲进茶缸，使劲用铁匙搅拌，浓稠、香甜的乳状液体喝下肚去时，苦难人间变为实在的天堂。不过，这一旧事和"我是什么人"距离远着。

"沉酣"之乐

人生至乐多种，如码头上情侣久别重逢，产床旁父亲第一次抱起婴儿，体育健儿站在领奖台，新婚夫妇开始蜜月……但论时间的持久，出现的频繁，代价的低廉，当数干某一种事情的"沉酣"状态。

我是从旁观察当建筑工的妹夫干活时做出这一结论的。妹夫个子瘦小，但气力奇大，耐力尤其了得，可以从黎明到黄昏，除了吃饭，不停不歇，连水也尽量不喝，嫌放下工具去解手都"费事"。他天生是"劳动迷"，20年前，他和家小从乡村移民美国，明天一早启程，今天，他在自家菜地整垄，种下足足一亩地的番薯苗，正在收拾行李的家人找他找得好苦。他流汗苦干，乍看是底层劳动者的思路——赚钱，然而，他早已实现了升华，哪怕不是全部，"活计"本身使他获得淋漓尽致的快感。他在旧金山，受雇于一家小型建筑公司，天天从事绝不轻松的体力劳动，但工资支票加上上班的欢愉，就是他的至高无上的享受。他参加旅行团游览环宇名胜，才一个星期就叫苦连天，恨不得逃回来上班。看到他淡定地挥锤、运锯，爬上爬下，敏捷无比，且没忘记和同事说粗鲁的笑话，下班时恋恋不舍，我想起Don Herold的名言："世间最伟大的东西就是工作，这就是为什么我们非要为明天留下一些。"

像妹夫一样的人，乡村为数不少，"没有吃不了的苦"是他们代代相传、心照不宣的处世哲学。大凡干活，沉酣的境界不是马上能够进入的，需要预热和摸索。一旦建立一种独特的"节奏"，这节奏就会在下一次乃至无数次吸引你。它是封闭的，你完全进入后，自外于人间所有烦忧和功利计算的小天地就是你的，你在里面尽情地动作，释放能量，挥洒灵感，没有时间，没有外力压迫，没有仇敌，也没有朋友，只有你和你献身的对象。吸毒者所追求的欲生欲死，酗酒者痴心的浑然忘机，性爱高潮的淋漓尽致，所指向的"顶点"也不过如此。这些规矩的健壮的快乐的劳动者不费什么手续，也绝不必触碰任何底线就获得了，要数上帝的仁慈，第一位的要算这"沉醉"。

相对于以知识、数据和仪器组合的脑力劳动，简单体力劳动尚且这般慷慨，何况别的富于创造性的知性行为？然而，我们往往不是过分强调超人的意志。如，爱迪生试制电灯，在实验室里一连工作几十个小时，实在太累了，就躺在实验台上睡一会儿。先后用了六千多种材料，做了七千多次试验，才找到合适的钨丝；就是太在乎他们"我不入地狱谁入地狱"的使命感，如罗马军队攻占阿基米德的家乡叙拉古城时，75岁高龄的阿基米德正在沙滩上聚精会神地演算数学，罗马士兵拔出剑来要杀他，老人平静地说："给我留下一些时间，让我把算题完成，免得给世界留下一道尚未证完的难题。"然而，难以想象，如果工作本身无吸引力，无挑战性，从中无法获得灵肉一致的快感的高潮，如何激发他们的投入？一句话，尘世唯一的乐土在斯，真实的天堂在斯。

潜藏着无限快乐和诗意的工作，建立在这样的基础上：它经自由选择而不是被强迫的。同样是建房子，奴隶和自由人的结果没有不同，差异在工作者的情绪。灵感和智力的劳动尤其如此，秦始皇驱使奴隶建造了万里长城，但暴君的屠刀之下，限令诗人在多少个小时内写出一首"圣代即今多雨露"的颂诗，却难于上青天。

好莱坞著名制片人塞缪尔·戈德温说："满腔热情地投入工作的人，对人生一无所惧。"

"呃"和"嗝儿屁"

"呃"这一拟声字,我从评书大师单田芳先生一个视频节目听来的,他说的本事是:2003年刘德华在沈阳举办个人演唱会,门票每张高达1200元,容纳5万多人的五里河体育场依然座无虚席。市政府为了维持秩序,派出四千警力。刘德华身穿月白缎子燕尾服,打领结,波浪式头发,走上舞台。霎时间天灯、地灯、角灯、激光灯唰地全亮,舞台两边放烟。刘德华对台下说:"沈阳各界的朋友,大家好!"顿时,台前响起一阵杂乱的"呃"声——20多位女歌迷兴奋过度,休克倒地。急救车把她们送去医院,掐人中,打吊针,抢救了四天,医药费每人4800元。她们每人花了6000元,什么也没听到。最后,单田芳先生向观众呼吁:下次,希望你们哪怕是装,也给我来一声"呃",让他享受一次。"呃"是精神受到极大刺激时最初的生理反应,遇到偶像刘德华,属于"乐极",好在她们没有"生悲"到翘辫子。

怪只怪我无聊,居然从这"呃"想到"嗝儿屁",后者是北京俚语,意思是"死去"。"死"如用曲笔,词儿多得很:归道山,蒙主宠招,驾鹤西去,见马克思,挂了,还有北京话的"歇菜""完菜",广东话的"瓜得"。我之所以有这样的联想,是以为二者都是人失去知觉之际发出的声音。我是有第一手材料的。我祖母49年前一天中午,因心梗去世,在旁吃饭的父亲听得真切——她躺在床上,呻吟了小半天,忽然发出和打嗝一模一样的"呃",十分响亮,随即撒手人寰。

死前打嗝为何变为"嗝儿屁"?我过去这样推想:可能是儿化音加衬字,以表现京派特有的诙谐。据在北京土生土长的朋友说,京城"市井屁孩儿"说得更花哨——"嗝儿屁着凉大海棠"。最近才从一篇博客看到,它是外来语。持此说的，是20世纪80年代教外国人汉语，对英、法、日、意大利、俄、德语都有很深造诣的专家，他认为"嗝儿屁"很可能源于意大利语"crepi"，其发音为"嗝儿屁"。它的动词原形为crepare，"破裂"的意思，引申义为动物死亡或人像动物一样悲惨地死去。意大利曾派兵参加八国联军，他们的兵士在中国，曾从事使人"嗝儿屁"的事业，于是留下这个专有名词。这样推论，逻辑上没有漏洞。当然，作为中国人，看到连"死"这个词也是舶来品，气有点不顺。

和"嗝儿屁"类似，也带着戏谑成分的，是英语的"Kick the bucket"，它的字面意思是"踢掉桶子"。这一成语据说源自16世纪，当时执行绞刑，犯人要站在桶子（bucket）上，在脖子套上绞索，然后踢掉桶子，绞索随即拉紧，人被吊死，后来就被用在任何原因的死亡。

在报上读到名导演王正方回忆李敖的文字，它提及有一次和李敖吃甜点，李敖犹豫，可能怕有毒，说："你先吃。"王保证没事，并说："要是真的有事，我先吃了它马上就嗝儿屁了，这笔账怎么算？"李敖笑说："你比我年轻，身体又好，怎么会先嗝儿屁呢？"于是王正方下结论：李敖的妙语，很多确实蛮有趣，也有道理的；你看，我不是还没嗝儿屁吗？

总而言之，论"嗝儿屁"的理想境界，还是上文第一段提到的"粉丝"，如果就此大去，谁说不是极乐，尽管早了一点。

燃烧

近六七年来，我的生日前后，照例收到一封内容一模一样的明信片，语气谦恭、诚恳，开始时我没细看末尾的署名，光顾感动，哪位我早已忘却的同事或朋友，依然把一位普通得不能再普通的老家伙的生日记住呢？马上发现，是火葬场的市场部经理寄来的，推销"保证100%满意"的"×后服务"。我兀自大笑，扔掉。心里回答他：贵场把人"烧"得如何舒服，本人是没有感觉的。而且，阁下要提供服务，我是不那么急于接纳的。我明白，火葬并非垄断企业，它要和土葬业争生意。

昨天，读凯伦·阿姆斯特壮所著《神的诞生》一书，它引述的一个宗教故事，让我想起比"火葬"手续伟大得多的"燃烧"。故事是这样的：有一天，犹太人先知摩西偷偷听到，一个牧羊人和神随随便便地聊天。牧羊人说他要帮助神，不论在哪里，也要洗神的衣服，把虱子捉下来，并在睡前亲吻神的手脚。牧羊人祷词的最后一句是："你记得，我所能说的就是'啊呀'和'啊哈'！"摩西大惊失色，暗忖：牧羊人到底以为他在和谁说话？和天地的创造者吗？听起来像在跟他的舅舅呢！挨了骂的牧羊人感到后悔，郁闷地离开，到沙漠中游走去了。但是神斥责摩西。原来，神要的不是正统的言辞，而是燃烧的爱与谦卑。并没有所谓"正确地谈论神的方式"。

且看神的自述：在崇拜行为中，被荣耀的不是我，是崇拜的人本身。我不听他们所说的话。我看重的是内在的谦卑。那破碎而敞开的谦逊才是真实，而不是语言！把措辞抛在脑后，我要的是燃烧，"燃烧"。和你的燃烧为友，燃烧你的思想和你表达的方式。原来，人生本身，也可拿"火葬"来类比。火葬焚烧肉体，务必使之烧透；活生生的生命，其意义在于完全地燃烧。剔除

"燃烧"的负面元素，诸如吸毒、酗酒，被极端主义洗脑，精神病所导致的狂乱、放纵，如果你所从事的，是造福于人类的事业；如果你投入全副身心的，是你痴迷的工作或娱乐，那么，让自己从灵感迸发的"燃点"开始，尽情地烧吧！唯愈来愈高的温度，使灵魂产生不能预测的美妙"窑变"。

没有什么比生命力的全部释放更让人销魂。我们都佩服王国维为奋斗的人生拟定的三层境界：昨夜西风凋碧树，独上高楼，望尽天涯路；衣带渐宽终不悔，为伊消得人憔悴；那人却在，灯火阑珊处。其实，贯穿寻索的全程，成为永恒动能的，是丰盈的生命力。有了它，才有挫折中的坚忍，下沉时的崛起；在思想的茫茫黑夜，骤然升起缤纷的烟花。而燃烧，是生命力释放的唯一方式。再探究，生命力是怎样产生的呢？其一是自然之力，其二就是"爱和谦卑"的发酵与运行。梁遇春回忆徐志摩的随笔提到，徐志摩抽烟时向旁人借火，将之喻为"吻火"，这一意象可解读为：人与人的互动，就是火与火的交流。

"烧透"，人生就有了痛快淋漓；烧全，社会就有了人尽其才。且扫视人间，潜质极佳的神童，因主客观原因，成人以后并无建树；学有专攻的士人，在反右运动戴上右派帽子，进劳改场；在承平时代，也不乏懒惰、苟且、怯懦的人，从啃老到啃自己的志气。这些人，要么压根儿没机会"燃烧"，要么很不过瘾地只烧了一点毛皮。眨眼间，老境降临，徒然咒天骂地。

而"燃烧"的意蕴，岂止人在正路上的尽力、尽才、尽心、尽情、尽兴？人的完成，也靠燃烧。罗曼·罗兰的旷世巨著《约翰·克利斯朵夫》，其中的一部，名叫"燃烧的荆棘"，写的就是主人公在精神彻底坍塌后的自我拯救与复活。

凤凰再生，须从烈火涅槃。从宗教层面，不知"火葬"能否视为类似的象征？

"一座山要存在多久，才会被冲进大海"

　　路上，常常看到老夫妻，牵手的，挽臂膀的，并肩的，一前一后的，热烈交谈的，无言的，拌嘴的，穿情侣服的，搀扶的，匆忙赶路的，悠闲自在的——有理由假定，大多数是原配，婚姻长则"金子"（50年），"钻石"（60年），乃至因太稀罕连英文字典都没有起名的"70"年（已故名诗人纪弦先生和夫人抵达这个数字，他自行起名为"月光岩婚"）。想起2016年诺贝尔文学奖得主美国民歌手鲍勃·迪伦的名曲《风中飘荡》："一个男人要走过多远的路才被称为男人？/一只白鸽子要越过多少海水才能在沙滩上长眠？/炮弹要在天上飞多少次，才能被永远禁止。……"

　　如果随大流，用"神仙眷侣"一类简明的赞美词，便可把千差万别的漫长婚姻打发掉；若把这一类配偶的历程喻为电脑屏幕上一点，笼统地看的确大同小异，但只要"点击"，从流年检索到每一阶段、年代、月份；从具决定意义的转折点到平淡刻板的日常生活，就知道生命之水，大如江河也好，清浅卑微如小涌也好，都有波澜、回流、跌宕；未必没有过断流、决堤、改道一类危机。

　　一个老移民告诉我一个故事：20世纪80年代初，中国南方大都会的男子泽拿到留学签证，来到加州首府沙加缅度。他年近30，不会英语，和当时走出海关的中国人一样，身上只有40美元（国家只准换这么多外汇）；优势在外形，身高185厘米，俊朗挺拔，衣着朴素而整洁。第一年，他进语言学校学英语，课余在亲戚开的餐馆当帮厨。一天，在教室做作业遇到疑难，便向邻座的女同学琳求教，就此认识。泽可没有丝毫非分之想，连自己都养不活，谈哪门子恋爱？一来二去，长相甜美的琳暗暗喜欢上泽，她的英语基础远比初中毕业就下乡当知青的泽好，便邀请泽去她家一起做作业。

泽开花500元买来，专用于上班的二手车前去，在无手机无卫星导航的年代迷了路，更糟糕的是没了汽油，车趴在一个清静的社区。好在附近的人家看到，让他进屋打电话，把琳叫来。泽终于到了琳的家。琳一问，才晓得泽每一次加油，都以一元为限，因没有余钱，够上下班用即停止。琳听了心疼，说，以后尽管加满，钱由她付。泽这才知道来自台湾的琳，家境富裕，老爸让她带上70万美元，在美国买房子，做生意。

两个年轻人终于陷进情网，一年后结婚。琳出资，夫妇开一个承接机械加工的作坊，联手拼搏。不过五年，风生水起，买了厂房，建了办公楼，工人数百，身价数百万美元，从此跻身上流社会。

越10年，中国大陆改革开放潮流凶猛，泽只身回国寻找商机，太太掌管美国的生意。三年过去，泽回家的次数越来越少，小三怀孕半年之后，回来和太太离婚。接下来的20年，各自的命途再无交集，太太卖掉生意和产业，回台湾定居。泽几经沉浮，曾破产又崛起，退休之年勉强算小富翁，隐居太浩湖畔。今天，不知泽可会留恋加一元汽油的日子，琳会不会怨恨泽在事业巅峰期的背叛？我却有一假设，如果小三的肚子不大起来，泽迟早会甩掉她，回到原配身边。关键是琳"不知情"。

遍观天下婚姻，越是长久遭遇的变数越多，越是成功经受的诱惑越大。外人眼里完美的白头偕老，未必不带斑斑伤痕，不经过秘密进行的谈判，不存在宽恕或者惩罚，讨价还价或放人一马。

吊诡之处在于：好婚姻并非总是因为人如何柳下惠，而是没有被"捉个正着"。坚守婚姻的人，要么幸运地"被蒙在鼓里"（以偷情一方激情熄灭后回到原来轨道为前提），要么忍痛予以包容，要么彼此从一而终，那可是罕见的最大幸运。

如果你问老人们经营婚姻的诀窍，不如唱这样的歌词："一座山要存在多久，才会被冲进大海？/人要活多少年才能获得自由？/一个人要扭多少次头还是假装看不见？/我的朋友，答案在风中飘荡。"

定局

在唐人街的"檀岛"咖啡店，我坐下不久，老友B气喘吁吁地进来，连声说对不起。我哈哈大笑。刚才的误会太荒唐了。他疑惑地看着我，问："你看……我是不是患了老年痴呆症？"我带着没有褪去的笑意，念了他昨天写的绝句《雾失金门桥》："海风吹失金门桥？雾笛声中涌巨潮。触目骄阳何闪烁，人生几度看今朝。"念完，加一句："阁下是否染恙我不懂，但你负责作诗的那部分脑垂体绝对是灵醒的。"他放心了，问："那……怎么解释呢？""姑且称为'思维定局'。"

事情是这样的：我去唐人街一家手机店办业务，从店里打电话给B，请他来这里会我，然后一起去喝咖啡。他爽快地答应。我把地址告诉他：华盛顿街和市德顿街交界处。为稳妥，我问他能不能找到？他说："别开玩笑，我在附近住了20年，迷路才算奇迹。"我请他来这里有一用意，B是我所有朋友中，唯一不用手机的，多年来如此。月前他于气温骤降之际出门，突然发晕，在街旁独坐，不知如何是好。幸亏他熟悉的医生路过，护送他去诊所。我就这一事件严正警告他：过去身体力行"极简生活方式"，无可非议；但你如今已74岁，出门必须带手机，这是性命攸关的事情。这一次，我要他来手机店，是督促他和店员商量，怎样把座机号码转给手机。

B的家我去过，它距离手机店不过300步，闭着眼也能摸到。可是，20分钟过去，不见人影。我的手机响了，他打来的，说找不到我，只好回家给我打电话。我再次把地址告诉他，为确保无误，我走出店门，去街角核对街名铭牌。15分钟以后，他依然杳如黄鹤。他又从家里拨电，说我肯定说错了地方。我说看得清清楚楚。又是15分钟。我明白，他是记错街名了。我给他家打电话，说，我们改在"檀岛"见面。

他边喝咖啡边自责：太离谱了！我在"积臣街"转来转去，老以为这就是"华盛顿街"。我说，你这误会怕有很多年了，思维难以动摇；因自信过分强大，使你拒绝去查查街名。不过，犯错也不必以自杀谢天下，喝你的咖啡吧！

晚上，我给B打电话，告诉他：别以为老人才有这样那样的"定局"，我那不到4岁的孙女小A也有——她这样表演没有名字的"独舞"：

在客厅，她要求所有人在沙发坐好，如果有人站着她就不跳。然后，请她妈妈用手机播放音乐。随着《一个猴子床上跳》的节奏，她跳起来，臂和腕的旋转颇有泰国舞的味道，脚却是乱踏一通。我猜，较为规范的动作是幼儿园老师教的，其他的是她自己发明的。一曲奏完，她要我们"一起鼓掌"。四个大人——她的爸爸妈妈和外公外婆，遵命热烈鼓掌。她说不整齐。好，我们控制好节拍。她满意了。兴致更浓，开始跳第二支舞。这一回，要大家随她的舞步拍掌，以助声势。末了，在妈妈的指导下，她潇洒地弯腰，做了一个标准的谢幕礼。我们再次起劲鼓掌。

我说："可见凡事都有定式。老了，积累起来的'自以为是'，使人犯最低级错误；孩子们的定式呢，是大人教的，为了建立规矩。但二者在'固定'这一意义上，并无不同。"B在电话那头也笑了。他问："你把外孙女的逸闻告诉我，是不是要让我心里好过些？"我说："是。老了，快乐就是我们追求的'定式'。"

说 "听"

　　和友人在西餐馆吃午饭，全程毫无写头，尽管吃下肚去的"新奥尔良烤鸡翅"风味绝佳。值得一提的只是：虽老出了火候但好奇心不减的友人搁下刀叉，轻声问我一个奇怪的问题："听到邻桌聊什么吗？"随他的目光看，距离我们的桌子仅五英寸的芳邻——两位慈祥的白人女士，相对而坐，絮絮而谈，标准的美式英语悦耳是悦耳，但一句也不曾听进去，于是我摇头。友人说："我也没听到。"两人探讨个中缘由，结论是：彼是"外人"，我和同桌者从落座起就建立心理"屏蔽"，双方在自己的隐私空间相安无事。同理，20世纪70年代的上海外滩，由于住房严重短缺，供青年男女谈情说爱的空间有限，于是形成一闻名天下的景观——成百上千对情侣身贴身地坐在围堤上，彼此间并无空隙，各自捉对儿卿卿我我，自成一统天下。要问：情话不是被旁边的全听到吗？答曰：不会。因为耳朵都聚焦于"听"自家情侣。

　　习见的"听不见"现象背后，有所谓"水仙花情结"——希腊神话里的美少年那喀索斯，在池水中看倒影，被自己的俊美迷住，发疯般爱上另一个"我"，从视线到情感都摈弃了自己以外的人物。此情结具普遍性，区别只在程度。极端者是自我中心，李敖称"欲找天下英雄，只能对镜"，堪作代表，他把苏格拉底的名言"知道你自己"窄化为"只知道自己了不起"。中国老话"眼不见为净"，俗语"有听没有懂"，也指向这一类心理状态。

　　我之所以思考这一属"人性"的问题，是因为一桩事：在华人聚集的咖啡馆，听到一位老人说"这两天我丢了十块钱"。他的伙伴问缘由，他解释：乘巴士去唐人街，单程票价为两元五角，这两天他因天雨没去。伙伴反驳：赔什么赔？你早已超过65岁，受到优待，乘市内任何公共交通工具均免费。其实，他的"丢钱说"意为：两次乘车来回，共值10元，一如"在手不用，过期作废"的权利，不坐车便吃了这么多的亏。

如此说来，人一旦过分注意自己，便容易陷入"水仙花"陷阱，难以做换位思考。而人际关系的和谐，基础就是同理心和同情心。你姑且做一次"别人"，从对方的立场出发，就明白，从前诸多的不顺眼、不中听，如果对方并非都理所当然，至少也站得住脚。小孩子被大人牵着逛商场，一路上闹别扭，要马上离开。大人不明白，手拿气球，在琳琅满目的货架间逗留，这么有趣，还不满足？大人如果不下蹲，以和孩子的视线相同的高度看，怎么晓得小孩子所见，只有大人们的腿部，货架的底部，一点意思也没有？

"自我中心"群体，不但无从"善解人意"，也绝难客观地看自己。他们万般怜惜、欣赏、爱护自身，最大的受害者，恰是自己。一厢情愿地营造的私密天地，囤积在内的"奇货"，无非宠爱自己的父母一些毫无节制的夸奖，朋友们言不由衷的谀辞，自己筛选过的"网络评语"，在虚假的范围维持冰山一般的自我感觉良好。

我想，餐馆用餐时听不到邻座说什么不是大问题，不从自我走出来，却大大碍于心理卫生。

第三辑　良知的『颜色』

良知的"颜色"

王阳明在庐陵担任县令时，抓到了一个罪恶滔天的大盗。王阳明亲自审讯这冥顽不灵的家伙，他一副死猪不怕开水烫的架势，说："要杀要剐随便，就别废话了！"王阳明说："今天不审了。天气太热，你把外衣脱了，我们随便聊聊。"大盗说："脱就脱！"过了一会，王阳明又说："不如把内衣也脱了吧！"大盗也照办了。过了一会，王阳明说："不如把内裤也脱了。"大盗慌忙摆手说："不方便，不方便！"钱穆先生引这个例子时指出，内裤就是大盗尚未泯灭的良知。

更普遍地看，良知是以"颜色"为标志的，它是什么呢？张岱所著《快园道古》中有一则："一士人从王文成学，初闻'良知'，不解，卒然问曰：'良知何色，黑耶，白耶？'众弟子皆笑，士人惭而面赤。先生曰：'良知非白，非黑，其色正赤。'"如此说来，脸因羞愧而变得通红，是因为不曾把良知全喂了狗。

想起一件小事：数年前的一天，上午10时多，在旧金山滨海住宅区的大街上，一位60开外的同胞，正对大街小便。我在对街看得清清楚楚，不敢相信自己的眼睛。我起先以为他的神经有毛病，再看，他拉上裤链后，弯腰提起一个购物袋，袋子里满满地盛着蔬菜和肉类，足见是正常的家庭主男。他在水泥路面留下一摊带泡沫和异味的液体以后，步履轻松，扬长而去。

我望着他的背影，久久才回过神来。过了好久才想通，他此举不是即兴，而是权衡过利害方下决心的。首先，殆可断定，他和大多数老年人一样，前列腺有问题，尿频，尿急如影随形。他如不想尿湿裤子，必须就地解决。有两个选择，一是面对人家的墙角撒，但这个时间，屋里可能有人，听到声音开门出来，破口大骂乃至扬起扫把驱赶怎么办？万一碰巧是熟人，尤其是女士的家门口，脸上更输不起。二是对着大街撒。大街是公共的，只要警察不来，闲杂人等是不会干预的；不过，行人和汽车里面的人都看到，要牺牲"色相"。这位老先生倚老卖老，豁出去了。可见，撤掉"羞耻"的底线，人可以干出格的事。一如对鬼神没有丝毫敬畏，不复怕"报应"的小偷，斗胆砸开观音娘娘庙的功德箱，把善男信女捐的钱席卷而去。

男人的私处，露与不露，系乎羞耻。但又不能一概而论。刚刚看了一出美国出产的电影，男主角30多岁，外表俊朗，身体健硕，从前是成人电影中的当红角色。如今他醒悟了，告别赤身裸体上演"妖精打架"的不光彩生涯，报名出演正派电影，宁愿当小小配角。可是，试片时并不顺利，尽管在镁光灯下表演他早已轻车熟路。让他大出洋相的一个镜头，是他"入戏"之际，竟然听从下意识的指挥，把内外裤子脱掉。虽然马上醒悟，穿回裤子，但知道全演砸了。由此可见，进入特定的环境，或已成积久相沿的风俗习惯，羞耻心是可以退位的。在公共澡堂，老少裸裎以对，无人会感到脸孔发烧。

在人人讲究"文雅"的环境，谁不小心在聊天时漏出脏字，将遭到白眼，本人会脸红，更不必说往地毯吐痰，当众脱掉袜子抓痒。去年，有人把一位老画家流传极广的段子热炒："我的感情生活非常糟糕，我最后一次进入一个女人的身体，是参观自由女神像。"其实，此名言的原创者是美国著名导演伍迪·艾伦。比张冠李戴更不堪的，是这一段子品位低级，徒然引起空洞的哄笑。不是说，段子绝对排斥"性"，而是说，段子要维持良知的底线。原来，如今"逼""屄"满天飞，根子在于：我们把遮挡脐下三寸的布料，堂而皇之地撤掉了。

总而言之，让良知的"正赤"色不变，总归是好事。

长寿是一种天才

谁不想长寿？首选当然是"既长寿又不老"，即老得长久、健康、幸福。然而谈何容易？质言之，长寿乃是一种天才——天纵之才。活多久并非人的主观所能决定，尽管本身（从遗传基因、性格到生活方式）是最重要的条件之一。人越老，依赖的外在因素越多，单看一种现象——据统计，现代的美国，老人超过30%的死因是摔倒。你当然可以告诫自己小心再小心，然而，年龄愈老，这类预防愈像"说了半天等于什么也没说"的警句，就像尽可能地不穷，尽可能地不病……对死亡的恐惧，是终极性的，面对死神，谁洒脱得来？有人开这样的玩笑："这恐惧，恐使上帝也信无神论。"

既然长寿取决于自身与外部全部条件的"合力"，大部分并非本人可予控驭，那么，换个思路。何谓长寿？把一辈子好好过完就是长寿。什么叫"好好过"？一样米吃百样人，答案千差万别，较为简洁且放之四海而皆准的是不是这样——活法是"你想要的"。不可能生命的全程都按个体的主观意志进行，只冀求大节上、主体上不偏离，而且以"你想要的"合乎常理，也不动辄在人生路向上急转弯为前提。

准此，"好好过"应是在和平、安宁、富足的环境，健康、快乐地做"自己"。马上有人反驳：大战爆发，自然灾害发生，家庭和本人发生意外变故，局中人的"长寿"不就泡汤了吗？是的，属于全民族或群体的悲剧所在皆有，远一点有二战、日寇侵华，近的有"文革"，有地震灾区。在那种态势下，人活下来就是胜利（王鼎钧语）。好在，目前我们得以身免，于是有了探讨"怎样活"的空间。也只有在正常的社会，"你想要的"人生才有践行的可能。

　　我以为，"想要的人生"是自由的。你立志做怎样的人，只要不损害他人，不触犯正常社会的法律，你就尽情挥洒属于你的人生。要当探险者吗？且去征服险峰。要发大财吗？且去积聚第一桶金。要扬名立万吗？且去求知。要当美国总统吗？且去竞选社区的教育委员。但是，这仅仅是一个方面，芸芸众生，不是谁都当得了名人，也不是谁都非要衣锦荣归。当一个忠诚的配偶，称职的家长，受信任的打工仔，何尝不是学问？

　　我以为，"想要的人生"该是充实的。逝者如斯，时间总在推移，叫你将来扼腕叹息的，是你自己没有主动地给日历的每一个空格填上你的追求、你的奋斗和收获，哪怕是一连串的失误。所以，你须从目前而不是从将来一个假设起步，去实现你的目标。

　　我以为，"想要的人生"该是均衡的。青春是狂热的，常常失诸过激；中年是稳重的，容易因腻于陈旧而征逐刺激；老年是淡泊的，但会被偏狭和妒忌所蒙蔽。以经验为根底的预见是必须的，从彩虹般的热恋看到家庭责任，从外遇的新鲜感看到它退潮后的丑陋。

　　我以为，"需要的人生"该是理性的。生命每一个阶段，上帝的设计都是近于完美的，施工是否正确是另外的问题。青年要奋力进取，中年要善尽责任，老年要对世界回报善意。

　　梭罗说："青年人收集材料，要造一座桥通到月球上，或是也许在地球上造一座宫殿或庙宇，而最后，那中年人用这些材料造一间木屋。"请注意，语中的"材料"，该是生命力——充沛的、均衡的、理性的力量，凭借它，我们可以打造自己想要的人生，从而实现长寿，不管长短。

立像与胸像

近50年前当知青的日子，"战备疏散"运动中自省城回到乡村的友人，把珍藏的日本学者厨川白村著、鲁迅译的《出了象牙之塔》一书借给我。徘徊歧路的青春期，它在我决定精神走向时起了关键作用。今天重读的是台湾志文出版社于1978年出版的，译者为金溟若。云淡风轻之年读书，和接受启蒙的混沌期自是不同。灵魂备受强烈震撼，煤油灯下的寒冬黎明，读出泪一把涕一把的画面无法再现，但书依然亲切而冷峻。尤其叫我惊喜的，是书中介绍英国大诗人勃朗宁名作《立像与胸像》的章节，令我分明记起当年的感动。

这首史诗说的是：数百年前，意大利佛罗伦萨的贵族世家利卡尔迎娶新娘。当天，新娘子从高楼的窗口俯瞰，白马银鞍的贵公子在广场上缓辔而行，她红着脸问侍女那高贵的公子是谁。侍女告诉她是斐迪南大公。斐迪南大公也探询她是谁。就在短暂的深情对视中，两人的爱情苏醒了。当天晚上的新婚宴会，大公也出席了，按宫廷礼节，他给臣下利卡尔家的新夫人赐以一吻。仅仅是瞬间的接触，敏感的新郎却看出了玄机，于是在洞房向新娘下令：至死不得跨出家门一步，只能从东窗口眺望尘世。

新夫人嘴里答应，却下定决心化装出逃。但明天走不得，因为爸爸要来，且多待一天。何况明天仍可看到大公打窗下经过。大公也是这样，起先计划以非常手段把那新夫人勾引出来，但今晚不行，得去迎接法国的使节，姑且从窗下仰望她的风姿。第二天，大公以闪着爱情的眼神作为自由之吻，窗口的夫人默默接受。明天又明天，总有拖延的理由。一年又一年。直到夫人长出白发，额上出现皱纹，她惊觉青春迟暮，便叫来陶工，为她塑造了一座胸像，放在平日俯瞰情人经过的位置上。大公也请来名匠，把自己的马上雄姿造成黄铜的立像，安放在每日经过的广场上。

厨川白村以这一故事，痛砭日本社会不彻底、妥协、敷衍的痼疾。我当年读得热血沸腾，放下书本，数九寒冬的拂晓，赤膊冲出家门，井台旁以冷水从头上浇下，可惜只坚持了一个星期。今天读它，却没去反省平生因拖延而耽搁而失败的诸多憾事，为了中西药房均不卖"后悔药"的缘故。

我姑且避难就易，另做发挥。其实，我们下意识里都是要"立像"的。先是选取生命的"华彩乐段"，予以美化、纯洁化，而忽略其幼稚、浅薄、贫困、愚蠢和暴力。然后，祭奠，追怀。近年来方兴未艾的同学会，纪念册中的老照片，被定格的"芳华"便是"立像"和"胸像"，我们流连于早已消逝的勇猛和靓丽。一如出镜必盛装加浓妆，为了将"最好一段"与忧患中年、淡漠老年隔开，聚会时严格规定，不炫财富与地位，不谈儿女与孙女。

而"立像"之为第二度创作，不会照搬青春痘和茫然的眼神，背景没有知青"集体户"的贫困和绝望，使得当年不堪的种种均排拒在微信公众号之外。这还算是良心没全喂了狗的，荒唐的是有些人，还得意扬扬地给"立像"戴上红卫兵袖章，给"胸像"贴语录本。

我见多了老人们在纪念册、聚餐会立的五花八门的"像"，只想说一句：好是好，但如果不加入反思，总结一代人的歧路、遗憾、错误，让"像"成为路标，甚而成为"此路不通"的警示牌，那么，它除了自恋，并无更大价值。

"你能说一天不过么？"

　　在经典话剧《日出》里，破窑子的三等妓女翠喜教训哀叹"我实在过不去了"的小东西："妈的，人是贱骨头，什么苦都怕挨，到了还是得过，你能说一天不过么？"我读到这里，有如驾车时不经意间在马路凸起处被狠狠颠了一下，神经耸起，暗想，这里藏着什么。

　　此语说的是"日子"，专属穷苦人的，每一天都心惊胆战，焦头烂额。"日子"即时间，是怎样君临的？我们早已惯于把它的形态定义为"水"，梭罗说："时间只是供我垂钓的溪流。我饮着溪水。我饮着溪水时望见了它的沙床，竟觉得它多么浅啊！"然而，翠喜的台词里，"时间"这一意象，有如模样固定、外观粗糙的沉重"砖头"，它的到来，和墙上的日历牌——纸质日历，每一张都呈长方形，若加上厚度，便和"砖头"近似——同步，以"天"为单位。

　　天天如此，黑夜过去，晨曦初露，"砖头"一般的时间就"砸"来了，不存在欢迎不欢迎的问题，这就是"到了还是得过"，你难道能"躲"不成？孟子云："日月有明，容光必照焉。"（太阳、月亮的光，不放过每一条小缝隙）。时间的渗透力亦然。不是毫无办法，比如，效李白，会须一饮三百杯；更不堪的是吸毒。逃避和阳光一起透过窗帘，逼近眉睫的现实，无非是要躲开时间，效果当然是零，乃至负数，除非服用过量，翘了辫子。

　　那么，开始"过"吧！简陋的宿舍里，闹钟响了，打工者打着惊天动地的呵欠，从床上爬起，揉揉眼睛，洗漱，上班去。流水线上极度紧张的操作，千篇一律，因了无刺激而容易麻木、疲惫，然而必须振作，一走神就出错，小则扣薪水，大则出事故。一天8到10个小时，赶货时还要加班。时钟走得那么慢！如果仅仅是鸡肋一般的打工，拖着疲乏的身子下班，把自己放倒在床上，"一天"算是有了交代。然而，人生比起"产品"复杂多了。和配偶的感情问题，远在家乡由年迈父母照顾的儿女的问题，父母的问题，身体的问题，和同事的关系，和刁钻的领班、苛刻的老板的关系……一家子住在出租屋，问题就少了吗？孩子去哪里上学，学费怎么办？哪一天不烦心？菜市的货物都涨价了，乡亲结婚的请帖一下子来了三张，丈母娘的70大寿快到，微信群的群主骂我不回帖。

又用得上希腊神话的著名典故：时间这"砖头"，就是西西弗斯每天推上山的巨石。早上撕下当天的日历时，巨石又滚下去了。好吧！再次铆足全力推，推。请注意，当西西弗斯放手，任巨石滚下山底，他返回山下，再次推石。这片刻的停顿，被哲学家加缪赞为"伟大"，因为它说明：下山和上山的每一步，都是自我选择的结果，在不可阻挡的命运面前，借此展现自由意志。

那么，何不爽快地把"砖头"接过来？我的母亲，在困顿的20世纪50年代，惶乱的60年代，轻贱的70年代，养活六个儿女，凭借的就是这一口头禅——"明天天不亮吗？"那时，兄弟三人正在长身体，特别能吃，在春荒的乡村，一天只吃两顿，每顿都是木薯粉搓的丸子加豆角叶，到了晚上饿得流清涎，勇敢的三弟代表全家，要求当家的母亲恩准做夜宵。母亲就以这句"真理"挡住，我们只好在床上，静静地听肚皮咕咕叫。艰难日子就这样熬过去。是的，明天大早，饿醒了，打开家门，鸡声起落，榕树下伸展年轻的躯体，东边的云霞如锦，万古不易的希望的太阳又会升起。

时间如砖，我们务必不省略，不错过每一块，以它们砌就坚实的人生，建起属于自己、也属于家族和人类的居处——物质的和灵魂的。

"书卷"与"故人"

爱读书的国人，很少不知道"书卷多情似故人"，它是明代于谦七律《观书》的起句，全诗是："书卷多情似故人，晨昏忧乐每相亲。眼前直下三千字，胸次全无一点尘。活水源流随处满，东风花柳逐时新。金鞍玉勒寻芳客，未信吾庐别有春。"写尽对书的热爱，读时生命力的充沛，心境的清新宁恬。最后傲视醉心征逐的富贵人物，豪迈仅次于"虽南面王不易也"。以书卷喻故人，如泛指，是书的全体；但我宁愿看作特称判断，够格喻作情谊漫长的"故人"的，该是"已读过的好书"。

多年前读过这一著名典故：狄更斯的小说在英国大热之际，美国人也发了疯。每一次，载着刊登狄更斯作品的杂志的轮船即将靠岸，聚集于纽约码头的粉丝，向大西洋的浩渺波浪，翘盼，雀跃。据模糊的记忆，被疯抢的是长篇小说《大卫·科波菲尔》。今读毛姆的《阅读是一座随身携带的避难所》，本事是这样的：狄更斯因写作而功成名就，刚摆脱经济上的困境，一家就搬进富人区，花大钱置办家具，雇请厨师一位，仆人四位，他和妻子各有一辆马车，家里晚宴常开，宾客盈门。为了应付巨大的开销，他创办了一种名为《汉弗瑞少爷之钟》的刊物，在上面连载小说《老古玩店》，一时间所有人对它津津乐道，连几位大文人也被它的"哀婉和伤感"迷住。小说里可怜的主人公叫"小耐儿"。纽约码头上的"狄粉"对着正在下锚的轮船高喊："小耐儿死了没有？"

狂热如此，堪称"岂有此理"，一本与自己漠不相关的书，里面的人物，与你生死与共，你为他们的不幸遭际流下无数泪水。读者和作者的关系，除非彼此认识，有交往，有了解，从而使互动带上功利计算的，就书论书，这算得天地间最纯洁的关系。"多情"到这个田地，确实只有"相见泪汪汪"的"故人"可比。

且搜索记忆，这般的"故人"几许？青春年代，普希金的《欧根·奥涅金》、歌德的《浮士德》、罗曼·罗兰的《约翰·克利斯朵夫》、屠格涅夫的《罗亭》、托尔斯泰的《安娜·卡列尼娜》、艾青的《大堰河》、郁达夫的《春风沉醉的夜晚》……如果说，读上述名著，淋漓尽致的痛快或痛苦不超过一个星期，那么，《鲁迅全集》让我喝的是后劲漫长的醇酒。唷长篇的记录，创于知青年代的残冬，窗外阴雨绵绵，埋在半塌的破藤椅上，从大早到暝色涌入，除了吃饭和解手，没有挪过，一口气读完车尔尼雪夫斯基的《怎么办》，似乎不少于500页。

然而，中、晚年发现，这些与初恋相似的书，如今读来另有一番滋味。打开《茶花女》，它成了难以忍受的"酸的馒头"（Sentimental）。我为此苦恼，是自己长进了，还是倒退了？不知道。唯一知道的，是"多情似故人"一说嫌太粗略。

直到我多次参与同学会的聚会之后，才恍然悟出道理。半个世纪前同一个教室的男女，如今已白头，又走到一起，何其激动！可惜，暖心的篝火，柴薪有限，同窗数年的记忆，尽管多姿彩，多感慨，引出纵横老泪，但总有耗尽的一天。然后，人生观的重大差异暴露，对诸多现实问题的分歧，对历史人物评价的两极，不但难以调和，还伤了面子。吵过架以后，不能不佩服古老的洋谚："入住家里的朋友有如鲜鱼，只能保鲜三天。"

原来，在多数情境下，"书"和"故人"都是易耗品。美好是短暂的，往往是一次性的。

说“穷途”

说到“穷途”，首先想起魏晋名士阮籍，史书说他“时率意独驾，不由径路，车迹所穷，辄恸哭而返”。这种自虐的荒诞行为，带上卫星导航设备的司机，不会犯了。我刚才和一位至交谈的“穷途”是另外一种——不会“哭而返”的末路。我和他都过了70岁，谈它，自认具备资格，也不无必要。

人生的最后一段，必然是这样：摈除了所有的身外之物，如财富、地位、名气、爱人、仇敌、媒体；以及相当部分的身内之物，如嗜好、胃口、正常的进食与排泄；常常地陷入昏迷、睡眠或半明半昧，在乎的仅仅是呼吸顺不顺，能不能看到户外的太阳，食物能不能下咽，“尿不湿”湿不湿屁股。其次是疗养院的护工温柔不温柔，亲人来不来探望。若问，碰巧瑞典皇家学院派员把诺贝尔奖证书送进病房，而获奖者正在注射一种药物，他会不会拔出针头，跳下床去，光脚出迎？我和老友都没兴趣回答，因为这等事功，再辉煌也基本上属于“身后名”，尽管早了一点儿。

是的，不管你正视还是背过脸去，最后一段“穷途”不好走，除非因没有预警的急病如心梗、意外如车祸而去。广东人有一咒语，曰“扑街”，意思大抵是“在街上倒地不起”，干脆而洒脱的死法被引申为“糟糕”，实在是明珠暗投。然而，死是永恒的终极的无解之题。唯一的解脱是升华至宗教的境界，让灵魂不随肉身完蛋。

把“穷途”谈“穷”了的老人，把话题掉回头——回忆早已把这末路走完的祖宗。友人说，他的母亲去世那年84岁，他自己离那个岁数，还有五年。我说，“大限”是老天爷定的，这个数字没有参考价值。他表赞同，又说，他皈依佛门的母亲临近辞世，十分平静，对儿女说：“谁都不能赖着不走，迟早都要上路，悲伤有什么用？"

比起友人寿终正寝的慈母，我的外祖母没那么幸运。我记得，最后一次看到她，是土改进入高潮的1952年或1953年，我才四五岁。她从十多公里外的村子来我家，坐在厨房里的高凳上，一个劲地拭泪。母亲弯下腰，和她说悄悄话。不久她离开了。几天以后，母亲的娘家来人报告，外祖母上吊死了。她的死因，我到多年以后才从外曾祖母口里知道：农会把从旧金山告老还乡的外祖父划为富农，逼他夫妇交出"浮财"。外祖母把家里所有首饰交出，农会的人硬说她还藏着，一连多天斗争，逼他们跪碎石子。她来我家，是把我满月时送的贺礼如金项圈、银手镯全部要回去，上交农会。但农会还说不够数，她只好以死了断。

友人陪我叹了一阵气，说，咱不提晦气的，我的婶母在乡下，只字不识，劳累一生，晚年最热衷的，是栽树，她买来树苗，带家人在村头挖坎，小心种下，加上围栏，三天两头去照料。我问她图个什么，她骄傲地说："我要让世世代代的村人晓得，树是我家太祖母栽的。""老人家说到这里，咧开掉光了牙齿的嘴巴，笑容显出无限的向往，恨不得马上享受后人的追念。"友人说，"我到老才弄懂，老人家无意间道出了崇高的人性。"

于是，友人把"在世间留下点什么"作为进入穷途之前最值得经营的事功。如此说来，实体如学校，如门楼，如亭榭，如基金会，如诺贝尔奖；虚的如书籍、如艺术品、励志传说，乃至一句"名言"便是。洋谚"好人固有一死，然死不能剥夺其声名"，说的也是这个道理。

"不变"与"变"

古希腊哲学家赫拉克利的名言：人不能两次踏进同一条河流。宇内万物，变化是绝对的。唯一不可变的，就是"变"。纷扰尘寰，充满令人眼花缭乱的"变"。但是，细考五花八门的变，发现其中一部分，是为了不变而变的。变的是外表，是形式，是手法，不变的是内核，是中心，是灵魂，甚而是某种难以名状的意念。当"不变"难以维持，"权变"就用得上了。

正面的例子是母爱。如果你以为这种动物界普遍存在的天性，只有温柔的呵护一种形式，那就太狭隘了。中国古来就有谚语：打是疼，骂是爱。深夜守一盏灯，等候迷途的浪子，是母亲；把孩子赶出门，让他们闯天下，不混出个头脸不准回家的，也是母亲。小乖乖、宝贝、心肝肉儿唤个不停的，是母亲；百般诅咒，恶毒如巫，势同水火的，也是母亲。2017年面世的好莱坞电影《我是唐亚》，以20世纪90年代闹出打伤竞争对手丑闻的花样滑冰名将唐亚·哈定的人生实录为蓝本，其中最引人注意的角色，并非主角哈定，而是她的虎妈。这位单身母亲、餐馆侍应生、老烟枪，把才两三岁的女儿送去学滑冰，从此，这么多年下来，冷酷，严厉，吝于说半句好话。一次，女儿参加至为关键的选拔赛，一男人在哈定出赛前，从看台上吆喝、咒骂，竭尽泼冷水之能事。原来，他是母亲出钱雇来的，为的是从反面给生性不服输的女儿加油。

反面的例子更多。且说野心。我们见惯了各种"坛"上的变色龙。观察一个名人，顺其行迹之"藤"，摸内心之"瓜"，不难发现，水火不容的两种言论和行为，出于同一个人，表面看，是"两个极端在尽头处碰面"，深一点探究，他从头到尾贯穿的是名利心、功利心。说好听，是这辈子干一番"轰轰烈烈的事业"，说不好听，是非捞够不足以慰此生。为此，灵魂、良心，是可以按市价出卖的。至于低端人群，因天生的卑微，大抵不足与言"功名"，他们也善变，为了养家活口，或仅仅为一个馒头。

华盛顿的政客看惯了同僚的势利，感慨系之地宣称，宁愿和狗交朋友。我从梭罗的《瓦尔登湖》读到诗人希克·萨迪的一段话，它所谈的是树木的变与不变。大意如下：

有人问一位智者："至高无上的主种植了众多高大浓密的名树，没有一棵被称为Azad或自由的树，除了柏树。柏树却不结果，这里面有什么神秘？"智者回答："每棵树都有它相应的果实和季节。合乎季节则茂郁而开花，不合时宜则枯萎凋谢；柏树却与众不同，它永远苍翠，具有这种本性的得称为Azad，宗教的独立者。——你的心不要固定在变幻不定的事物上面，因为底业拉河，或叫底格里斯河，在哈里发部落绝种以后，仍然经过巴格达奔流而去的；如果你手头上很宽裕，要像枣树一样慷慨自由；可是，如果你没有什么可给予的呢，那就像柏树一样，做一个Azad自由之人吧。"据此看来，除了狗，我们还可与多产果实的枣树、傲然独立的柏树做朋友。

然而，狗也好，树也好，拿来寄托情怀犹可，与之交往是困难的。古往今来，认真贯彻的似乎只有"梅妻鹤子"的诗人林和靖。于是，我们仍然和"变"的人寰周旋，明了其变和不变的玄机，则多了同情和悲悯。

至简史

某日，与友人徜徉于旧金山海湾之滨，坐在礁石上。我穷极无聊，往大海抛下一块鹅卵石之后，对熟读史书的友人道："请试说出你所拟定的'至简史'。"友人疑惑地看着我。我进一步："用一句话，效法哲人以'一切都会过去'概括时间史。"

友人清清嗓子，说，先给你说个故事：

在波斯国，继承父亲王位的色米尔王子，即位时尚年轻，下决心不当"不通史"的王，遂召集全国学者，要他们编纂"完备的世界史"。20年后，学者们率12匹骆驼，每匹驼史籍500卷，共6000卷献于殿前。勤于政务的王虽在年富力强的中年，却嫌太多，读不完，要缩短。学者们又案牍劳形20年，缩为1500卷上呈，并奏闻要点均在内。已老去的王说还要缩短，并须尽快完成。这一次仅费了10年，历史缩为500卷，装在象背上进宫。老王称来日无多，必须更短。又过了5年，学者们挂杖进呈一巨册。气息衰微的王说，我已行将就木，终做了不知人间历史的君王。老学者说："陛下，臣可提炼出三语，曰：生与苦与死。如此而已。"

友人说完，也往海波远处投出一颗鹅卵石。他看着圈圈波纹，问："满意乎？"

我避而不答，想起太史公的名言，"天下熙熙皆为利来，天下攘攘皆为利往"，想起历史的另一个名字——相斫书。最后苦笑着承认，我提出的问题何等愚蠢。除非讨巧，谁写得出一语中的的"最简史"？把漫长的人类史（据说，它的书写者如果不是全部，也有相当多的胜利者）凝缩为生、苦、死，也近于"什么也没说"。

　　我突然理解了中国的大诗人，到了该下结论的节骨眼，为何"转过脸去"。老杜看到鸡的可怜状，写了《缚鸡行》，以"鸡虫得失无了时，注目寒江倚山阁"结尾。到这份上，你还好意思问他如何解决"鸡的问题"？苏东坡游赤壁，发一通思古之幽情，以"人生如梦，一杯还酹江月"交代。

　　友人解释，历史之所以难以"一言难尽"，原因在于它的线索太多。任何重大事件，无论是链条状还是洋葱状，都是众多因素的结果。史家无法将"因"毫无遗漏地罗列，而须有所选择。一旦选择，自身的局限就显现，就免不了挂一漏万，顾此失彼，此所以被萧伯纳誉为"19世纪后半期英国最伟大作家"的塞缪尔·巴勒尔说："上帝不能改变历史，但历史学家能。"

　　我不罢休，又向友人提出：你无法简化一团乱麻般的历史，那么，退一步，且缩小到个人的传记，可能写出"至简史"？

　　他反问我，你能不能给街上任一个行人贴这样的标签：好人、坏人、圣人、奸佞？我摇头，说，那么，为了满足你"凡事向中间靠"的习性，加上"亦好亦坏人"如何？

　　他说，他具体到个人史，这样的内容较具可信性：针对同一事件，自己所写，与旁人特别是敌人所出均大体近似的部分。其他的，最好多方验证，或让时间长久地沉淀。

　　然后是沉默。西边的天空，白云轻轻飘移。我站起来，向海水走去，要看个真切。不料过分投入，没注意脚下，石头松动，下滑，我差点摔了一个仰八叉。友人说，云如果是历史，那么，你这个动作，是过分天真的写诗者才做得出的。"君问穷通理，渔歌入浦深。"负手看我的友人轻吟了两句王维诗。

　　良久，左侧的金门大桥一带，晚雾涌起，巨龙般从桥下翻卷，滔滔侵入海湾，眼前一片白茫茫，数十英尺外一切被隐没。我突然记起为船只做警示的雾角。那沉雄的呜呜声20年前是常常听到的，在电脑时代却消失了。

尺度

2018年3月初，纽约布碌仑区一公共停车场录下的数分钟视频，贴在网上以后，马上被转发上百万次，引起海内外华人的热议。它的内容是这样的：拍录视频的年轻人（也是华裔）的车子欲开入一个停车位，一位华裔女孩挺身而出，站在停车位上阻挡，声称她发现于先，应由她停车。然则车呢？女孩说车正在开过来。拍摄者指斥其非：岂有人占车位之理？她就是不走，两人吵起来。稍后，女孩的母亲加入，长辈就是长辈，她的神情是鄙夷加上愤怒：你这个人怎么这样横呀？这车位是我们先占下的！女孩指着身后的停车位说，那里有一辆车刚开走，你可以停到那一边。拍摄者偏认死理，非要这一个。双方相持不下，害苦了后面的车子排成长龙，动弹不得。最后，另外一同胞过来，双方取得谅解，拍摄者驶离。纠纷落幕。

这一类在都市频繁发生的小过节，如果不是拍摄者不满对方的霸道，立此存照，事过也就了结，反正不是刑事。但视频放到网上，丑闻传遍全球，英语并无中国口音的霸道女孩一天之间变为炙手可热的"网黑"（姑且把与之相对的"网红"当作正能量）。叫人奇怪且欣慰的是，针对这对奇葩母女，网上舆论是少见的一面倒——斥责，在别的事情上斗得死去活来的同胞们，终于同仇敌忾起来。停车位的先到先得，指的是车，而不是人肉。这不算复杂的共识，大家取得了。

说到根子上，这是颇具典型意义的东西方文化冲突。母女俩所身体力行的，是一半的中国人情学加一半的丛林法则。"人情"用来撒娇、诉苦，以"情"逼或诱对方"法外施仁"。讨厌！我们的车子快到了嘛，找停车位这么难！体谅一下女性嘛！"丛林法则"是用来要蛮的，偏要霸住怎么样？有胆量撞过来呀！不料对手坚执彻头彻尾的洋式——唯规章是问，决不通融。母女俩拿中国尺量外国的法，不可谓不是歪嘴和尚念经。

中国的"情"和"法"较劲，在海外是这样。在国内呢？且看一个有趣的现象：首先是"名"的问题，然后是由此引起的差别待遇。日本历史学家高岛俊男的著作述及，李自成的农民起义军攻占洛阳以后，作风出现一百八十度的转变，从"以掠夺子女玉帛为目标的流寇"升格为"以夺去天下为目标的大盗"，在洛阳没有掠夺任何金银财物，没有杀伤一般百姓，也没有侵犯妇女。还把福王府仓库里一部分粮食和财物分发给民众，因此受到民众的热烈欢迎。

高岛俊男就此发表议论："盗贼要获得人气是比较容易的，因为不需要本钱。"原来，人们揣着两把尺子，一把量盗贼，一把量君子。前者极为宽松，"不掠夺别人的财物根本就算不上什么特别高尚的行为，在正经规矩的世界，那只是理所当然的事情而已。那样的行为就能被人说成多么高尚、多么了不起，盗贼可真占了便宜"。后者，要讲修治齐平，稍有不慎，即遭万人唾骂。"文革"年间某饭店制定"服务公约"，有一条曰"不打骂顾客"，把量流氓和红卫兵的尺子，用在服务行业，成了笑柄。前段时间，传说某地为教师制定行为准则，把"不调戏、强奸女学生"列入，该是无聊者的恶搞。

大体而言，国人在国外欲用本国尺，容易犯错。在国内，尺须细化，各有各的用场。

"张味"

夏志清教授所著《张爱玲给我的信件》一书，收入一封张爱玲写于1965年的信。是年，夏的胞兄，任教于加州大学柏克莱分校的夏济安因中风不治，得年不足60。张得悉噩耗很迟，但信"极为感人"，里面一句"近来我特别感到时间消逝之快，寒飕飕的"，夏公说它"极有张味"。同年，张爱玲在另一封信上又说："近来时刻觉得时间过去之快，成为经常的精神上的压迫。"

王德威教授为本书所写的《代跋："信"的伦理学》中说道，1991年，夏志清自哥伦比亚大学退休，张爱玲来信祝福，却是这样写的："我在报上看到《桃李篇》，再圆满的结束也还是使人惆怅。"王德威叹曰："又是一句张腔。"

这么看来，所谓"张味""张腔"，就是"伤逝"。光阴的匆迫，故人的辞世，世事的无常，实在叫她感到"寒飕飕的"。天翻地覆的革命临近之初，年轻的张爱玲已有预感："时代是仓促的，已经在破坏中，还有更大的破坏要来。"到了晚年，她孑然一身，在洛杉矶忙于两件事：病和搬家。她老认定公寓有虫害（其实是老年瘙痒症），无法久住；从她给夏公的信，极难找到"喜事"和"好心情"。更不可思议的，是从1984年到1987年三年，她收到夏的多次来信，却没回过一封，直到1988年10月，才回信解释。原来，这些年，因病而忙且累。"天天上午忙搬家，下午远道上城，有时候回来已过午夜了，最后一段公车停驶，要叫汽车。剩下的时间只够吃喝，才有收信不拆看的荒唐行径。"幸亏她为人善良，没有纠缠于一己的痛苦，每封信都没漏掉问候夏公的太太王洞和患自闭症的女儿自珍。

细品"张味"，遂感到，这是普遍的永恒的人类之伤。时间匆匆，生命随之飞逝，永不回头，是所有人最深刻的痛苦。即如今天大早，我出门时看到汤姆斯大叔，这位白人老先生，独居于一个街区以外的家，他的女朋友住在我家附近。女朋友中风卧床以来，他每天过来照顾，从早到晚多次从我家门前经过，遇到我总打招呼，聊上几句。上次，他走路飞快，一副任重道远的庄严气派，我恭维他"精神真好"。他声音洪亮地回敬："80岁啦！猜不到吧？"如今，拄拐杖，腰身倾斜，步履艰难，我对他说："好久不见，近来可好？"他有点不好意思避开我关切的眼神，讷讷道："……近来很少出门，84岁了嘛……"这么说来，两次谈话，隔了四年，却恍如昨天！

　　面对时间，奈何奈何？逆转只在梦里，我们能做的只是顺从。但随波逐流并非无所作为，洞达者都是"边战边走"。张爱玲也没有束手"待币"，更不说"待毙"了。她和夏公的通信，多半谈写作、出版一类文事。夏公为她的境遇惋惜万分，劝说："盼望你早日安顿下来，找到一个适宜的住址，再去检查一下身体。如一切正常，不妨多写些东西，生活就上轨道了。"

　　夏公收到张爱玲最后一封信的时间，是1994年5月，信上说："无论如何这封信要寄出，不能再等了。你和王洞自珍都好？有没有旅行？我以前信上也许说过在超级市场看见洋芋沙拉就想起是自珍唯一爱吃的。你只爱吃西瓜，都是你文内提起过的。"那年代，对张来说，寄信殊非易事，得穿足衣服，躲开窥探她行踪的中国人，步行去有邮箱的街角；如果手头没邮票，还得跑邮局。哪像现在发电邮，在家里手指一按电脑的键就发过去。

　　"不能再等了"，岂止适用于寄信？它就是对付时间的唯一利器。

且来推敲

·

三个穷极无聊的老头子在一起，聊起近日网上热传的一个小故事。其梗概是：A是国内名重士林的大学者，B是香港的富豪。B慕A的声望，邀请A来家里吃饭。两人惺惺相惜，晤谈甚欢。宴会罢，B得知A即将赴海外讲学，给予红包，以壮行色。这桩不乏温馨的小故事发生在30年前。最近B先生以90高龄辞世，A忆及他的生平行谊，提起这件旧事。他指出，B的红包为6000美元，他认为数目太小，若接下，就成了乞丐，"于是婉言而坚决地谢绝了"。B当时很感惊讶。虽然送红包不成，但A告辞时，B一直非常客气地送到山上别墅的大门以外。A嫌B"出手不够大方"，所持理由是：他是应约登门拜访的，份属"贵客"，彼送上"像样的"红包才对。比照之下，A自己虽一介寒儒，但为接济国内堂妹，一次就从外国所拿到的工资中寄出3000美元。

三老中较年轻的老于提出疑问：A怎么知道红包内的数额？一般国人给远道而来的客人送钱，不会是私人支票、现金支票、香港银楼的银票，因为这些需要兑现。也不会"当面点清"，更不会把"送多少钱"和盘托出，这样太过俗气。须把现款放进红色大信封，双手交出，佐以"区区之数，不成敬意"一类客气话。送红包的时机，该是客人告辞，互道感谢、祝福之前或之后。彼此都是有教养、讲风度的"上层人士"，岂会在这等普通至极的酬酢中出洋相？出于起码的教养，受方不能当面打开红包，更不能把现款掏出，蘸上口水数一遍（欧美人与此相反，接到礼物必当面开拆，展示内容，表示谢意）。机警的客人把红包接在手里时，当然可能掂量出里头一沓纸币的厚薄，但不会知道准确数目。

那么，A怎么知道红包的底细呢？6000美元，假定都是最大面额（100美元）的钞票，共60张，A要亲自数一遍。在哪里数？最大可能是洗手间，单人用的还好；如果是大的，怕别人看到，要躲进间隔内。然而，告别在即，怎么手拿红包然后折返室内"用一用洗手间"呢？那么，假设另一可能，红包夹带其他礼物，B在A离开时一并送上。若然，虽免去"如厕"一手续，但只要肯定现款在红包内，那么，A围绕"拒收"的一系列言行都成了疑团。此外，还可以罗列一些可能，如离开前A趁与B交谈，暗里吩咐同来的夫人拿红包去别处数。

老雷说，这故事不大可信，不是说，如今已近90岁的A这般怀旧，徒然自毁令誉。而是说，在那年代，B不可能一出手就是6000美元，不错，他常常周济亲友、后辈，但素无"慷慨"的名声。港人图吉利，送800港币是符合B一贯行事作风的。

三老中的老丘另辟蹊径，说，这故事的有趣，在于一个悬念。单是"怎样数钱"就够研究者忙活的了。我们最好拜访健在的A先生，请他回忆，他是怎样知道红包内有6000美元的。至于这两位名人的风度与品格，那是不必计较的。还有，A是怎样既"婉言"又"坚决"地退回？言是何言，把红包塞回B手里呢，抑或放在旁边的家具上？B的"惊讶"是怎样表达的？这场面，如果还原，可是机锋迭出的"高级过招"。

忽然，老于一拍大腿嚷起来，B从前是海派，后来在香港过久了，成为英式绅士，如果他在红色大信封面上写上"谨具菲仪六千美元"，那不就一目了然吗？另两位连连点头，说，是啊！怎么想不到呢？

生活小节

入夜时分，在古城的街上流连，对面走来一位年轻人，气宇轩昂地从裤口袋掏出一包香烟，右手抽出最后一根，左手把空烟包一团，松手，烟包落在人行道上。我努力做出最礼貌的姿态，截住他，指了指地上红彤彤的一团，说："先生，你丢了东西。"他有点惊讶地看着我，晓得这是谴责，一丝尴尬从脸上闪过。我暗说，弄砸了！该替他捡起来。旋即设想他做什么反应，至不堪是骂：多管闲事，老子喜欢，怎么啦？可是，他二话没说，弯腰捡起，走了十多步，扔进垃圾桶。他没有向我做任何表示。我欣赏他的利落。

我看着他的背影消隐在怒放的串钱柳丛后面，心里说，他是不该首先受批评的。因为，他自己并没意识到，毫不经意的动作制造了触目的垃圾。那么，谁负此咎呢？是"不知道"，也就是习惯成自然。我在故国，目睹无数当事者自己"一点也不知道"的事体。也是刚才，和我一道走过斑马线的老先生，把头偏偏，往地上一吐，伴以荡气回肠的运气声。想起网上一幅绝妙的照片——在一辆旅游巴士上，贴着一张字体奇大的告示，"为保持车内清洁，请往窗外吐痰"。他压根儿没意识到自己犯了众人之忌。

国人爱谈"积淀"，推介某地景点，不忘以"文化蕴藏"如何如何来拔高。我说句风凉话，比之一个地方有多少古迹，出了多少名人，留下多少美丽的传说，更丰富、更悠久的，就是"习惯"。也是今天，我和一群朋友吃饭，他们都不是"低端人口"，平日举止绝不粗俗，连号称最"牛"的一位，抽烟时也自觉避开不抽烟者，更不会乱扔空烟包。我注意到一位已认识40多年的朋友，他开始时随大流，用公筷，及至叙旧愈演愈烈，大家为"哪一年我们全班去郊游"争论不休，他得意忘形之余，用上自己的筷子，随后，一个动作近于怪诞——在一盘蒸鱼上尽情地挑、扒、拨，夹起一块，看一眼，放回去，再选一块。与这一动作同步的，是言笑晏晏，机锋频出。

我明白，他已进入最自在的状态。这就是他的"宾至如归"——和家里一模一样，所以菜怎么吃都行。餐桌礼仪他岂不明白？具体到夹菜，有：用公筷，夹盘中靠近自己的菜，不挑，不会夹起又放回去。此刻他都变得"不知道"了。

原来，日常生活之中一系列小之又小的动作，藏着民族的、家族的、传统的"行为密码"。头脑中若建立警戒点则好办一点，但一旦力道不足还会露马脚。想下去，有点惶恐。我不也是这样动不动就"露馅"吗？怎么办？加强个人修养，多加反省，是唯一可行的。

如果把"行为学"放在代际传承的角度去考察，"不讲究卫生"这一属于老人世代的模式，是我们往昔所栽的因结下的果。我们的前半辈子，是物质上的匮乏，经济上的贫穷，精神上的封闭，思想上的僵滞，人际关系上的互相提防、猜忌、仇视，家庭生活上的缺少温柔、关爱，这些负面因素的综合。折射于举手投足的，就成这般地缺文明，欠教养，在须顾忌旁人感受的场合无足够的敏感和合分寸的应对。

业已积重难返，但改还是要改的，首先须"知道"——好些已融入血脉、难以觉察的生活小节，诸如路上礼仪（不吐痰、不乱扔垃圾、不妨碍别人）、餐桌礼仪、交往礼仪上的犯忌讳之处，予以纠正；彻底杜绝不了，也不要视之为天公地道，须怀着谦卑，承认，对被无意冒犯的人说一声对不起。

此即"善终"

一个故事，在什么是"善终"，如何"实现"这个"大哉问"上，提供了关键性的启迪。

资深出版人周先生，1940年出生，早慧，1957年读高二时，就写了这样的诗，"平生无俗韵，岂畏风雨摧。曾羡潮头儿，尤怜雪中梅。出擔偏有我，织网却是谁？苦酒原自酿，且尽手中杯"（《感怀》），撞上了反右派运动的枪口。幸因"普通中学不划"的政策，逃过一劫，但从此大学梦破灭。"文革"后进入出版界，卓有建树，策划了多种具影响力的丛书，"积宦"至社长。他退休以后，因儿子住在澳洲，他常去那里。他儿子透露，老周晚年在林中散步，望着参差不齐的大树和灌木，说："连树木都可以这么自由地生长，这才是真正的美。"他敬仰鲁迅，却苦于不能像鲁迅那样直言，说："不能公开说话，就私下圈子里说，实在不行就自言自语。"

作诗，就是他的"自言自语"。终其一生，痴迷于诗，尽管自承作品"诗味不多"，离"温柔敦厚"的诗教很远，比起敢恨、敢爱、敢嘲、敢笑、敢怒、敢骂的前贤，"我的这些东西又算得什么呢"？但"这些东西"毕竟记录了自己，留下亲身经历的时代的印迹。自谦的后面，是和大儒陈寅恪先生相近的抱负，"名山金匮非吾事，留得诗篇自纪元"。境遇像老周一样，生平作品仅为"头尾集"、中间悬空的文化人并不少见，都值得尊敬。然而，使得我感叹再三，进而把老周捧为楷模的，是他生命终结的过程。

他76岁那年（2016年）被诊断出肺癌晚期，在国内做了六期化疗，77岁（2017年）被儿子接到澳大利亚悉尼做免疫治疗的新医药实验，结果不错。78岁复发，转回传统化疗。然而，就在身体每况愈下之际，他不听劝阻，飞回国内，为的是编辑和印刷自己的诗集《黄岗续集》（2013年他出版了第一本诗集《黄岗集》）。老周的日记这样记载自己的"倒数"：

　　7月16日星期一晴，凌晨，处理四校五校，身心俱疲，作罢。草致张胜信，告知编校已终，张回信说明日安排印制。晚大雨。

　　7月18日星期三晴，看了三书的版权页，甚合标准，但不知到底开印否？下午又去泡澡。

　　7月22日星期日晴，又一天的开始，与病魔斗法进入缠斗时段，见书之日，则我已胜大半，返回堡城则我可宣告凯旋。

　　7月23日星期一晴，太阳又从东方升起，印制事仍无消息。下午张胜来信，说后天25日即可交书。初定26日上午取书。中午一晒。胜利在望。

　　7月24日星期二晴，度日如年，但年关将尽。

　　7月25日星期三晴……下午电闪雷鸣，大雨滂沱。小平去取书，6时回，甚好。

　　7月26日星期四晴，粗粗翻阅，白璧微瑕。下午雨。

　　7月31日星期二晴，十数日来唯靠几颗打碎成饼的花生米续命。返澳进入倒计时。

　　《黄岗续集》终于在老周离开河南前出版，他回到悉尼以后，忙于把诗集快递给朋友。8月8日，溘然长逝，得年78岁。要问这一本耗尽他全部生命力的诗集印了多少册？200。读到这个印数，我如遭电击。

　　周先生与死神赛跑，底气全来自出书，这本旧体诗集的成就、境界，且留给后人评说，于作者而言，最伟大的意义在于：抵抗恐惧。作为绝无例外的死亡，本身是没有感觉的寂灭，未必可怕；至于怕死，乃本质性的原始本能，他居然以一件自认为"非同小可"的事功，把它摆平了。这样的死亡，堪称无懈可击的"善终"。

旅游的"高段数"

王国维的"为学三境界"，把"蓦然回首，那人却在，灯火阑珊处"定为最高层次，我东施效颦，想为当今最热门的旅游设置"高段数"。搜索枯肠，遂拈出陆游诗句，"我无一事行万里"。

"无一事"，至少含三方面：一曰无挂牵，从工作到孩子，从家里的狗猫到后院的玫瑰丛，从银行户口到信用卡账单，都被彻底抛到一边，手机关掉，一心一用。二曰无功利。陆游还有深受风雅之士喜爱的名句"此身合是诗人未，细雨骑驴入剑门"，这般出游，失诸粘着。且想想，一路若有所思，孜孜汲汲，独沽"作诗"一味，错失多少佳胜？等而下者，为拜师学艺，开拓襟抱，积累人生经验而游，虽未可厚非，但这些堵在胸廓的"事"，无论怎样脱俗，对沿路的心境还是造成干扰。三曰身体无事，远途跋涉，风霜雨雪，体魄不强、不韧不行。果然"什么事都没有"，便能处处游出"春风十里扬州路"，游出"柳暗花明又一村"，游出"直挂云帆济沧海"。紧接陆游这一诗句的，是"青山白云聊散愁"，上路时不是"心无一事"吗？为何满腹愁绪起来呢？人生易老天难老，永恒的宇宙性忧思谁也免不了，只好卸载，让大自然风景负担。

今天忽然想及，以上的"境界"，也许可交墨客骚人去领会，但并不是每个游客都爱掉书袋。其弊在陈义过高，不适应旅游者的普遍情况，须找一个适合大多数的故事。

从1972年出版的《读者文摘》精华版，读到美国鼎鼎大名的幽默家，长期为《华盛顿邮报》写专栏的包可华先生，所写的"洋旅游"。他自称长期研究"旅游学"，笔下一对酷爱旅游的夫妻，"不可能找到比他们更快乐的人了"。快乐来自何处？来自游山玩水吗？只答对一半。

这对夫妻，男的叫哈利，女的叫珍妮。他们在欧洲游览了足足一个月，回到巴黎的寓所休息。包氏和他们聊旅游，依据他自己的有关理论，以为他们的反应无一不在意料之中，但不是。

哈利说，珍妮不怎么喜欢罗马，但我觉得它比威尼斯好一些。

珍妮说，哈利这么认为，是因为他没去过罗马，从前我去过。我依然这么主张：宁可在威尼斯待四天，也不想在罗马住两天。

"罗马真的这么糟？"包可华问。

哈利说："还用说？不过，威尼斯和罗马差劲是差劲，但都比苏黎世强。"

珍妮表赞同："我们都痛恨苏黎世，在那里，一点乐子也找不到，和哥本哈根一样没看头。"

包可华问："你一点也不喜欢哥本哈根？"

"怎么可能有人喜欢哥本哈根？"哈利大惑不解，说，"在哥本哈根，我们和在伦敦一般失望。"

珍妮接口："伦敦啊，可以说是一无是处。"

哈利说："有一桩事相当有趣，我不喜欢伦敦，但因为我以为珍妮喜欢，所以我也说喜欢。"

珍妮说："我呢，以为哈利喜欢那里，所以没告诉他我讨厌它。我俩啊，要是早就晓得彼此的感想，抵达当天就溜之大吉了。"

包可华问珍妮："如果你们那一次真的离开了伦敦，会去哪里？"

哈利说："不去蒙地卡罗，那是肯定的。"珍妮说："提到那个宫殿，我们去了也看不到格蕾丝公主所看到的。"

"巴黎如何？"包可华说了出口，才悟及这提问近于愚不可及。

珍妮说："巴黎最差，人不友善，物价又太高。我看不出巴黎有什么特别。"

哈利说："没有疑问，显然，全欧洲都是徒有其名。"

　　我在香榭丽舍大街和这一对夫妇分手时，哈利向太太解释，为什么他不愿去凯旋门。珍妮也告诉他，她不喜欢协和广场的缘由。

　　看，这才是旅游的趣味所在——和亲爱者一路抱怨，争论，折中，和好，上海人叫"兴兴轰轰"。

看到

在一本旧书看到一句话：欧洲人从纽约和芝加哥看到他们的明天，从新德里和德黑兰看到他们的昨天。

粗看颇为精警，该是20世纪初的天真分子的言论。今天该没人做这样的类比了，因为失诸粗疏。纽约姑不论，因我不熟悉。且看旧金山，唐人街可是中国的"昨天"或者"今天"乃至"未来"？都不是。一如美国流行的典型中国菜，并不一定是中国人的饭桌上每天不可缺少的。"橘生淮南则为橘，橘生于淮北则为枳。"如果中国游客在旧金山的顶级中菜馆吃以甜辣汤、甜酸肉、炸鸡腿、蒙古牛肉之类加签语饼的"正宗套餐"，不要一惊一乍。

然而，作为一种脑筋的"有氧运动"，仿效这种"看到"造句是不妨的，失手也不是杀头罪。

中年男人，从丈母娘看到老婆的明天，从女儿看到太太的昨天，从挂杖的老爸看到自己的明天，又从坐轮椅的老爸央求"出去走走"的固执眼神，看到自己的童年。

男女的视角有区别，中年女人从豆蔻年华的女儿看到自己的昨天，以及今天。而老男人从学步的外孙女，却怎么也想不起当年的女儿，为了中年岁月忙于谋生，疏于照顾后代的缘故。从家里走出，到处"看"。从冬天梧桐树光秃秃的枝条，看到绿绸子一般亮的夏天，和雨声沉着的秋天。从涨潮的大海看到退后的滩涂。从花旗松的年轮看到城市的幼年。从墓地的生卒年月想到硝烟、奋斗、跌倒。从骸骨看到血肉，从伤口看到天国。从"小荷才露尖尖角"看到"接天莲叶无穷碧"。从"夕阳无限好"看到"海上生明月"。从镀金权杖的裂纹看到锈斑，从龙椅的缎子面底下看到老鼠窝。从青春年少看到皱纹满颈。从初恋的情书看到夜深儿女灯前。从山盟海誓看到同床异梦。从燃烧看到灰烬，从灰烬看到残烟，从残烟看到火星。从童颜鹤发看到明眸皓齿。

以上的操练，总嫌单线、平面。人生往往包含数十个可能。从一个具象，"看到"的岂止一种？以时间论，可伸延至现实、往昔与未来；以空间论，可以是此地、彼地，也可以是无何有之乡。人的想象力所及，万物交错，渗透，纠缠。人的"看"只拣出勉强可理清的若干线索，而忽略其他。

且看最近在网上热议的一桩事：一位华裔女子从健身房走出，在纽约曼哈顿一个地铁站内横遭两个高大的非洲裔女子狂殴，手臂骨折、错位，要做手术。据首先在网上发布这一新闻的纽约同胞称，伤者的"香蕉"儿子进医院"草草"看望之后离开，没有采取任何行动；同样，报警以后，纽约警方按兵不动，因为受害者不是白人，故不予重视云。

接下来，有同胞出于种族的义愤，在网上声讨罪犯，严正指出：沉默就是纵容。我却认为，最初的"看到"是不可全信的。要反复、全面地看了又看。以下可能，第一眼看得到吗？罪犯攻击陌生人，是出于种族仇恨还是私人怨愤？罪犯是嗑药者，是神经病患，是挟旧怨，还是出于顽童的恶作剧心态（有的顽劣者，施暴仅仅因为"心烦"）？还有，双方此前有没有语言或肢体冲突？当事双方和其他人的事后反应，如警方如何介入，儿子如何看望，舆论如何评论，社区如何防范。隔着许多帘幕（如门帘、窗帘、隐私之帘、距离之帘）的外人，最好不急于判断是非。气是要生的，但须在厘清案情之后。如果行凶者确是出于"种族仇恨"，我们就集体"爆发"。

人生"防线"

作为给人生价值观"托底"的"底线"，谈得滥了，且换个角度。"底线"在抵御世途种种人为与自然的袭击时，变成"防线"。鲁迅有见于自己营垒中敌人的阴险，施行"横着站"的战术，把"腹背受敌"变为"左右迎战"，可惜此法难以用于正常的行进。立身处世，总得为前行设立防线。

且看一个切近的例子。今天早上9时，我路过一所教堂，门外狭窄的过道上，一个流浪汉在蒙头大睡。用中国的庄稼人的说法，是"日上三竿"，忙于生计的人早已离开家门，紧张地工作，他却如此安逸。听着细微的呼噜声，我想，他放弃了"男人必须有个家"的防线，但这并不意味着他活不下去，不必支付房租、水电费，前提是不太冷、不下雨。10分钟后，我往回走，路上行人多起来了。流浪汉刚"起床"。看清楚了，是白人，20多岁，瘦高个子，面目清爽，无横七竖八的胡茬。衣服不脏，稍加拾掇，换上西装，就是企业经理的派头。我走近，看到人行道上一道带泡的水痕从棉被边沿流过，马上明白，他已和所有"有家"的人一般，办了醒来后的第一件急事：解手。他注意到我注意上他的"案底"，下意识地采取一个动作——脸孔紧贴教堂的大门，为的是不让人看到真容。我知趣地掉过脸去，放他一马吧！于是，我想及，"不要家"的人还有一道防线：自尊。

跨过流浪汉制造的"水渍"，围绕"防线"浮想联翩。想到两个文化巨人——贝多芬和歌德。1812年，42岁的贝多芬和64岁的歌德，在风景如画的波西米一个叫托帕列兹的浴场第一次见面。此地是中欧各国达官显贵聚集的避暑胜地。两人边走边聊天时，奥地利王室的皇后、太子和侍臣迎面走来。两人远远看见，贝多芬说："让我们手挽手地前进，他们会让路的，而不是我们让他们！"歌德却不肯挪动一步。王室的人马经过时，歌德站在路边，帽子拿在手里，深深地弯腰。贝多芬呢？王室的人是认得这位声名如日中天的音乐家的，太子向他脱帽，皇后向他打招呼。他却"按了一按帽子，扣上外衣的纽子，背着手，往最密的人群撞去"。本来，贝多芬是歌德的崇拜者，曾说："歌德的诗使我幸福。"但目睹大文豪的媚态，贝多芬受不了，怒气冲冲地走了。

且比较这两位巨人的"防线"，歌德出身于名门，家世富有而显赫，从27岁起在魏玛公国当枢密顾问官，同时是名满天下的天才作家。在占据主流的中国文人眼里，这种世俗富贵与文坛至尊兼而有之的境界，堪称完美。贝多芬却相当倒霉，从两年前开始，耳朵变聋。

和我所见的流浪汉一样，两位巨人也有"防线"：第一道，获得他们所追求的。他们都做到了。第二道，维护已到手的。他们都这样做了，表现却形同水火。可见问题出在所追求的不同。歌德要的是上流社会所认同的事功。贝多芬却在乎艺术，蔑视一切虚伪和不公正。两人的价值观在这瞬间摊牌：面对贵胄，是献媚还是傲视？如何维护自身尊严，乃是焦点。而傲视权势，是贝多芬一贯的个性，早在青年时期，他和待他不错的李区诺斯基亲王反目，临走时留下的条子是这样的，"亲王，您，是靠了偶然的出身；我之为我，是靠了我自己。亲王们现在有的是，将来也有的是。至于贝多芬，却只有一个"。

且回过头去看流浪汉，他死也不肯让我看到"随处小便者"的脸孔，足见，即使抛弃自尊能够活得自由一些，但作为心理最后的支撑，不是说扔就能扔的。

"直觉"谈

"还不简单，凭直觉就知道谁是坏人。"坐在我对面的黑人大叔呷一口咖啡，气定神闲地回答我。那是36年前的一个下午，我如今还清晰地记得他自信无比的神情。我是在店里落座后，看他把遍体明黄色的出租车停在门口，进来买咖啡，出于无聊和好奇，和他攀谈起来的。他40开外，胖而结实，长着浓黑胡子，很有男子汉气。他告诉我，他上通宵班。通宵班，英文叫"墓地班"（Graveyard shift）。我问，午夜以后，是罪犯出没的时间，劫车的新闻三天两头有（我没提及几天前一个计程车司机横尸车内），怎么对付？他说："我上这一班18年，从来没中过招。""按规定，不能拒载。不能在人家招车时，你开到他面前，发现不对才开溜。"他就用开头一句话回答我。并补充说，瞬息间综合时间、地点、衣着、神情、举止、同行者等因素做判断太慢了，只能让"直觉"回答这一道有时候关乎生死的是非题。

让我经常地见识"直觉"的厉害的，是女性。林语堂在《女论语》中道及，女子"知道何者为饱满人生意义的现实"，她若介绍某大学的有机化学教授，必忽略这一男人至为看重的头衔，而称彼为"云南先施公司经理之舅爷"，"而且云南先施公司经理死时，她正在九江病院割盲肠炎"，进而发挥到"先施公司经理的姐姐就是袁麻子的夫人的表妹"之类。我们不止一次看到，某男人受骗，起因是过度信任一个巧舌如簧的"投资专家"，而他在损失惨重以后，第一个想到的，就是太太最初的警告：这人奸诈，不要接近！但他没当回事，老认为，人家谈论理财高屋建瓴，宏观、微观、数据、升值曲线、回报率，哪方面都持之有据，岂是"头发长见识短"之辈一步到位的论断罩得住？事实表明，她们的铁口直断，不说百分之百，但大多数赢了男人经理性的思考，逻辑缜密的论证，大数据验算所得到的结果。

我一直想，直觉之"直"，省略收集事实、检验证据、得出结论这一漫长过程，一空依傍，可依靠的，恐怕只有"本能"，它的奥秘在何处呢？

昨天，和一位认识不久的朋友交谈，忽然悟出一点门道。朋友经营的，是商用影视器材，论资历和名气，在海外华人圈中是首屈一指的。身为"索尼"的独家代理商，有几种型号的电影摄影机和投影器，成为全球"唯一"的供应商。我向他请教，做视听这一行，在色彩和音色辨识、评鉴上，是不是必须具备一般人缺乏的敏锐？

他没有正面回答我，却这样说：我接听陌生人的电话，只要交谈三分钟，谈几个问题，就能判别对方是怀着诚意还是存心诈骗。原来，近年来，诈骗犯用偷来的信用卡，通过复杂的转账和托运，成功地作案两宗，一宗是骗去价格最高的影剧院电影放映系统五台，一宗是高级投影机八台，损失金额以数十万美元计。问题出在员工身上，友人作为执行长就此做了深刻的检讨，苦心研究，终于设计出周密的防诈骗对策，不再上当。

这些案例告诉我，直觉往往是对伤害的"应激反应"。黑人计程车司机的"一眼准"，如果不是因为本人受过袭击，也是同行所给予的多次教训。女性对"诚实度"的敏感，出于弱者保护自我的警惕性。我的朋友更是如此。但又不止于此。

中国谚语"一朝被蛇咬，十年怕井绳"，部分地昭示这样的状态：面对伤害，人为了自卫，须激发一种能量，以完成一种极密集、快速的思维，这就是紧急状态下的直觉。人身履险地而得以脱身，找不出直觉以外的理由，原来，这是上帝最后的仁慈。即使本人没有受伤害的直接经验，但他的祖先已把它存入基因，成为一种密码。历尽艰险的人类，一代代积累下来的精神财富，有一部分叫作"直觉"，尽管未必总是管用。

"枫桥夜泊"和"牧童短笛"

秋日，游苏州城外的寒山寺。它建于梁代天鉴年间，已历1500多年沧桑。它既非佛教某一宗派的祖庭，也少有高僧长驻弘法；最吸引游客的，是唐人张继的诗。没有《枫桥夜泊》一诗，寒山寺断不能从众多佛刹脱颖而出，成为世界闻名的道场。内外人山人海，但香火不算鼎盛，这不奇怪，人们冲着一首诗而来。寒山寺历代的经营者，对这一点是有充分的自觉的，从门外墙壁到寺内长廊，《枫桥夜泊》一诗被世世代代的名人手抄。法书勒石，嵌于长廊一侧，琳琅满目。诗中所提到的"夜半钟声"依然敲响——每年除夕夜，敲108下，旨在消除烦恼，增长福慧。届时千万众齐聚聆听。如今经精心的商业包装，财雄势大的企业竞购第一下、第二下，动辄百万元。

《枫桥夜泊》的普及率之高，更是惊人。国人不论，它还入选日本的小学课本。我伫立寺前，一遍遍地诵读它，连带地读了另外一侧的七绝，不由得感叹：同是诗人，张继凭一首以不朽。而成千上万写了同类诗的人，沉没于底层。

此诗为何经得住千年淘汰呢？苦思数天，我得出这样的答案：其一，恰到好处的切口。所谓"切口"，就是可进可退，所暗示的精神空间极浩渺的节点，也是感情的最佳爆发点。此诗所描绘的时间，是白霜满天的下半夜，月已落，偶尔传来鸟的啼叫，愁绪萦怀的诗人对着江畔枫树，江上明灭的渔火，辗转反侧。船行近寒山寺时，竟听到悠悠钟声。一个"客"字，点出游子的羁旅情怀。同理，杜甫《月夜》的切口，是长安城独自望月，思念鄜州的妻小。李白的《静夜思》，切口是客居之时，半夜醒来看到满堂月光。贺知章的《回乡偶书》，切口是离开家乡50多年以后归来，在村口偶遇儿童。这样的地点与时间，是不可取代的。其二，抒发的感情，在普适性方面拥有最大公约数，能获得类似遭际者的即时共鸣。其三，表达得巧妙。这些成功的案例，几乎都出自白描，简单，明了，直达核心。

我在寒山寺外低回，还省悟，这些经典之作所抒发的情愫，有一个叫人不愉快的共同点——极短暂、匆促。张继得灵感于夜半钟声传来之际，不管是不是马上挥笔，这种"愁"可不能带下船去。诗外的世俗人生，不允许他困于愁城，他得见人，用世，两眉紧锁的尊容一点也不吃香。

联想到"牧童短笛"。毋论古今，但凡写田园风光，动不动就搬出这一景致。一头青牛，一个天真活泼的童子，一支巧如百鸟鸣啭的竹笛，牧歌萦回于青山绿水中，何等动人！可是，远观犹可，把牧童请下牛背，聊聊天，就明白他的生活多么不诗意。家里穷是不消说的了，不为生计所逼，干吗不上学去？放牛，不能放任自流，牛踩坏人家的菜地，偷吃人家的庄稼，可是要赔偿的，牛走丢了更不得了。即使以猎奇者的视角看，吹出来的，多数是白居易所称的"呕哑嘲哳难为听"。尽管可美其名曰"天籁"，但终非音乐；须知村野孩童，并没有机会学简谱，也难得有师傅指点。

"枫桥夜泊"因歌咏瞬间而接近永恒，牧童短笛则适于"远看一眼"。综合二者，可大致体悟，这一类经典，有如绚丽的烟花；而时、空与诗人情怀三者，联手制造了得宜的"引信"，它带普遍性的绝美，叫人匍匐，叫人神迷；而这美又太强大、太醇厚，越是被人品味，越焕发后劲。

明乎此，我们欣赏不朽诗篇，守护稍纵即逝的美，长久地为之感动即够。

"唯使君与曹耳"

　　《三国演义》中，曹操邀请刘备，一边青梅煮酒，一边纵论天下英雄，然后以一句"唯使君与曹耳"，把最担心被曹操识破自家韬晦策略的刘备惊得匙箸落地。这一典故，数年前被纽约两位文学前辈活用过。一个发电邮，邀请对方去茶楼。后者回复："敢问还有哪几位先生？"前者回答："唯使君与曹耳。一笑。"后者又复："如此说来，明天要下雨打雷了。仆准时到。"前者回信："算就了阴雨凉爽，勿忘带伞。"洞达如二公，岂是借此排某个坛的"座次"，找乐子而已。其效果是一目可见的——我读到这一逸事，大笑三分钟。

　　每到年底，我就想起千古流传的"煮酒论英雄"，感到"唯使君与曹"式言说无处不在。来自何处？网络首当其冲，出版集团、报纸、杂志、电台、电视台、图书馆，一窝蜂炒作；专业人士担纲，读者也相当投入。最热门的，是评选"年度×大好书"；赶潮流的，为纪念改革开放四十年，推出40种好书、40部小说、40篇评论、40位作家。"畅销书排行榜""印象深刻的好书×××种""×××本豪华书单"，连珠炮般发射。好些处为了汇聚人气，鼓捣网上投票，迫得候选人八方求援，"千万给××号投上神圣一票"。

　　面对以"排名次"为主轴的群体狂欢，不能不百感交集。首先是欣慰，为了读者终于有了选择的权利和途径。放在改革开放以前，即使海选，上榜的怕也是八个样板戏之类。其次，是不怎么当一回事。令人眼花缭乱的榜单，该信谁呢？手拿选票的主，价值观、品位、侧重点千差万别，这是最要紧的；也不必提一些个人或群体，出于销路、为大奖埋伏笔，"撩美女"等不为外人道的动机，塞进私货；只须提一样：评选是否严谨，是否透明，是否具代表性？

这些，是以足够广泛的阅读为基础的。一如曹、刘论英雄，并非一拍脑袋即提名，而是拿名重一时的诸豪杰，如袁术、袁绍、刘表、孙策、刘璋等，做了一番比较。阅读，品鉴，是慢功夫，而这一类评选，都以"赶"为中心，把书炒热了，便告成功，其后遗症，看往年的"十大"，极少成为长久的口碑就知道。

是的，对此不宜当真。特别是那些自以为有几把刷子或确实不错的写作者，一旦搜遍网络，看不到自家著作在列，这个年关便难过。可是，该骂谁"有眼无珠"呢？还是中国台湾某著名女作家聪明，她无论出席哪一个活动，都宣告"本人绝非畅销书作家"。有一次在中国大陆，想当然的主持人不知底细，以此恭维她，她马上翻脸。

说是这么说，时值人人总结一年工作的岁晚，一般写作者，在铺天盖地的"攀比"狂热中，说对他们的心理没有丝毫影响，那是矫情。无疑，这是对定力不大不小的考验，更是对"为什么写作"这一精神基础的"质检"。只要你把写作定位在"出人头地"上，而落选，就是充当黑压压的"人头地"的渺小部分，那么，失落是必然的。如不及时化解怨气，结局恐怕是鲁迅所警示的"恨恨而死"。

其实，极在乎"排名"的曹操，不但在"谁是当世英雄"上有明晰的判断，还说过一句，"长大而能勤学者，唯吾与袁伯业耳"。连表述也与上句雷同。他是做普遍而深入的田野调查于先，再依大数据排出天下"勤学者"的名次呢，还是依据时人所成之书，逆推出各作者的腹笥？浅陋如我，不得而知，只知道，曹公老老实实地读书这一条，值得仿效。

"还有那么多空气吗"

在《六根》的微信公众号，读到顾城1989年写给北京的童年朋友的信，开头一句："你是不是每天早上还在屋顶上呼吸空气？北京还有那么多空气么？"为之绝倒，慨叹：这位至少出道之初可视为"天才"的诗人，后来不疯掉多好！

对顾城这一问，不知收信者如何回答。据实以告，怕显出缺乏幽默感的土气来。如何应对？可参照从前流行的一则"阿凡提的故事"——阿凡提在旅途，为了省钱，把从家里带来的冷馍馍放到饭馆的蒸笼上头，借冒出的蒸汽加热。饭馆的老板见状，要阿凡提付费。阿凡提拿起钱袋，起劲地摇出咚咚之声，说："这就是我付给你的钱。"

顾城此问可算"绝问"。无独有偶，我在网上看到：旅行家阿甲今年以来成为旅游狂人，游罢欧罗巴，回家待了三天，把衣服洗干净，旋即飞往沙特阿拉伯。从迪拜回来，次日登上往西藏的飞机。他每天更新微信，向群内朋友晒的风光照片，一天换一两个地方。两个月过去，夏天到了，朋友圈都以为他不再驿马星动，待在山庄的别墅避暑。然而，转眼间，群发照片换成内蒙古草原骑马、西北大戈壁骑骆驼、海边踩浪、荔枝林尝鲜……朋友们惊呼：是不是学了分身术？然后，一致提出严重抗议：你把景点游光了，我们怎么办？对此质问，聪明的阿甲保持高贵的缄默。玩笑自然是荒诞的，除非你动真，非要挖掘言外之旨。但是，从另一角度看，年龄、兴趣、经济条件相仿的驴友中，阿甲自然是当仁不让的核心人物。他抢先把景点游了，下一次策划旅游，阿甲自然不愿意去已去过的地方，这么说来，阿甲独自游得越多，驴友们就越受影响。即使是无形的资源，一旦涉及共享，也颇有讲究。

　　撇开功利，既不涉修辞，也不扯到无往而不胜的"蝴蝶效应"，这一类逗你发会心一笑的准笑话、半笑话，趣味恰在若即若离中。周星驰领衔的"无厘头"电影，要旨在这里。还可以追溯到禅宗的名诗："菩提本无树，明镜也非台。本来无一物，何处惹尘埃。"菩提和镜子明明白白地存在着，偏偏不认账，由此导出无执念的禅机。原来，强词夺理是通行的。童话里的狼和小羊争是非，站在小溪上游的前者咬定后者，在下游喝水，弄脏了水，使它无水可喝，这一指控是成立的。

　　现实人生中，非黑即白并非常态，多的是模糊含混、互相渗透的中间状态。许多事物的联系，靠的是只宜意会的暗示。明人笔记有这样一则："三杨（指明宣宗时三位阁老，他们都姓杨）当国时，有一妓名齐雅秀，性最慧巧，众谓之曰：'汝能使三位阁老笑乎？'对曰：'我一入就令笑也。'一日被唤进见，问何以来迟，对曰：'在家看《烈女传》。'三公闻之，果大笑。"我读了也笑疼了肚子。我们为了妓女读一本别致的书捧腹，然则，看了官员在台上做完反腐报告，下台就被纪委带走，却不感到好笑。那是我们的心理出了问题。

　　胡扯至此，回到顾城的"空气"去。别以为天空之下，免费空气随便吸。人太多，一如汽车太密集，排放的废气增加，好空气减少了。放在阴霾天，空气质量更是可虑，人不宜在户外逗留太久，因值得进入肺部的空气减少了。是的，本来，好空气和清风明月一样，是不必购买的，但日益短缺了。

漂亮的广告语

在商业生活即广告社会，创意总监和他们的手下挖空心思，炮制了无数精彩的广告语。我不曾从事广告业，但广告轮不到你不看，看了，轮不到你没有反应。比如，国内某市地产商的广告"买楼送老婆"，单身汉看了岂会不蠢蠢欲动？后来才知道，人家无非是让阁下"买下"一个单位，送给现有或将来有的老婆。同理，"买楼送全屋家具"，只是"搬运"免费，而不是家具免费。然而，我私下掖着一个中国旧时乡下人极落伍、狭隘的看法——生意做不好才打广告。比如，一家茶楼，突然推出"午前11时前埋单，九折优待"，我有理由担心它最近营业额下滑了。

闲话休提，最近读书，读到某著名散文家大文中一段："去过马来西亚槟城的毛姆说：'如果你没来过槟城，那么你就没有来过这个世界。'"灵机一动，想，哪个地方，不论大小、美丑、显微、治乱，历史悠久不悠久，都热衷于打旅游牌。为吸引游客，广告是不能少的，而好的广告语是可遇不可求的，这一条就够漂亮，好就好在以"名人效应"引发你对槟城的巨大好奇心。毛姆是谁？英国著名小说家、剧作家、散文家（1874—1965），被誉为"英国的莫泊桑"，著作有《月亮和六便士》《人性的枷锁》等。在专业分工日益严格的现代，跨行发言未必具权威性，影视明星谈治国，核子博士议论股市，和看瓜群众为外交事件吵翻天一般，只具"供看热闹"的价值。但旅游是"众人之事"，门槛极低，只要是买得起机票、船票，有兴趣外出的，就够资格。而像毛姆这样饮誉国际的作家，断言如果不去槟城就等于"没有活过"，倘若你正在筹划旅游，看到这一句，感觉如何？就我而论，马上起了买机票、去那里观光一个星期的冲动。

随即又想及，就已去过的国内外景点看，似没有哪一处制作类似的广告语。于是，打算向广告业者及旅游区有关管理层游说，让他们知道，参照它制作广告语，至少短期内产生相当强烈的影响，使得游客的人数有所增加。如果宣传到位，且名实相符，突然生意"爆棚"，不是没有可能。

怎么制作？关键在于挑好"名人"。也许大家有以下疑虑：没有叫得响的名人来过，叫得响的名人来了，但没有发过这样的议论。我对此也曾产生困惑。但是，国内某作家公开了这样的写作经验：在不改变其人大体经历的情况下，编造情节，比如，为了用外国名人的故事，表达"坚强""坚持"的主题，他选上俄国的索尔仁尼琴，依据索氏坐牢八年的故实，虚构了一只鹅，"那只鹅每天都在午后的时候来到窗外"，"他开始对那鹅讲话，鹅只是无言地听着，等他讲完，再起身默默离去"。

可自由编造，问题就好办了。驴友的老祖宗徐霞客遍游天下名胜，代他拟出一段"名言"并非难事，不能用白话。比如"徐霞客尝对××××叹曰：'不来此地，枉为×人！'"（这个×，因地而异，如果景点在湖南，是"湘人"；在四川，是"蜀人"。）近代名人梁启超，祖籍广东新会，邻近新会的风景区，"假设"梁氏曾到此一游，并不离谱。他的行文风格，可从《饮冰室文集》揣摩，大抵是半文半白。

上文所提到的写槟城的散文，不但引了毛姆名言，还有这样一段："槟城的豆沙饼，一位作家这般赞美它，如果你没有吃过，那你没有来过槟城呢！"这叫层层进逼。你可以依样画葫芦："如果你没来过A地，你就没有来过这个世界；如果你到了A地，却没有吃过（玩过，看过，听过）××××，还是不算数。"

深思熟虑的随意

46年前的中秋节，从广州回来的童年伙伴R乘自行车进入我的村庄，我站在家门口迎候。他在20多步开外跳下车，向我快跑，一个熊抱，把我紧紧搂住，我差点喘不过气来。在充满猜忌、怀疑、提防的阶级斗争氛围，我那个激动，看人家多重感情！想起孩提时代，和他一起从桥上跳进发涝水的横水河，和他打公仔纸，立即把他看作重情义的好朋友。直到一年以后，另一位朋友告诉我，R的拥抱是舶来品，取法于来中国访问的美国总统尼克松。我心里涌上幻灭的悲哀，自然而然、即兴而为的表达，原来是可以伪造的。世事的诡谲叫我无所适从。

一路老下去，遂陆续发现，一如性别只有男、女和第三性，"人工"和"天然"两大类之外，还有一类，曰仿真、拟真（还好在"真"吃香一些，否则，普天下"唯假是问"，那就成了"绿灯危险，红灯通行"）。而"天然"竟可以在权衡之后，预先设计，是为"深思熟虑的随意"。

对此，我们并不完全排斥，女性的化妆和穿着，以此为上乘；也不打倒所有的精心准备的"突如其来"，只要不太露斧痕。但是，世界有相当部分不是预先设计的，云的形状，开花的日期，鸟叫和风声，由谁规定？人生必须给自由的心灵留下空间，莫之为而为、莫之至而至、神出鬼没的灵感用不着，更轮不到"以鸣鞭为业绩"的奴隶总管指挥。如果李白吟哦"钟鼓馔玉不足贵，但愿长醉不复醒"之前滴酒未沾，如果陶渊明回家路上"乃瞻衡宇，载欣载奔"，经过彩排，那么，活着真没多大意思。《世说新语》中的王子猷，"忽忆戴安道，时戴在剡，即便夜乘小船就之。经宿方至，造门不前而返。人问其故，王曰：'吾本乘兴而行，兴尽而返，何必见戴？'"这千古流传的

"兴"，放在今天，多半是伪装的。其造假，出于某种功利目的。

感情自由自在的流露，被压抑，被禁锢，然后被改造，做伪装，再以"如假包换"的面目推出，卒被揭穿，成为一种潮流。影迷接机，再激动，再狂热也是情理中事，然而，粉丝一条龙服务公司这般造势：明星步出机场，雇来的众多假粉演出开始，一一明码实价：尖叫100元，晕倒200元，流泪300元，喊老公400元。明星上车后，粉丝狂追，摔倒。其中，"摔倒"分两级，轻的300元，重的600元至1000元。出钱的是明星，背后是票房。

所谓"假作真时真亦假"，更可怕的在这里：一旦假成为常态，所有的偶遇，无意为之，都变为度身定做的程式，不然就活不下去，那么，人间就步入最为险恶的境地。

老年一诚

在一些场合，我替台上的演讲者着急，暗地里对他说，快快住嘴，撤下吧！特别是连带吃饭的场合，如婚礼、生日宴会、满月宴、同学会或同乡会的年会，主持人应在宣布开始后半个小时以内，发出"上菜"的信号。如果一味拖延，台下必然喧哗愈演愈烈，大半人不愿意听，要听的小半人听不见，效果近于零。如此赖着不走，不如顺应民意。原因在于：这类仪式性集会，主轴是"吃"，绝大多数人要么空着肚子来，要么怀着"吃一顿"的预期。主事者务必明白，这不是旨在"洗脑"的正式会议，举凡开幕词、主讲人演讲、来宾致辞、鸣谢，这些虽嫌老套但已成定规的"程序"，一定要简练，能省就省。超过30分钟怎么办？让大家一边吃一边听，是成效稍胜于无的变通。

即使没有"吃"这一项，也须关注参与者的情绪。20年前，我身历一次，久久难忘。那是在旧金山中国城国父纪念馆举行的演讲会，主讲者是巴黎来的历史学博士，主题是民国史。因为海报注明这位学贯中西的专家精研抗日战争开战的细节，我怀着强烈的好奇参加了。与会者近百人。馆长代表主办单位上台，简单说明主旨和演讲人的背景，接下来该是正题。不料女馆长鞠躬下台那一秒钟，瞥见前排坐着两个月前退休的馆长，为表尊重，热情邀前任上来"说几句"。前馆长谦逊地摆手，但经不住"老部属"热烈的掌声，矜持地上了台。

这下坏了！老馆长优游林下以后，没法过"说话"瘾，这一次口若悬河，从建馆的艰辛说到孙中山的革命事迹，从抗战史、国共内战绕一圈，到唐人街的沧桑。我看了手表，已说了30分钟，忍无可忍，走向台旁，向报幕人投诉，请她劝老人家下台。她耸耸肩，说太唐突，再忍一下。麦克风即话语权，足足扯淡40分钟。博士不耐烦，老看手表。台下爆发掌声，我愕然，如此乏味，还赢来喝彩？但我和听众都很快明白过来，一起用力拍手。老馆长开头以为是好事情，得意地拱手致谢，再看不对路，声音变了。掌声更猛烈，硬把他的声音堵住，他只好干咳一声，下台，腰更驼，跟跄着回到座位。我叹一句：何苦来！

　　如今我也老到孔夫子称为"不逾矩"的年纪了。其中的一条"矩"就是：说话适可宜止。这样做，首先是贯彻孔夫子的警诫，"不可与之言而言，谓之失言；可与之言而不言，谓之失人"。但绝无轻侮听众的意思，而是指说话者必须顾及听众的兴趣、情绪和肚子。更重要的，则是为适应这样的世风：社交场合，"爱说"的远远多于"爱听的"。饶你怎样喋喋不休，也如广东老话：水过鸭背。前几天和几位远道来的朋友外出，路上，我好几次说"有趣的故事"，不是被插话截断就是看到无人注意而自动终止。这就是现成的教训。

　　想起一个洋笑话：一位初学写剧本的年轻人将要给一群文学爱好者做平生第一次演讲，为了做好准备，他先去拜访托里斯坦·伯纳德，听听这位名满天下的法裔剧作家的高见。他问伯纳德先生，演讲该怎样收尾。伯纳德说："这倒简单，拿起讲稿，向听众举一个躬，然后踮起脚尖走开。"年轻人不解地问："为什么要踮起脚尖？"伯纳德说："这样走路不会吵醒他们。"

留名

在旧金山一个居民区的活动中心里锻炼，注意到篮球场硬木铺的地面，好几处黑色痕迹，不难辨出，是口香糖的残余。可以想象，一位打篮球的小伙子，边嚼口香糖边打球，末了，往地上一吐，接着，胶状物被杂沓的脚踩了无数次，变为一个黑点。它如此触目，清洁工是不会放过的，后者用上化学喷剂，很快将之铲除，但永久性地留下污迹。细加追究，可以是无心之过；但我以为，肇事者是故意的，为了留下"自己的印记"。也是在旧金山一个社区活动中心，门口的水泥地被口香糖残渣密密实实地覆盖，胶状物吸附在粗糙的地面，成为又一层"地板"，可算是一个时代的"集大成"式展示。

由此想到街旁新铺的水泥地，只要屏障容易越过，往往难逃好事者的手或脚的"加工"，甚而有半拉子艺术家留下的抽象画或字样。他们轻而易举地达致小规模的"不朽"——水泥地干了以后，他们的痕迹和时间同在。想起苏东坡诗句："人生到处知何似，一似飞鸿踏雪泥。"雪泥到了暖和日子是要融化的，可见天才如坡翁，也没妄想自己所到之处，都是飞鸿在未干的水泥地上的爪印。足见现代人留名容易多了。

"好歹为生命留痕"的动机，算不算不可变易的人性之一呢？东晋的武夫桓温有言"不能流芳百世，亦当遗臭万年"，留下什么非所计也，要紧的是"留下"。一位资深出版人曾满怀感慨地说，改革开放之初，一位退休教师上门拜访他，要求出版生平"心血的结晶"。出版人审阅了他呈交的稿件，总体水平在中等以下，稍可读的只是一些晚年的读书心得，此外多半是思想被钳制年代所写的应景文字，如思想汇报、教学总结。老人家"文革"年间想必写过学毛著心得、"斗私批修"体会，好在他分得清起码的是非，没有收进集子。

出版人和作者坦率地讨论，指出这样的作品达不到出版的要求。老人说，这我知道，自费行不行？我有私人储蓄五六万元，全拿出好了。出版人问："你为什么要出书？""雁过留声，人死留名。我晓得凭我的斤两，不能在大范围留名，但让子孙后代知道我这样的祖先，让朋友也记得我，也值了。"说来说去，他不愿意他离开后，人间没有他的痕迹。出版人从他极为恳切的表情想到张岱对"名心难化"的描述，"名根一点，坚固如佛家舍利，劫火猛烈，犹烧之不失也"。

"留下痕迹"之为人性，即只要外力不予压抑，就自然而然地出现的天然属性，是生命的动力之一。它从来是中性的，可以是粘在球场上的口香糖残余，也可以是历久弥新的巨著上的署名。消灭它，一如命令肠胃不准饥饿，只有引导、疏通一途。

名的诱惑，对于不虞冻馁的中产阶级，和业已进入老境的群体，犹在"利益"之上。叔本华称："名声是智者们最后才放弃的东西。"清高者口口声声说"淡泊名利"，不注重金钱上的得失容易，毫不在乎名呢，却如刘晓庆早年的名言："当女人难，当名女人难上加难。"为什么？不要名万万不行。若是彻底地淡泊，则连宣言也不发表，躲在山洞默默终老。发表文章，接受专访，这本身就是或隐或显的"求名"。

我在篮球场上目睹口香糖遗痕，悚然一惊，从而自我警诫：生生掐掉名心，是违拗本性的，这样做的第一个副作用是使自已搁笔，从而失去生命最后阶段的创造之趣。但是，留下好一点的"名"是必要的，为此，务必竭尽所能地经营"做人"和"做文"。

人生之"圆"

读凯伦·阿姆斯壮所著的《神的历史》，里面有一段："希腊人把运动与变化看成是次级真实的标识，因为有真实本性的东西总是保持一样，永恒而不变。因此，最完美的运动乃是圆，因为它会不断地转向而回归到自己的原点。因此，环绕而行的天体便是在模仿神性世界，是最趋近完美的运动。"

思考这个"圆"的意蕴，遂感到，人的天性也是这般"不断地转向而回归到自己的原点"的。最近，网络世界从讨伐"油腻中年"转到为对应2018年而掀起"晒18岁"热，检索这一潮流的移动曲线，不难发现，回归的原点，不是诞生之日，也不是天真烂漫的童年，而是此生的"顶峰"——青春。怀恋"芳华"不是照单全收，而是择优而取。"网红"们贴出来的18岁照片，岂会是粉刺密布，胡子横七竖八？哪一个不是明眸皓齿，雄姿英发？18岁的幼稚、浅薄、鲁莽、饥寒交迫和走投无路，他们假装忘记了。

这么说来，"圆"的"原点"在哪里，该仔细辨别。原来，它并非原汁原味的"当初"，那出发处早已被时间席卷而去，知青欲追寻下乡时住过的"集体户"，只剩残垣；"老街坊"要回到旧日弄堂，已变为全新的小区。"刻舟求剑"是这类怀旧之旅的别称。

所谓"原点"，该是这样的：生命所画的圆，线条并非重复于同一平面，而是螺旋形。以呼啦圈为喻，圆是一圈一圈地叠加的。围绕同一圆心的无数个圆，累积成"圆柱体"。如果你有反思的能力，那么，最新的一个圆在顶部，第一个圆在底部，二者遥相对照与呼应。如此说来，鲜活、睿智的思想是立体的，是持续而迂回地上升的，"回到往昔"并非在"今不如昔"的怨愤中辗转，而是聚焦于"从前所走的弯路不要重复"。这一思维的确立，对于工于怀旧的老人至关重要。没有反思，追溯就失去意义；热泪盈眶地唱红歌，恰恰证明自己活到十五六岁就不再长大。

且再看另一热门话题：昔日的知青如何"画圆"？中国1700万城市户口的年轻人到农村去，这一重大历史事件的正面意义，除了"艰难困苦，玉汝于成"的老调之外，再难以挖掘什么。只是，当我的同代人一起反刍下乡的困窘与绝望，一起回顾为了争取回城、就业和升学的权利，如何竭尽全力之时，每每太专注于知青自身，而忽略了人口相当于知青许多倍的群体——农民。不错，知青在穷乡僻壤苦不堪言，然而，不管怎么卑贱，都是"有期徒刑"，被招工，被学校或军队录取，或者办了病退、困退，就类似于"刑满释放"；但是，知青们几无例外地必欲脱离的农村里面，一代代面朝黄土的农民如何？他们不是都被判了"无期"吗？他们的苦、穷、饿、病，孩子无法上学，青年无法成婚，老来无依，谁来救助？他们的生存状态是命定的吗？

难道老知青们不该超越自身的利害，想想最广大的"低端"人口，是怎样造成的？从划分城镇人口与农村人口的这一源头，检讨制度上的弊病，进而为改造社会提供可行的办法？

总之，我们的圆，要成为圆柱形的蜡烛，顶端燃烧的，是勇敢的思想火炬。

"严肃的游戏"

接近38年前的1980年，初履新大陆，论第一印象，以风景论，最深刻的是走出旧金山国际机场海关，坐上接机的亲戚开来的轿车，从车窗往外望，天空坦荡如砥，无一丝纤云，那蓝如此纯净、悠然，带深邃的青，明确无误地昭告：这是全然陌生的国度。刚刚告别的故国不是没有蓝天，但它混进黄色，仿佛掺进了黄河水，且多云。

以人情论呢，就是人活得轻松。那个时候在那里，拉家带口的大人，为糊口几乎耗尽生命力，街上的人，脸色多凝重而冷漠，少舒心、开怀的大笑。农田里劳作的更是，没完没了的苦干，却换不来温饱，怎能不满腹心事？我从童年起，私下对"大人"下了这样的定义：挑生活的重担，勤奋，紧张，小心，远离所有游戏。

在这里，对付生活并不难。我第一份差事是中餐馆帮厨，月薪600元，每天扣去伙食费2元，税后约500元。妻子在家一边带孩子，一边为车衣厂加工成衣，所得够交房租（每月220元）。置身标准的"底层"，也足够日常开销，还能接济家乡的亲人。一旦谋生不构成心理威胁，人生就活泼了，轻灵了，有闲情和余暇供自己"游戏"了。

受鲁迅激赏的日本学者厨川白村称："超脱来自外界的一切压力或要求——义理、道德、法则、因袭等外在的要求，真正在做纯然的自己表现时，便是拼命在做的严肃的游戏。"这一类"严肃的游戏"，是"用生命力的余裕来经营的生活"，而最强烈地表现自己个人的生命力的，是艺术上的创作。"不仅艺术，一般的思想生活"也是。

据此界定，于我，写作近于"严肃的游戏"。但在新大陆的蓝天下的头

10年，我并没有实现严格意义上的"超越"，尽管新诗、散文、随笔与物质生活没有一毛钱关系，我要清除从母国带来的"四人帮"之毒，把余悸、预悸抛弃，才渐渐靠近苏东坡所称的"信笔所至不检束"。

然而，把"游戏"全部归结于伏案笔耕，离开键盘就六神无主，失去生趣，那失诸矫情，"严肃的游戏"这一概念尽可拓展，一切让精神彻底解放，让生命力酣畅地释放的活动（包括上班，如果你真心热爱它，以献身于工作为至乐）都算得上。美国著名公共知识分子萨义德在《知识分子论》中指出，知识分子就是一种"业余精神"，即不计功利，不在乎成败，处于业余"做游戏"的状态。

中年时期，我的另一个爱好是当修理工。小至在家里修理家具，大至搭建简易书房，手工活予我的乐趣是双重的——出力、流汗加上心理上的满足。相比于写作，干这种活计没有"灵感不来"的困扰，成就显而易见，因此极易入迷，哪怕是为厨房的炉灶旁加一个木做的料理台，我也茶饭不思，整天思量如何设计，选什么木料，如何施工，用什么工具。这种瘾一旦形成，一年半载难得安生，修好厨房又动洗手间的脑筋，连楼梯下的空间，也要弄成杂物房。然而我并非手脚灵敏之人，手艺总在"中下"，成品常遭家人抱怨。而另一可怕的结果，是我不知不觉抛弃深刻的思维，不读书，不构思新作，离文学越来越远。到后来，对这样的耽溺怀着警惕，坚持当甩手掌柜。我把电钻、电锯、螺丝批束之高阁时，第一个赞成的是老妻，她不必"享用"我不合格的手工作品了。

由此看来，人生的幸福感，主要地产生于"严肃的游戏"。厨川白村著作引了席勒一句话："人类语言的意味中，只有是人的场合才有游戏，又当他在游戏的场合，才完全是一个人。"信哉！

该死不该死

该死还是不该死，这是上帝的辖区，我们这些凡胎说了也白说。最近读闲书，了解到泰戈尔一桩逸事。泰戈尔80岁那一年，一位朋友去看望他，对他说，你死而无憾了，因为从来没有人像你写过那么多诗歌，英国最伟大的诗人雪莱，才写了2000首，你已写了6000多首。不料此言触动老人的心事，他泫然而泣。友人大为惊诧。他晓得，泰戈尔有这样的名言，"生命作为一个整体永远不会把死亡看得很严重，在死亡面前它欢笑、舞蹈和游戏，它建设、贮藏并相爱。只有当我们把个别死亡的事实同生命整体分离时，我们才会看到它的空虚并变得沮丧"。使得泰戈尔作为第一位亚洲人，于1913年获得诺贝尔文学奖的诗集《吉檀迦利》，收入的诗篇中，赞美死亡，抒写通过死亡与神实现同一的过程的，有20多首。

泰戈尔怕的不是死，而是"我哭，是因为近来我写的诗歌越来越好。我的心还像个孩子，我的灵感越来越多，我越写诗，越多的好诗涌上我的心头，而现在我却要走了！真是不巧，到现在我才感觉自己正要写出真正的诗歌"！原来是无限的惋惜——死得不是时候，白白浪费了必将源源涌出的不朽之作。如果那阵子写光了，灵感枯竭了，自当别论。另外一个诺贝尔文学奖得主海明威就是为了"写不出"而以猎枪自我了断的。

我就此想开去。洋谚有云，人类一思考，上帝就发笑。我这"思考"，定叫上帝笑掉大牙。泰翁自认怀着一肚皮"真正的诗歌"，所以舍不得死。可惜，泰翁即使拿诺奖奖杯作为筹码，和上帝讨价还价，要求"假以时日"，也无济于事。何况别的腹笥不丰或一无所有之辈？

所以，我们务必换个思路，这样认定：什么时候"该死"，全听上帝的，我们都已为此做好准备。暂留人间的日子，每一天都是赚的。

首先，我们须把"牵挂"清理干净。来不及把不朽之作写出来的泰戈尔也好，数以亿计的财产来不及花或分配的富豪也好，一瓶窖藏好酒来不及喝的酒仙也好，儿女过30岁还没婚娶的父母也好，孙儿女乏人照顾的祖父母也好，怀"巨著一旦出版必名满天下"预期的"下世纪天才"也好，都必须自觉地把"孟婆汤"提前喝光，晚年的快乐，建立在"无法改变之事接受之"这一原则上。

其次，我们须把"不公平"心理去掉。有的人遇到灾难，老是叽咕：谁都活得这么好，偏偏是我倒霉；凭什么要惩罚我，我做了这么多善事……老天爷！求你放过我，我的老母亲100岁了……一如太阳照着小草也照垃圾堆；种子随风，落在沃土也落在岩石上。天意是随机的，没有理由，没有差别待遇。坦然接受任何结果，反落个心中平静。

再其次，尽可能快乐地享用"白赚"的日子。心里落下"死亡"的阴影的人，总是畏畏缩缩，美食不敢下箸，舞池不敢下，景点不敢去，小心地揣着血压计、血糖仪，种种小心，何曾挽狂澜于既倒？不如把"还有三个星期可活"的"预先料理后事"式改为"来日方长"式，气定神闲地过下去？生命的最后阶段，确如泰戈尔所言，蕴藏至丰，问题在有没有宣泄的能力与意愿。以"烧透"为旨归，将生命的篝火酣畅淋漓地烧完，因此落幕，是谓圆满。

丘吉尔说得好，"说到见上帝，我是准备停当的；至于上帝为了'见我'这一伟大审判做好准备与否，那是另一回事"。

是的，死亡不是最后一次入睡，而是终极的清醒。

放过不放过

40多年前，我是家乡的民办教师。一次，全县教师集中起来，办学习班，教革会主任做总结报告，列举教师队伍中的"资产阶级思想作风"，调门忽然提高，爆出一段："一个青年教师，家离学校较远，一个星期天，晚间不按时回校参加周前会，校长找他谈话，他说，星期天在家过夜，是因为新婚妻子不放他走。亏得他有勇气说出来！"台下数千"人之患"，反应多样，讥笑的居多，真道学家摇头，伪道学家笑得暧昧。我在台下紧捂住嘴，怕笑出声来，若然，难保不获得当场揪上台挨批斗，被逼问"居心何在"的待遇，我这笑，是向多情的新娘子致敬。那个年代，结婚证上印着语录，结婚务必革命化，哪里容许你爱成糖黏豆的架势？不过，须留余地，是新郎怕事，把责任诿于不在场的"她"也说不定。

今天读张岱著作《快园道古》，其中一则曰："王光庵遁迹西山，姚少师以旧好访之，谓曰：'寂寞空山，何堪久住！'答曰：'多情花鸟，不肯放人。'"想起以上旧事，悟及一个并不新鲜的常理：换一个角度，不必事事当主体，化主动为被动，把自己的"攫取"换位为另一方的"不放手"，可能多一点生趣，多一些迂回的韵味。

我过去常常神往于杜诗"江山如有待"的蕴藉，如今却进一步，鼓励被动的另一方"不放"，从而提高互相吸引、牵制的张力。比如，即使无伞，绰约的荷珠不让你离开湖滨；即使终日无所获，钓竿不让你离手；即使爱情已消逝，旧日情书上的体温不肯下降；即使初雪飞临，枫树不准最后的酡红退烧……

但又不止于此，暗里进行的"不放手"更具震撼力。且看这一首新诗，

　　"她解开第一层衣服的纽扣/她解开第二层衣服的纽扣/她解开第三层衣服的纽扣/她解开第四层衣服的纽扣/在最里层贴近腹部的地方/掏出一个塑料袋，慢慢打开/几张零钞，脏污但匀整/这个卖毛豆的乡下女人/在找零钱给我的时候/一层一层地剥开自己/就像是做一次剖腹产/抠出体内的命根子"（王单单《卖毛豆的女人》）。

　　我一直认为，新诗在直达现代人的生命内核，曲尽幽微地表现"人"的精神空间上，远远超过以简约、综合见长而拙于凸显细节的旧体诗词。头四句近于重叠，层层推进的句式从容铺展。而这一首的自然和熨帖，超过了早期现代诗的经典之作，"防风林的/外边还有防风林的/外边还有防风林的/外边还有/然而海以及波的罗列/然而海以及波的罗列"（林亨泰《风景》）。

　　面对单调而浩瀚的海滨景色，台湾诗人林亨泰在这里只是描述，王单单以富于动感的曲笔，表现贫穷如何在村妇最深层的心理上，不肯"放手"。钱包无言，也无所动作，但须解开四层衣服的纽扣才掏得出来；它哪里是放"脏污但匀整"的零钱的袋子！掏钱包就是"剖腹产"，不多的小面额的钞票钱就是"命根子"。贫贱的妇人，以卖毛豆为生，和她相依为命的零钱，明里是受她的层层保护，暗里乃是金钱的霸权。如此生动，我仿佛听到钞票的吆喝。

　　哪怕另一方是纯然的"物"，无感觉，无生命，只要你实行换位思考，给它注入情感，它和人也能够产生亲切的互动。杜诗在"江山如有待"之后，是"花柳自无私。野润烟光薄，沙暄日色迟"。天真无邪的大自然，就是这般，不放你走的。

"奉旨"

　　早晨，在旧金山一家咖啡店小坐，旁边几位同胞用广州话聊天。一位老太太朗声说："我老公最喜欢尝新鲜了，哪里有新茶楼、餐馆开张，奉旨要第一天上门……""奉旨"是方言，外地未必有。我的家乡土话与广州话同属"广府话"，二者差异颇多，但也有"奉旨"一词，我小时候不明其意，以为是"风止"。不必做烦琐考证，也可断定，此语来自皇帝老儿坐金銮殿的年代。它的功用是加强语气，意义虽与"肯定""务必"近似，但气势上强多了，可算"最高级"。且比较以下二句：他坚决不喝酒；他奉旨不喝酒。放在封建社会，后者拉"圣上"造势，霸气自然非同小可。近百年来，老百姓再也无旨可奉，但广东方言没革这个过气词的命，可见民间口语与思维的韧性——不过，若要顺"民族自豪感"的竿子爬，称为源远流长的传统也无妨。

　　我独喝咖啡，无法加入包括"奉旨"老先生的贤内助在内的聊天群，只好围绕"奉旨"一词想入非非。"奉旨"的困扰，不限于古老的中国，1863年，法国围绕"象征派之父"马奈（1832—1883）一幅名为《草上午餐》的巨制，发生一场耐人寻味的风波。这幅画，中央是树荫，树下两个穿衣服的男士把腿伸直，拥着一个不穿衣服的女子，在金字塔形构图上方，还有一个沐浴中的女人。此画被送去参展，被审查者淘汰。官方这一偏狭的举措遭到自由派的强烈抨击，许多人写信给皇上——拿破仑三世提出抗议。皇上为了显示开明，下旨在展览会附近的建筑物内，另辟一室，展出落选的作品。"落选画展"一揭幕，马奈这一幅立刻引起极大的争议，保守派抨击它"恬不知耻"。皇帝和皇后也去看了，皇帝在这一幅前站了很久，没有说话。皇后受不了，拂袖而退。她对皇帝进言，这样"不礼貌"的画，最好马上拆下来。结果画没撤掉

（既然已被刷下，岂有再一次"落选"之理），纷扰到此为止。毕竟，法兰西不同于东方古国，无论是皇帝的圣旨还是皇后的懿旨，威力有限度。针对这一故实，我玩味良久的是人们对"旨"的反应。不能排除，拿破仑三世身边，大不乏工于揣摩上意的奴才，对这幅画的围攻，就是证明。

一个地方，如果"奉旨"成为普遍的习惯，人的行为就变得简单、划一。皇上下旨予以肯定的事情，就努力干；不下旨，就无所动作，坐以待旨。实在省力，省事。清朝某皇帝给臣下一个列举某人罪状的奏折这样批示："拉出去着狗吃了。"奴才把人犯关进小屋，让他和饿得眼睛发绿的狼狗群为伍，大功告成。

当然，不是没有问题，比如，有相当多的"旨"，并非和去不去"新开张的茶楼"一般明白；比如，拿破仑三世面对马奈的画作不发一言，这动作的含义是什么？这么一来，释"旨"成为显学，不但要有人做皇帝要做但不方便自己动手的事，还要领会皇帝的暗示，做出皇上喜欢的事。问题往往出在这里：上有好者，下必甚焉。自作聪明的奴才走得太远。楚王要的是细腰罢了，宫中的一些妃子却活活饿死。

走出咖啡店，经过一个公园，一男同胞对着手机说话："我奉旨第一个到！"这一句刺入我的耳朵，我一惊，今天怎么啦？

想到"选择"

　　早上，进面包店买面包。和这家打交道将近20年，老板是从越南逃出来的华裔夫妇，从前俊朗、秀气，如今皱纹触目，使我感到吾道不孤，全世界都陪着老下去，还想怎么样？今天却不如往日顺溜，我向老板娘要餐包、芝麻包、菠萝包、鸡尾包各三只，她把包子放进纸盒，加封前我瞟了盒内一眼，发现有误，请她纠正。她的口气冲起来，很不耐烦地把错拿的包子重重掷回柜子，让我分明地感到，她很不爽。

　　我可不想让生气糟蹋早晨，作为"上帝"的顾客虽然可小题大做，但我连"小题"也没有。理解她，同情她，多少年了，天天早上5点爬起来，7点起侍候一坐就是一屋子的老而熟的同胞。最忙就是我进来的这个时段。夫老板，最叫打工阶级眼红的，不是赚得多，因赔光的生意人有的是；而是他们不必赔小心，只要不怕影响生意，什么时候吹胡子瞪眼都行。今天，也许她正和老公怄气，也许昨晚的雀局输了钱，也许是更年期不适。

　　我平心静气地提着一盒包子走出，忽然冒出一个念头：能不来这里多好！行得通吗？步行可达的面包店只这一家。如驾车，远至唐人街，近到15个街区外，则有10家以上。本来，这里最不缺的是商店，嫌太多的商品。法国总统戴高乐曾叹息："一个有246种乳酪的国家，该怎样统治？"（事实上不止，是400种）。伊索寓言中的驴子，被拴在两捆干草之间，不知先吃哪一捆；如果你陷进"选择"中，则比"饿死"的蠢驴更惶惑。偏偏我所在的中国人聚居地与之相反。"别无分店"的铺子，除面包店外还有两家——都有劣迹在案。糍糕店的老板娘比面包店的二掌柜更放肆，有一次我排队买馒头，轮到了，老板娘怕是饿坏了，撂下我，不说一言，径自舀了粥，拿了肠粉，走到柜台外，坐下猛吃。我差点对她说：你至少给个交代，怎么说走就走呢？我忍住，因猜到她会这样回答：老娘高兴这样！烧腊店则以"揩油"驰名，举凡烧鸭、烧猪肉、白切鸡，称重必连容器，众目睽睽下贪芥末便宜，顾客抗议，它就是不改。

我和邻居们虽啧有烦言，但还是硬着头皮上门。有时在街上碰上，指指对方所提的购物袋，忍不住叽咕一会儿，比如，糍糕店的牛肉丸馊了，面包店的餐包比唐人街卖的小，而价钱高三分之一。进烧腊店买叉烧，你要一磅，人家非要切一磅半。看到哪家铺子空着，大家都在盼，谁来开新店，终结垄断？

今天在回家路上，我连取而代之的计划都想好了：若开面包店，每只包子比这一家便宜一毛钱，咖啡续杯不收钱。若开烧腊店，从香港最好的同类店取经，力求色香味冠绝全市。至于糍糕店，只要是全新装修，店面提高规格，就把外观破旧的对手比下去了。

虽然我这构想，类似贾平凹小说道及陕西老农的豪华梦——我要是当了委员长，每次吃面时上面漂的辣椒油要红红的一厚层。但我好歹是资深顾客，新店主如不耻下问，我是会说出心里话的。只是，不满归不满，我不想这三家因竞争失利而关门。老店有的是实力，新店可抢走一部分生意，但要撼动其根基，非三数年不为功。于商家于顾客，较理想的格局是一山藏两虎或多虎，良性竞争而不割喉。若如此，一目可见的好处就是：老板娘心情再不好，也得躲起来自我纾解，而不让我这毫不相干的无辜者"分享"。